BEM SAFADO

LAUREN BLAKELY

Bem SAFADO

Tradução
ELENICE B. ARAUJO

COPYRIGHT © 2016. WELL HUNG BY LAUREN BLAKELY.
PUBLISHED BY ARRANGEMENT WITH BOOKCASE LITERARY AGENCY AND WOLFSON LITERARY AGENCY.
COPYRIGHT © FARO EDITORIAL, 2018

Todos os direitos reservados.

Nenhuma parte deste livro pode ser reproduzida sob quaisquer meios existentes sem autorização por escrito do editor.

Diretor editorial **PEDRO ALMEIDA**

Preparação **TUCA FARIA**

Revisão **GABRIELA DE AVILA E BARBARA PARENTE**

Capa e diagramação **OSMANE GARCIA FILHO**

Imagem de capa **KL PETRO | SHUTTERSTOCK**

Imagens internas **ALEXKAR08 e ROBB | SHUTTERSTOCK**

Dados Internacionais de Catalogação na Publicação (CIP)
(Câmara Brasileira do Livro, SP, Brasil)

Blakely, Lauren
  Bem safado / Lauren Blakely ; [tradução Elenice Araújo]. — Barueri : Faro Editorial, 2018.

  Título original: Well hung.
  ISBN 978-85-9581-035-8

  1. Ficção norte-americana I. Título.

18-16575   CDD-813

Índice para catálogo sistemático:
1. Ficção : Literatura norte-americana 813

Iolanda Rodrigues Biode - Bibliotecária - CRB-8/10014

1ª edição brasileira: 2018
Direitos de edição em língua portuguesa, para o Brasil, adquiridos por **FARO EDITORIAL**

Avenida Andrômeda, 885 - Sala 310
Alphaville – Barueri – SP – Brasil
CEP: 06473-000
www.faroeditorial.com.br

BEM SAFADO

Prólogo

ERA UMA VEZ UM CARA E UMA GAROTA, E ENTÃO TUDO deu errado.
Fim.
.
.
.
.
.
.

Que nada, estou brincando.
Sou do tipo que oferece tudo ao mesmo tempo, e nunca pulo a melhor parte. Quando falo algo como "você nem imagina o que aconteceu", acrescento meu selo de garantia de que você vai receber seu doce preferido inteirinho, incluindo a deliciosa cobertura de chocolate e o recheio bem consistente e gostoso. E, cá entre nós, eu recomendo que você devore esta história de dar água na boca, pedacinho por pedacinho.
Como naquela vez na montanha-russa, quando descobrimos exatamente por que as pessoas gritam tanto na hora da descida.
Ou momentos como a rapidinha atrás da máquina de caça-níqueis, enquanto uma pessoa urrava de alegria ao acertar três cerejas, e eu gemia de prazer.

Mas é difícil dizer se algo superou a tarde na escada.

O quê? Nunca transou nas escadas? Pois saiba que você nunca mais verá o último degrau do mesmo jeito e vai querer testar agora mesmo.

Porém, em meio àquele papo de "o proibido é mais gostoso" — e olha que muita coisa soa ilegal até para mim —, também rolou sentimento de verdade.

O tipo de coisa que bagunça o coração com uma furadeira elétrica.

Algo que quase o arranca do peito...

Foi o que aconteceu comigo.

Portanto, agora, depois de quase 69 dias com ela — e eu captei a ironia desse número — estou *aqui*.

Na escadaria do prédio do fórum; ela, no degrau de cima, e eu, no de baixo. Eu a seguro pelo braço e pergunto: "Vamos acabar tudo desse jeito?". Mal reconheço a minha voz.

A dela soa como um sussurro também: "É você quem decide".

Eu poderia dizer que sou um pegador. Que sou muito bem-dotado, um corpo esculpido e malhado e um coração de ouro. Mas você não deve estar interessado no meu currículo. Além do mais, você na certa já ouviu histórias sobre o garanhão que fica manso.

Só que essa que eu vou contar você não conhece.

Aviso: eu não dou *spoilers*, então, tudo o que precisa fazer é embarcar nessa viagem... Você jamais adivinharia o que aconteceu.

Capítulo 1

VOU TE CONTAR UM SEGREDO SOBRE OS HOMENS: QUANDO vemos uma mulher que nos interessa, todos, sem exceção, dizemos que ela é gostosa. Não importa quem ela seja ou quais as circunstâncias. Dizemos por dizer.

Como aconteceu ainda agorinha.

Floyd, o cara ruivo que deveria ter entregado, três dias atrás, as dobradiças para uma cobertura de luxo no Upper East Side, estava com o cotovelo apoiado no balcão da cozinha, tagarelando sem parar. Pelo visto, ele precisava de uma pausa no trabalho de *não* cumprir prazos. Eu, que por outro lado estava determinado a cumprir os meus, segui instalando as dobradiças do armário da cliente.

Uma cliente que o Floyd considerava *gostosa pra sua salsicha*. Palavras dele. Não minhas.

— Wyatt, você viu o jeito como a Lila olhou pra mim quando entrei? – perguntou ele ao pegar a lata verde e preta de energético, amassá-la e, então, limpar a boca com a mão, deixando um rastro do líquido no cavanhaque ruivo.

— Hmmm... Acho que não prestei atenção — respondi, feliz por Lila já ter descido para a academia do prédio e assim não ter ouvido o comentário dele.

— Estou dizendo, as gatinhas fazem fila por mim em todo trabalho que pego — Floyd se gabou, estufando o peito.

Eu franzi a sobrancelha, girei a chave de fenda e lancei um olhar atravessado pra ele.

— Essa tal fila de mulheres... você diria que sai porta afora e segue pelo corredor na casa de *todas* as clientes?

Ele concordou, como se acreditasse no próprio papo-furado. Pelo visto, não existia ironia no castelo do Rei da Salsicha Sexy.

— Com certeza. Eu poderia passar o dia inteiro dando uns amassos em todas elas, uma atrás da outra. É por isso que entramos para este negócio, não é, mano?

Ele levantou o punho fechado, esperando que eu batesse, mas, como estava com as mãos ocupadas, me limitei a perguntar:

— Por trás?

Ele balançou a cabeça.

— De preferência. Nada como um martelo na mão pra impressionar as gatinhas.

Caí na gargalhada com tamanha baboseira.

— E você, pelo jeito, nunca se cansa, certo? Nunca perde a disposição? — perguntei, dando corda, ao passar para a dobradiça seguinte, e cuidando para que o espaçamento das portas estivesse correto.

— Ah, sim. Mas tem uma coisa, que é a regra de ouro do nosso negócio — ele acrescentou, e pressionou os lábios com o dedo.

Que sorte a minha, ele ia me revelar seu segredo.

Então eu falei, dando uma de interessado:

— Eu adoro regras. Diz aí.

— A regra de ouro é a seguinte: pode pegar clientes à vontade, mas a assistente, nem pensar.

— Jura? — repliquei, sério, como se ele tivesse acabado de compartilhar uma sabedoria sagrada.

O Floyd respondeu, com ar sábio.

— Pode acreditar. Eu aprendi a lição. Perdi a melhor assistente do universo por ser incapaz de resistir a passar a mão nela. — Ele suspirou, todo melancólico, olhando para o teto. Devia estar pensando na beleza da moça. — Uma boa assistente vale o peso em ouro. Por isso agora contratei uma vovó de cabelos grisalhos. Para acabar com a tentação de vez.

Terminei de instalar as dobradiças e peguei uma broca do meu cinto de ferramentas. Apontei pra ele, olhando em seus olhos.

— Mas pense bem... — Minha voz foi se calando, e depois de uma pausa de suspense, perguntei: — E se eu gostar de uma bela grisalha?

Ele arregalou os olhos e gaguejou, sem entender muito bem:

— E você gosta?

— Claro. Sou um homem justo, comigo as oportunidades são iguais.

Não consegui segurar a piada, e continuei. Agora seria eu a me gabar:

— Elas mexem muito comigo, e vou te contar uma coisa: as vovós bonitonas me deixam aceso. Imagina uma fila de aposentadas até perder de vista. Não resisto!

— Então, ainda bem que você não tem uma vovó dessas atendendo ao telefone, ou estaria ferrado.

— Sem dúvidas. — Baixei a broca e coloquei a porta sobre o balcão. Agora era a minha vez de me inclinar para a frente e compartilhar meu brilhantismo. Sussurrei: — Mas veja, Floyd, há outra opção.

— Sério? — Ele estava praticamente salivando à espera do que achava que seria uma dica sobre sexo no ambiente de trabalho.

Eu endireitei o corpo, tenho um metro e noventa e sou bem mais alto que ele, mas mantive o tom sereno e leve:

— É possível... — E criei um clima. — ... manter seu pau guardado dentro da calça durante o trabalho.

A cobertura caiu no silêncio. O Floyd coçou a cabeça, franziu as sobrancelhas e murmurou:

— Ahn?

Pelo visto meu conselho soou tão estranho que parecia que eu falara grego.

— Seja como for, Floyd, é hora de ir. Preciso terminar este trabalho a tempo para a Lila, a gostosa que não é pro seu bico. — Dei um tapinha nas costas dele, agradeci por ter trazido as dobradiças, ainda que atrasado, e mostrei-lhe a saída.

Poucas horas depois, quando eu encerrava o expediente, a Lila chegou em casa toda animada e saltitante de volta da sessão de ginástica. Eu mostrei a ela o trabalho que havia feito naquela tarde e a atualizei sobre o que seria feito no dia seguinte, agora que eu estava chegando à parte final da reforma da cozinha.

— Tudo está ficando muito bom — ela elogiou, muito alegre. — Você faz um trabalho incrível. Estou tão feliz pela Natalie ter conseguido encaixar essa obra na sua agenda! Sei que o prazo era apertado, mas você foi tão bem recomendado e eu faço questão de ter tudo do melhor.

Acenei e agradeci, e então me senti na obrigação de dar o devido crédito:

— A Natalie faz mágica na minha agenda. Ela consegue fazer tudo dar certo.

— Ótimo, porque talvez eu tenha outro projeto pra você. Vou falar com o meu marido esta noite e então discutiremos a viabilidade. Pode ser?

— Combinado! Eu te vejo amanhã, quando vier terminar os armários.

Pouco depois, quando voltei ao meu escritório na rua 50 West, para deixar as ferramentas e os materiais, fui recebido por ninguém menos que a Maga do Planejamento, ou seja, a mulher que salvou esse barco.

— Oi, Wyatt — a Natalie me cumprimentou de sua mesa.

Senti vontade de ligar para o Floyd e dizer que é *fácil* seguir meu conselho. Eu administro isso todos os dias, parece milagre. Especialmente considerando que tenho uma assistente brilhante que é bonita, esperta, fantástica no trabalho que faz e tem um sorriso lindo que quase me mata. Pode me chamar de antiquado. Eu me derreto por uma mulher com um belo sorriso, e a Natalie, com seus olhos azuis vibrantes e cabelos loiros, tem um sorriso arrasador. Ela é perfeita, a típica garota americana, que, como a torta de maçã, dá vontade de devorar.

Não que eu queira devorá-la.

Droga, eu não devia ter dito isso...

Não quero devorar minha assistente, nem transar com ela, nem curvá-la sobre a escrivaninha.

Viu? Eu sigo meu próprio conselho: meu pau está em segurança guardadinho na minha calça.

Além disso, a Natalie é excelente em seu trabalho e é errado pensar nela dessa forma. Para não dizer perigoso. Minha empresa deveria me agradecer pela última vez em que dei uns amassos em uma colega de trabalho. Aquela experiência me ensinou uma lição que eu deveria ter aprendido muito tempo antes: não misturar negócios com prazer. Isso é como tomar uma bebida ruim que deixa um gosto amargo na boca. Por isso, apesar de a Natalie ter o rosto mais bonito que eu tinha visto nos últimos anos, além de um coração generoso e um lado divertido, e mesmo tendo achado que ela era a fim de mim, eu não poderia ficar com ela.

Fiz graça e levei na brincadeira quando ela abriu o maior sorriso e me perguntou:

— Tudo certo com o projeto dos Mayweather?

Fiz um gesto que percorreu do meu ombro até as pernas, depois farejei o ar para fazer uma cena.

— Tudo ótimo, mas você tem alguma coisa que tire este cheiro de metido à besta de mim?

Ela então apontou para as prateleiras na parede do nosso escritório com um olhar impassível e disse:

— Prateleira de cima, lado esquerdo. Eu recebi um novo spray contra babaquice na semana passada. Mas às vezes é preciso dar umas boas borrifadas para fazer efeito de verdade. Capricha aí, tá?

Fiz sinal de positivo, fingi pegar um spray e aplicá-lo no meu corpo todo, depois colocando-o de volta.

— Pronto, muito melhor assim.

Puxei a cadeira cor de mostarda na frente da mesa dela e me sentei bem à vontade. Os clientes não iam ali; o escritório era apenas para o nosso uso, por isso não gastamos muito com os móveis.

Ela girou a caneta na mão.

— Então, quem foi que te contaminou hoje? O Floyd ou o Kevin, o eletricista seboso que você tentou esganar?

— O seboso do Kevin merecia ser esganado. Concorda comigo?

Ela fez que sim.

— Concordo plenamente. Todas as células do meu corpo estão de acordo, seria impossível eu conseguir concordar mais.

— A esganação recebeu um certificado de 100% necessária — acrescentei, já que o Kevin passara uma cantada nela quando veio ao escritório, semanas atrás.

Devo dizer o seguinte: a Natalie poderia acertá-lo com um pontapé num piscar de olhos. Ela, sozinha, poderia deixá-lo arriado no chão depois de uma surra. Mas não suporto aquela baixaria de comentários impróprios e olhares maliciosos. Eu teria feito o mesmo se um cara tentasse dar uma de machão com a Josie, minha irmã caçula, na confeitaria onde ela trabalha. Sendo assim, catei o Kevin pelo ombro e conduzi o camarada pra fora do meu escritório na mesma hora. Ninguém, e insisto, ninguém pode dar em cima dos meus funcionários.

— Hoje foi o Floyd — contei a ela, e em seguida dei a versão censurada da história: falei das conquistas das clientes e omiti os comentários sobre as assistentes.

Não há necessidade de criar um clima entre a gente. Afinal, não seria eu a querer botar essa ideia de coisa proibida na cabeça dela. Essa ideia arriscada, perigosa, picante, devassa e absolutamente excitante.

Meus olhos percorreram o escritório, enquanto eu listava mentalmente todos os cantinhos que imploravam para serem batizados. A mesa, a cadeira, o piso...

Num instante, minha cabeça foi tomada por um turbilhão de pensamentos inadequados, exatamente tudo o que não deveria acontecer. Foi como se uma porção de alienígenas cheios de tesão tivessem invadido a minha mente.

Mas eu não era o Floyd, eu sabia me comportar, e então imaginei uma morsa, coloquei todas essas imagens nela e as esmaguei, limpando a minha mente. Inclusive aquelas das ideias devassas e dos alienígenas com tesão.

— E então eu o botei pra fora da casa da Lila e lhe disse um até logo — eu concluí a história, passando a mão pelos meus cabelos castanho-escuros. — Tipo "até outra vida, Floyd".

— Hum... — ela murmurou.

— "Hum" de ótimo ou "hum, por que você mandou um de nossos fornecedores catar coquinho?"?

— "Hum" do tipo a sua história me deu uma boa ideia, algo que eu queria fazer há muito tempo.

— E o que é?

Os olhos dela brilharam, eram um tom mais claros que os meus azuis-escuros.

— Que tal eu encontrar um novo fornecedor de dobradiças?

A sugestão era mais que perfeita. Dei um tapa na beirada da escrivaninha dela, entusiasmado.

— Sim. E para registro, você é brilhante e boni... — Cortei a última sílaba da palavra, que soou grave, abafada.

Nota mental: não chamá-la de bonita pra caramba, se eu repreendia outros homens por assediá-la no trabalho.

Ela ficou me olhando, à espera de que eu terminasse a sentença; então, tratei de engolir o termo e inseri um novo elogio:

— Brilhante e... boníssima.

Boníssima?! Sério?! De onde veio essa palavra?! Bem, talvez ela engolisse.

Ah, eu não teria tanta sorte...

— Boníssima? — A Natalie me encarou, perplexa, como era de se esperar. — Eu sou boníssima?

Fazendo cara de paisagem, mantive o que disse.

— Veja as suas ações. Você é um espírito bondoso, sempre pensando no melhor para todos. É um poço de bondade — remendei, tentando convencê-la.

A Natalie endireitou os ombros.

— Se você diz, Hammer, que seja. E este espírito bondoso se antecipou. Fiz algumas ligações, conversei com alguns colegas nossos e recebi excelentes recomendações. Já tenho um novo fornecedor de dobradiças em vista.

Abri um sorriso largo.

— Você está sempre três passos à minha frente!

— Como se espera de uma boa assistente.

— E você é excelente. O que acha de comemorarmos os seis meses que você vem fazendo da WH Marcenaria & Construção uma empresa melhor do que era?

— Eu adoraria!

Capítulo 2

A NATALIE ESCOLHEU COMER UM BIBIMBAP VEGETA-riano, uma explosão de sabor picante, em um restaurante coreano da Nona Avenida, não muito longe do escritório.

— Bibimbap — ela diz, como se estivesse pesando a palavra. — É um desafio pronunciar esse nome e soa quase *bibbidi bobbidi boo*, como diria a fada madrinha de um filme da Disney. Mas, na verdade, o bibimbap não poderia estar mais longe de um filme da Disney.

— E de uma fada madrinha — acrescentei, alongando o pescoço de um lado para o outro, para diminuir a tensão acumulada de oito horas em pé, aparafusando, batendo e furando.

Ela me confronta:

— E você, por acaso sabe que gosto tem uma fada madrinha?

Notei que meu comentário saiu estranho, mas insisti nele:

— É igual a todos os seus sonhos se tornarem realidade.

— Você está me dizendo que já namorou fadas madrinhas?

— Talvez.

— Então, eu namorei gênios da lâmpada — ela brincou, com fingida arrogância, quando a garçonete se aproximou.

A Natalie fez seu pedido, e eu escolhi pra mim o bibimbap de carne, picante de fazer arder até os cabelos, um aperitivo e duas cervejas.

Fomos àquele restaurante porque a Natalie ama comida picante, quanto mais ardida, melhor. Ao longo dos últimos seis meses, ela me desafiou a comer diversas coisas. Felizmente, eu nasci com papilas gustativas à prova de fogo e um espírito competitivo de ferro, então costumo superá-la. Mas acabo entregando vantagem para não desapontá-la, embora não conheça ninguém que consiga comer uma pimenta-habanero igual a ela.

Não vou mentir, foi muito atraente vê-la devorar pimentas potentes junto com um hambúrguer, algumas noites atrás, quando saímos pra bater um rango depois do trabalho. Há algo de especial em uma mulher conseguir encarar pimentas.

É, isso *poderia* ter servido como afrodisíaco se eu estivesse pensando nela dessa maneira. E eu não estava, então não fiquei excitado.

Caso encerrado.

Um minuto depois, a garçonete retorna com duas cervejas. Eu ergo o copo e proponho um brinde à Natalie:

— Aos seis meses de sua magia. Você é melhor do que uma fada madrinha.

— Aos seis meses de estabilidade no emprego, isso sim. — Ela piscou, divertida.

Antes de eu contratá-la, a Natalie vinha pulando de lugar em lugar fazendo *freelas*. Ela precisava trabalhar e já estava desanimando. Na verdade, a noite em que ela se aproximou de mim em busca por emprego enfatiza perfeitamente meu ponto de vista sobre essa coisa de homem dizer que as garotas são gostosas.

Porque não temos nenhuma pista se elas realmente são. Nós todos ficamos por aí brincando e falando bobagem, sem fazer a menor ideia do que as mulheres querem de verdade. As mulheres são, basicamente, as criaturas mais fascinantes já concebidas e aproximadamente vinte mil vezes mais complexas do que o computador mais inteligente do mundo.

Foi no casamento da Charlote, que é irmã da Natalie, com meu amigo Spencer. A Natalie veio na minha direção com um olhar determinado e eu brinquei com meu irmão gêmeo Nick dizendo: "Essa garota me quer".

Eu estava errado, redondamente enganado.

Afinal, ela foi determinada por outro motivo. Ao conversarmos na noite anterior, eu contei alguns dos problemas que minha empresa vinha enfrentando — sendo que o principal deles era minha completa falta de organização —, e ela então traçara um plano para aprimorar as operações e facilitar a expansão, conquistando projetos ainda maiores. A Natalie me apresentou as estratégias durante um jogo de bilhar no hotel onde aconteceu o casamento. Sua proposta foi cirúrgica e logo percebi que era exatamente do que eu precisava.

Eu a contratei duas semanas depois.

Agora, após meio ano juntos, não consigo imaginar a WH Marcenaria & Construção sem ela cuidando do aspecto comercial. A capacidade da Natalie me deixa livre para me concentrar naquilo que eu faço de melhor: construir, executar, pôr a mão na massa.

Ela cutuca meu braço com o cotovelo:

— Lembra do meu primeiro dia de trabalho, quando você foi a um compromisso que na verdade estava na sua agenda do ano passado?

Resmunguei:

— Como esquecer de algo assim?

Ela balançou a cabeça, achando graça.

— Mas eu te salvei! Liguei para você no exato momento em que ia tocar a campainha do apartamento do cliente para orçar uma cozinha que já havia sido reformada.

Ri, recordando a cena.

— Pois é. Bom com ferramentas, péssimo com agendamentos.

— Mas agora você é bom nas duas coisas. — Os lábios dela se curvaram no seu característico sorriso iluminado.

Desviei um pouco o olhar. Não dá pra ficar encarando o sorriso dela. Corro o risco de ser hipnotizado e ceder aos seus comandos.

— E o negócio não poderia estar melhor — completei. — Agora estamos prontos para expandir, como falamos naquela primeira ocasião. Vamos contratar mais empregados fixos e parar de contar apenas com autônomos contratados por tarefa.

— É isso aí. Com os novos projetos que temos agendados para o verão, podemos contratar alguns empregados em tempo integral, oferecer seguro saúde e todos os benefícios.

Tínhamos vários projetos contratados, uma série de reformas de cozinha de alto padrão. Em se tratando de Manhattan, esses trabalhos deveriam nos render um faturamento de seis dígitos ou mais.

— Diga-me, Natalie, como você consegue ser tão organizada? Parece que você tem toda a Container Store dentro da cabeça. — Dei um toquinho na cabeça dela. — Sabe que loja é essa, não é? Aquela que vende de tudo para organização.

Ela prendeu o fôlego e levou a mão ao peito.

— Amei ouvir isso! Essa loja é o meu lugar favorito no universo e tenho certeza de que eu poderia viver muito feliz lá dentro.

— Então, a resposta é essa? — pergunto enquanto a garçonete chega com uma entrada de frango grelhado ainda fumegante. — Sua paixão pela loja foi o que a levou a se tornar tão organizada?

A Natalie deu de ombros.

— Eu já contei que minhas roupas estão penduradas por cor no meu armário? Que todos os meus livros são organizados em ordem alfabética e que nunca perdi um dia de escola na vida?

— E as suas calcinhas na certa estão arrumadas por... — Eu me detive ao falar da lingerie dela. Droga. Preciso ativar um filtro no cérebro. Garanto que foi o tal Floyd que bagunçou minha cabeça hoje. Acho que as dobradiças dele são defeituosas.

— Por cor também — ela completou minha frase com um tom vibrante, deixando evidente que eu ultrapassara os limites.

Ainda assim, lá estava eu, insistindo:

— E a tonalidade mais popular seria...

Ela arqueou uma sobrancelha e torceu o canto do lábio. Era como se tivesse adotado a expressão perfeita de uma garota sendo paquerada e como resultado meu membro ficou todo animado, pronto para atuar.

Droga de pinto. Às vezes parece injusto termos de lidar o dia todo com isso. E acredite, é uma batalha épica. Homem *versus* ereção.

O homem raramente vence.

Um pau duro é poderoso demais.

Os lábios rosados e carnudos dela deixam escapar uma resposta. A Natalie não usa batom, ela costuma passar um gloss rosado. Sim, eu sei o que é um gloss labial. Já beijei diversas mulheres e não sou nenhum homem das cavernas com uma caixa de ferramentas que não sabe diferenciar gloss e batom. Um é liso e tem um gosto delicioso quando beijo a boca de uma garota; o outro é mais espesso e tem um gosto delicioso quando beijo a boca de uma garota.

— Branca — ela disse, e a situação lá embaixo se intensificou ainda mais...

Tratei de pegar um pedaço de frango picante com o garfo. Quem sabe isso remediasse o tesão.

— Agora já sei o segredo para suas habilidades profissionais. Organização da gaveta de roupas íntimas.

— Há bastante rosa também.

Agora a coisa virou aço. Calcinha cor-de-rosa na Miss América é simplesmente uma receita para um pênis de Viagra — ereção constante.

— Rosa. Branca. O importante é que estejam separadas por cor. — Ela fez um sinal na direção do frango. — Hora de soltar fumaça pelas orelhas.

Nós dividimos em duas partes iguais a porção de frango — cada pedaço era como ter um fósforo aceso indo goela abaixo —, e daí extinguimos as chamas com cerveja gelada e passamos para o prato principal.

No fim do jantar, meu celular deu dois toques de alerta.

A Natalie apontou para o meu bolso.

— Mensagem de trabalho — ela disse e lembrei que a Natalie configurou o toque duplo para mensagens profissionais redirecionadas para o meu telefone pessoal.

Enquanto a Natalie se distraía conferindo o próprio celular, eu peguei o meu e abri a mensagem da Lila Mayweather: "Consegui a aprovação! Mal posso esperar pra discutir o novo projeto. Adoraria começar o quanto antes! Você pode trazer a Natalie junto amanhã, quando vier para cá?".

Sorri. Sinto certo orgulho por minhas clientes gostarem tanto dela. Eu queria mostrar a mensagem pra Natalie, mas ela continuava entretida com o próprio telefone, digitando algo. Fiquei imaginando com quem estaria conversando. Deu vontade de espiar, mas me contive. Porém, quando ela parou e colocou o celular de lado, deu para ler uma palavra: *tortura*.

Interessante... Mas como eu não estava com vontade de bancar o Sherlock Holmes, tratei de mostrar a mensagem da Lila.

— Pelo visto, você é querida.

Ela abriu um sorriso.

— Fiquei curiosa. Você tem ideia do que se trata?

Fiz que não.

— Nem imagino. Mas vamos ficar sabendo amanhã. Acha que dá para encaixar este trabalho?

— O próximo projeto ainda vai levar uns dias para começar. Precisamos saber dos detalhes, mas creio que podemos dar um jeito.

— Estou convencido de que você merece um aumento.

Ela esboçou outro sorriso largo.

— Eu fico muito feliz em saber que estou sendo útil, Wyatt.

— Eu também.

Verdade. Ela é um arraso de mulher, linda de morrer, mas, além disso, a Natalie ainda é boa pra caramba no que faz.

Ela colocou o guardanapo sobre a mesa, consultou o relógio e me lançou um sorriso desapontado.

— Preciso ir, tenho uma aula esta noite. Foi o único horário esta semana que consegui para o caratê.

— Claro, eu entendo — eu disse, mas, quando ela saiu, uma parte de mim ficou imaginando se a Natalie ia mesmo para a aula ou se teria combinado algo com algum cara, quando ficou ocupada checando o telefone.

Quem sabe sair comigo fosse uma tortura?

Que nada... Eu sou um cara divertido. Além do mais, fiz questão de frisar para mim mesmo: o que ela faz fora do expediente não é da minha conta.

Foi exatamente por isso que não pensei nela a caminho do meu apartamento. Nem quando tomei uma ducha. Nem quando fui me deitar e fiquei lendo um artigo interessante sobre curiosidades do mundo animal. Aprendi, por exemplo, que os golfinhos não passam pela fase de sono profundo já que o cérebro deles é ativo demais.

Essa é uma das minhas melhores vantagens, eu consigo desligar meus pensamentos.

As mulheres costumam ser complicadas, mas a situação com a Natalie é simples. Basta manter minhas mãos longe dela.

E juro que amanhã de manhã, quando Lila nos descrever seu projeto, as coisas não se complicarão.

Capítulo 3

LILA MAYWEATHER NOS OFERECEU CAFÉ SERVIDO EM xícaras de porcelana delicadas, estampadas com um padrão de rosas. Para deixar registrado, não sou do tipo que toma café em xicrinhas de porcelana delicadas. Mas já que eu estava lá...

A Lila estava absolutamente impecável sentada em uma cadeira de encosto alto na sala de jantar. Usava uma saia de jogar tênis e os cabelos castanhos presos num rabo de cavalo caprichado. Incluindo o fato de ela nos servir o creme num daqueles trecos com bico e tudo e oferecer um pegador para os cubos de açúcar.

— Para mim, não, obrigado — eu disse. Nem lembro a última vez que tomei café em outra coisa que não fosse um copo descartável ou numa caneca lascada.

Mas a casa da Lila é toda cheia de requintes e a reforma dela é uma das mais sofisticadas que já executei. Eu creio que ela vá abrir muitas portas para a minha empresa.

Ela e a Natalie se deram bem desde o início e no momento as duas estavam outra vez falando sobre a destreza da Natalie nas artes marciais.

Então, a Lila segurou no braço da Natalie, que vestia uma blusa branca de manga curta, e disse:

— Eu gostaria muito de experimentar uma das suas aulas qualquer dia. Adoro testar novas formas de malhar.

— Prometo fazer você suar — Natalie brincou, ao cruzar as pernas.

Você poderia me fazer suar...

Que palhaçada é essa agora?! Os alienígenas com tesão reapareceram e tomaram conta do meu cérebro outra vez.

— Tenho pensado em aprender autodefesa. Faz tempo que você ensina caratê, Natalie?

A Natalie foi campeã de caratê no ensino médio. É, isso não é assim muito atraente. Não a parte referente ao ensino médio, mas o caratê. Mas se eu imaginar a Natalie lutando, a bandeira irá tremular no alto do mastro o dia todo.

Assim, resolvo pensar nos cubos de açúcar... e nas pétalas de rosa das xícaras... e no jogo de porcelana coordenado. Porque estou longe de ser o Floyd. Elas conversam por um instante e eu bebo todo o café, pois em xícara cara ou não, sou louco por café e me delicio com ele pela manhã, de tarde ou à noite.

A Lila colocou a xícara no pires, cruzou as mãos sobre o colo e disse:

— O motivo pelo qual chamei vocês é que tenho mais um projeto incrível. Meu marido está investindo num imóvel, um prédio novo e eu tenho carta branca para reformar a cobertura como bem entender. — A mulher estava radiante e continuou a explicação: — Naturalmente, a prioridade é da WH Marcenaria & Construção e eu adoraria que vocês pudessem fazer a reforma completa da cozinha. Estou encantada com o que fizeram aqui e nem quero considerar outra pessoa para manusear os meus eletrodomésticos.

Foi impossível conter o sorriso, e não apenas por conta do elogio inesperado, mas porque esse projeto pode ajudar a financiar as novas contratações. E o sorriso só fez aumentar, pois essa reforma não vai dar trabalho algum, é moleza. Só não entendi por que ela precisou organizar um café. É lógico que tenho interesse! Adoro trabalhar. Adoro construção e reparos. Adoro clientes satisfeitos.

— Eu acho fantástico — assegurei.

— Onde fica o apartamento novo? — Natalie quis saber.

— No vigésimo segundo andar. É absolutamente lindo. E tem uma vista deslumbrante.

— Parece incrível. Você está pensando em qual data para o início da obra?

— Eu acho melhor vocês irem até lá dar uma olhada antes, para avaliar o que será preciso fazer — a Lila sugeriu.

— Sem dúvida. Quer ir até lá agora?

Ela deu uma risadinha e fez que não com a cabeça.

— Sinto muito, eu não expliquei direito. Vocês terão de ir até lá no meu jatinho particular.

Eu engoli em seco e olhei para a Natalie, que piscou para mim. Aquela troca de olhares valeu pelas palavras não verbalizadas. Tenho certeza de que seriam todas da categoria *puta que pariu*. Bastava dizer *jatinho particular* uma vez para eu perguntar: "Quando partimos?". Dei de ombros, animado.

— Quando partimos?

— Neste fim de semana. Ou está perto demais? É bem na Strip. O prédio fica pertinho do hotel Bellagio. — Ela pôs a mão no peito e seu anel com um diamante do tamanho de um ovo quase me cegou. A Lila prosseguiu, quase se desculpando: — Ai, nossa, eu devia ter começado por perguntar. Vocês estão dispostos a trabalhar em Las Vegas? Eu pretendo pagar 20% acima do preço que vocês cobram em Nova York pela inconveniência de sair da cidade, ter de contratar uma equipe e tudo o mais.

Essa mulher deve ser uma fada madrinha.

— Eu adoraria dar uma olhada, Lila — respondi. — Sem dúvida podemos dar um jeito de concretizar esse projeto.

A Lila sorriu para mim e então sinalizou com a cabeça em direção à Natalie.

— Por isso pensei em vocês. Sei que a Natalie é imprescindível para o andamento disso tudo. — Ela apontou para a cozinha. — E me parece sensato que vocês dois viajem juntos.

A última palavra ecoou.

Juntos. Juntos. Juntos.

Ninguém disse nada, e então o silêncio se prolongou. Foi se intensificando, ficando pesado. Então me ocorreu que tínhamos jantado só nós dois. Que problema poderia haver em viajarmos juntos?

Limpei a garganta e fitei os olhos azuis da Natalie. Posso jurar que vi um brilho animado nos olhos dela.

— Natalie, está bem para você? Dá para conciliar com seu horário na academia de judô?

Ela concordou na velocidade da luz.

— Sim, Lila! E quando tivermos uma ideia do alcance do projeto, eu farei o possível para adequar os horários do Wyatt a este trabalho.

A Lila praticamente dançou sentada.

— Maravilha! Posso inclusive reservar uma suíte para vocês no Bellagio. O hotel lhes parece adequado?

Ela estava falando sério. A parte mais incrível de toda a conversa era a Lila imaginar que teríamos alguma objeção em ficarmos hospedados no Bellagio.

— Claro, sem problema algum — respondi, num tom contido. — Creio que será suficiente — afirmei, compenetrado. — Natalie, o Bellagio está dentro dos seus padrões?

— Considerando que eu costumo ficar em hotéis à beira de estrada, creio que as instalações do Bellagio vão me fazer dar estrelas no chão — ela comentou com a Lila, que deu uma risadinha.

Estrelas. Não me desagradaria ver a Natalie dando um giro com as pernas no ar. De preferência vestindo uma minissaia.

— Vocês preferem ficar juntos ou em quartos separados? — A Lila alternava o olhar entre nós dois.

E não perdemos tempo, feito dois filhotinhos agitados, um querendo passar na frente do outro, para responder, com o mesmo tom firme:

— Separados.

Conversamos um pouco mais e, quando a Lila pediu licença para ir fazer alguns telefonemas, a Natalie recebeu uma mensagem de texto. Ao ler a mensagem, sua expressão se tornou preocupada.

— Droga! O Héctor avisou que não vem trabalhar, ele não conseguiu dormir durante a noite.

O Héctor era o rapaz que viria me ajudar a terminar o acabamento da instalação dos armários nesse dia.

— Ferrrrrrou! — eu disse, como se a palavra tivesse dez letras, e soltei um suspiro exasperado. — É por isso que precisamos contratar um pessoal fixo.

A Natalie estava tão frustrada quanto eu.

— Precisamos de gente com quem possamos contar, mas pelo menos ele disse que pode vir amanhã.

Sacudi a cabeça.

— Não adianta. Além do mais, e se a Bela Adormecida não conseguir dormir o suficiente outra vez?

Ela segurou no meu braço e disse:

— Vou fazer algumas ligações e tentar conseguir um pessoal disponível, assim em cima da hora.

Minha meta é sempre cumprir os prazos e não posso desapontar a Lila.

— Não se preocupe, eu termino tudo sozinho. Só terei de ficar até mais tarde para dar conta.

A Natalie balançou o dedo na minha direção.

— Nada disso. Trabalhar horas demais é perigoso, eu vou te ajudar.

Olhei bem para ela.

— Eu agradeço, mas o Héctor não ia elaborar nenhum planejamento, nem organizar a agenda. Ele trabalha com uma furadeira e uma serra.

Ela franziu as sobrancelhas e bateu no peito.

— Espera aí. Depois de seis meses juntos, você ainda acha que não sei manusear uma serra? Ou martelar um prego?

— Sei que você é competente o suficiente para pregar um prego...

Ela me interrompeu, levantou três dedos e falou:

— Sei consertar uma torneira com vazamento. — Baixou um dedo. — Consigo dar um golpe que derruba qualquer homem no chão usando apenas as mãos. — Baixou mais um. — E não só consigo devorar uma pimenta-habanero como sou ótima com buracos, de qualquer tipo e tamanho.

Meu queixo caiu, não sabia o que responder. Perdi até a fala e acho que ela nem se deu conta do duplo sentido, pois estava mais interessada em apontar as mãos direto para a minha cintura. Puta merda, que lugar incrível para colocá-las. Se ela tivesse acertado um pouquinho mais abaixo, as minhas fantasias teriam se tornado realidade. Isso mesmo, sonho em trepar gostoso com a Natalie. Grande surpresa.

Ela desabotoou o meu cinto de ferramentas, colocou ao redor da própria cintura, ajustou o fecho e ficou gostosa pra caralho. Jeans, blusa branca, meu cinturão de ferramentas de couro envelhecido... Vou trabalhar ao lado dela o dia inteiro.

Por caridade, alienígenas com tesão, vão hoje ocupar a mente de outro camarada qualquer.

* * *

Tentação, teu nome é Natalie.

— Onde você aprendeu a manusear as ferramentas desse jeito? — perguntei a ela, enquanto trabalhávamos lado a lado.

A Natalie me fitou de canto de olho e me mostrou a língua. Ficou uma graça! Do mesmo modo quando as garotas baixam a calça e mostram o traseiro querendo insultar a gente. Não é insulto nenhum, é uma vitória. Não que alguma garota tenha feito isso ultimamente. Pensando bem, ninguém me mostra o traseiro há anos. Seria bacana se a Natalie quebrasse esse meu jejum.

— No mesmo lugar onde você aprendeu a brincar de boneca — ela disparou.

— Essa doeu! — comentei.

Ela enfiou a mão no cinturão para pegar uma chave de fenda e retrucou:

— Você acha que só porque sou mulher não posso ser habilidosa?

Eu tirei sarro:

— Essa é a última coisa de que você pode me acusar, doçura. — E me calei. *Doçura?* Não costumo chamá-la assim, mas, se quiser saber, combina com ela.

A Natalie alinhou o parafuso na madeira e completou:

— Para o seu conhecimento, eu aprendi com a minha mãe.

— Sua mãe, a cirurgiã?

— Isso mesmo. O mais engraçado é que cirurgiãs manuseiam ferramentas também. Bisturis, tesouras e até mesmo, veja só... — Ela fez uma pausa e seus olhos brilharam com um prazer perverso. — ... furadeiras.

Fiz de conta que estremeci.

— Seja como for, estou impressionado. Sabia que você era capaz de dar conta do básico, mas nem imaginava as suas habilidades de mulher faz-tudo. No entanto, é bem verdade que levou meses pra você me contar que era uma ninja.

Ela deu risada.

— Que nada, sou apenas faixa preta, terceiro grau. E, além disso, não estou tentando parecer que sou mestre em marcenaria feito você. Até me viro bem, mas estou longe de martelar como o Wyatt "Martelada" Hammer. Você é o mestre das marteladas, não é mesmo?

Arqueei as sobrancelhas.

— Como se eu pudesse fazer outra coisa na vida. — Peguei uma broca da caixa de ferramentas no chão. — E sobre Las Vegas? Tudo bem pra você ir até lá?

— Claro. Nunca fui a Las Vegas. Acho que será divertido. Quero dizer... não iremos a passeio, vamos para trabalhar.

— Ora, tenho certeza de que sobrará tempo para uma volta na montanha-russa, ou na roda-gigante, ou seja lá o que você quiser fazer. Jogar na roleta, assistir a um show... Aliás, eu comentei que você merecia um aumento de salário. Se esse trabalho for confirmado, eu vou dar a você um aumento de 10%.

Alinhei a porta do armário. Ela estava fazendo o mesmo com outra porta ao meu lado, quando vi com a visão periférica que a porta estava deslizando e ia cair direto no rosto dela. Num piscar de olhos eu estava atrás da Natalie, com os braços abertos ao seu redor, e segurei a porta antes que se soltasse de vez das dobradiças.

— Peguei! — eu disse, recolocando no lugar a porta do gabinete.

— Caraca! Essa coisa por pouco não acerta...

— A sua testa — completei.

Ela balançou a cabeça e seus cabelos roçaram meu rosto, a sensação foi melhor do que deveria. Tipo boa demais.

— Já pensou?! Eu de cara achatada por conta de um armário?! — Ela tentava minimizar o ocorrido, mas sua voz trêmula e respiração profunda a traíram.

— Mas está tudo bem — afirmei, pois não cabiam piadas na situação.

— Graças a você, que agiu rápido.

— Eu não queria que você se machucasse. — Meu peito colado nas costas dela. Minha virilha pressionada contra o seu belo traseiro. O rosto aninhado no pescoço dela... conforme eu inspirava, o perfume da Natalie ia impregnando o meu cérebro.

A gente nunca tinha ficado assim tão pertinho e o cheiro dela era exatamente como eu imaginava que seria. Fresco. Puro. Feito raio de sol. Como se eu estivesse deitado numa rede no jardim, a grama recém-aparada, e ela andasse por ali com o rosto iluminado pelo céu dourado do fim de tarde. Daí ela sobe na rede, tira a blusa, abre o meu zíper, e nós transamos. À tarde, de forma preguiçosa, sem pressa, com essa mulher que cheira a raios de sol.

Eu inspiro o cheiro dela uma última vez e a Natalie recupera o fôlego. Ela fez um barulhinho, um leve *oh*, e aquele som mexeu comigo. Ativou a minha imaginação. Me fez pensar e entrar no terreno perigoso do "talvez a Natalie esteja atraída por mim, também". Quem sabe eu não seja o único a alimentar esse desejo. Posso jurar que o corpo dela estremeceu como uma marola num lago.

— Tome cuidado — sussurrei, sem saber ao certo se o aviso era endereçado a ela ou a mim.

— Pode deixar.

— Nada de rosto virando panqueca, combinado? — Agora fui eu que usei um tom leve pra descontrair.

Coloquei a porta do armário sobre o balcão e me afastei. Ela se virou, olhou para baixo e tirou um cacho de cabelo da testa. Ficamos em silêncio e nenhum dos dois fez nenhum comentário enquanto concluíamos o serviço. Eu calculo que se consigo sobreviver a um dia trabalhando com a Natalie ao meu lado, conseguirei resistir a uma viagem de fim de semana. Afinal, o que poderia dar errado em uma viagem de trabalho a Las Vegas?

Capítulo 4

VENHO CONTANDO OS DIAS ATÉ NOSSA PARTIDA, MAS ATÉ lá estarei muito ocupado. Amanhã mesmo terei de visitar meus irmãos no caminho do meu turno voluntário no abrigo para cachorros.

— Hora de dar um fim à Elizabeth Lecter, Josie. — Dei uma pequena mordida no mil-folhas que ela me dera.

A Josie arregalou seus olhos verdes e ergueu as mãos.

— Quer dizer que você desistiu? Sério mesmo? — Ela sentou bem a minha frente, em uma das mesas amarelo-limão da Sunshine Bakery. A confeitaria era da minha mãe, mas era a Josie quem estava gerenciando no momento.

Eu apontei para o mil-folhas.

— Isto aqui é bom.

A Josie também ofereceu um para o Nick, meu irmão gêmeo, e deu de ombros, satisfeita.

— Eu sei. — Ela piscou. — Sou fera em doces.

— Acho que você superou a mamãe — o Nick sussurrou, falando pelo canto da boca. — Mas não conte pra ela.

A Josie fez que fechava a boca com um zíper e então apontou para o meu telefone. A tela mostrava o perfil falso da "Elizabeth Lecter" no Facebook.

— Você está mesmo pronto pra abrir mão da Elizabeth, a nossa amiga de mentirinha? Mesmo com o que ela conseguiu depois do episódio de domingo?

Deslizei o dedo pela minha garganta de uma ponta a outra.

— Hora de eliminá-la, e todos os outros também.

— Mas se despeça em bom-tom — o Nick sugeriu, e pegou mais um pedação da prova do talento de Josie na cozinha.

— Não vai passar disso, não dá pra melhorar. Olha só. — Eu apontei para o telefone, coloquei as mãos no rosto e deixei o queixo cair, igual a *O Grito*, de Edward Munch. — A minha ex está praticamente derretendo de tanto sofrimento.

A Josie leu em voz alta a resposta que a minha ex, Katrina, escrevera no começo da semana na página dela:

— "Não se respeita mais o sagrado? As pessoas não sabem que os *spoilers* machucam? Por que não pega uma faca e enfia no meu peito de uma vez?"

O Nick fez de conta que secava as lágrimas.

— Snif! — ele exclamou.

Eu me recostei na cadeira e estiquei as pernas para a frente.

— Acho que essa foi a nossa melhor realização até hoje. Estou orgulhoso da nossa fábrica de perfis falsos do Facebook. Não posso deixar de reconhecer a senhorita Elizabeth, ela deu um verdadeiro show com o *spoiler* do último episódio de *Game of Thrones*.

A Josie levantou o dedo.

— Mas não vamos esquecer do *spoiler* da nossa amiga imaginária Emma Krueger. Lembra quando ela postou sobre a morte do Hodor? *"Hold the door, hold the door!"* A Katrina quase se afogou em lágrimas a noite toda.

A Josie levantou a mão para bater na minha, satisfeita.

— Só foi superada pela mensagem épica da Elinor Bates revelando que o Jon Snow estava vivo — acrescentei, orgulhoso ao lembrar daquele sucesso em particular.

— Ainda assim, é hora de dizer adeus. Nossa missão está cumprida.

— Não seria adequado fazer um minuto de silêncio antes de matar todos eles? — Josie passou a mão pelos cabelos com mechas cor-de-rosa.

Eu adotei uma expressão séria e nós três baixamos a cabeça. Segundos depois, eu me endireitei e deletei os perfis que serviram para executar uma doce vingança contra Katrina. Elizabeth Lecter, Elinor Bates e Emma Krueger eram todas inventadas e foram batizadas com os nomes das heroínas de Jane Austen combinados com os sobrenomes dos maiores vilões do cinema de todos os tempos.

Há quem possa se perguntar por que eu pregaria peças na Katrina, uma ex-namorada aparentemente inofensiva, que foi quem desenvolveu o meu antigo website. E quero dizer antigo de *verdade*. Isso é, eu não saí com ela enquanto ela trabalhava para mim, juro de pés juntos. Claro que eu a achava bonita e ela também sentia atração por mim, pois me convidou pra sair algumas vezes durante a criação do site. Mas eu já tinha aprendido a lição de *não* me envolver com ninguém com quem tenho laços profissionais.

Ainda que na primeira vez em que deixei isso acontecer tenha sido com uma namorada da faculdade, a Roxy, e ela na verdade não tinha ligação nenhuma com a minha empresa. Ela apenas *queria* que tivesse.

De qualquer modo, quando o site ficou pronto, eu mudei o meu *login* por questão de segurança — graças ao meu amigo Chase, que me lembrou de que devemos trocar as senhas como trocamos de cueca —, e a Katrina e eu namoramos por seis meses. Mas agora deixe-me esclarecer como meio ano de namoro gostoso conseguiu terminar mal. Durante o namoro não houve traição; nós até fazíamos piquenique no parque, e se tem algo que não sou é fã de piquenique. Mas ela gostava e eu concordava para deixá-la feliz. Lamentavelmente, eu não queria mais nada com a Katrina, e juro que não teve nada a ver com a tortura dos piqueniques, então terminei com ela. *Amigavelmente.* Eu sou gente boa.

Mas então a Katrina teve um surto e usou suas habilidades em *web design* para invadir o site da minha empresa e deletar todos os meus arquivos.

Assim do nada.

Mesmo depois de eu ter trocado as senhas.

Feito uma louca de pedra.

Sim, foi uma merda. Perdi vários negócios. Tive, inclusive, que contratar um advogado para cuidar da confusão. Os problemas que surgiram foram a razão de eu ter de contratar alguém para reorganizar tudo. Por isso quis atingir a Katrina de uma maneira que a chateasse demais, já que ela declaradamente odeia livros e é aficionada por tudo relacionado a *Game of Thrones*. Assim, a Josie e eu criamos perfis falsos de clientes em potencial para a Katrina, solicitamos a amizade dela no Facebook e postávamos *spoilers* regularmente, todos os domingos à noite, em tempo real, no momento em que o episódio ia ao ar.

Nossa brincadeira só deu certo porque a Katrina está trabalhando no exterior desde o início da temporada e não tem acesso ao *streaming* para poder assistir à série que ela mais adora no universo. Azar o dela. Na verdade, é a pegadinha mais trolada de todos os tempos e uma vingança muito bem merecida também. Quero dizer, a garota ferrou com os meus negócios com uma chave Phillips não lubrificada sem motivo e talvez — eu disse "talvez" — seja esse o motivo de eu ter ficado com o pé atrás sobre me envolver com alguém relacionado ao trabalho. Mas toda boa pegadinha chega ao fim e é hora de dizer adeus a esta aqui. Fechei o aplicativo do Facebook e coloquei a mão sobre a da Josie.

— Mana, o papai e a mamãe ficariam orgulhosos vendo você aprender com os melhores. Não é, mano? — Eu olhei pro Nick, já que nós dois somos os reis em pregar peças, e passamos algumas das nossas dicas principais pra Josie.

— É mesmo impressionante o que pudemos fazer com os cérebros que nos deram — o Nick observou. — Fizemos bom uso deles, né?

— Totalmente. — Enfiei na boca o que ainda restava do mil-folhas, depois me levantei e esfreguei as mãos.

— Precisamos ir até o abrigo Little Friends para levar os cachorros pra passear. Ah, droga, isto me fez lembrar... Nick, você pode cuidar dos cachorros na sexta-feira? Eu vou para Las Vegas a trabalho.

Ele arqueou uma sobrancelha.

— Você vai trabalhar em Vegas, agora?

— Talvez. Uma cliente vai me mandar de avião pra lá. Parece que o trabalho é incrível. Estou realmente torcendo para que dê certo.

— Que ótimo! Muito bom pra você. — O Nick me deu um tapinha nas costas.

— Sim, vai ser uma viagem ótima.

Eu me aproximava da porta cor de laranja — a confeitaria é toda em cores vivas e alegres — quando ouvi a Josie dizer:

— Engraçado...

Eu me virei pra olhá-la.

— O que é engraçado?

Ela me encarou.

— Que você se esqueceu de mencionar que a Natalie vai junto.

— E por que é engraçado?

Desnecessário perguntar como ela sabia daquilo. A Josie e a Natalie moravam no antigo apartamento da irmã da Natalie. Quando a Charlotte casou com o Spencer, alugou o apartamento pra irmã para aliviar as despesas e também para que a Natalie pudesse se mudar para a cidade e ensinar judô à noite em um estúdio de caratê. E há alguns meses o aluguel da Josie expirou, então ela se mudou para lá.

Não acho estranho minha irmã caçula morar com ela.

Não me incomoda nem um pouco.

— Só achei esquisito você não mencionar que ela vai junto. — A Josie deu de ombros.

O Nick balançou a cabeça.

— Cara, isso tem tudo pra dar errado. Já vi esse filme.

— Você deve saber muito bem — rebati.

— Por isso estou falando.

Fiz sinal com as mãos significando *calma, relaxem*.

— É só trabalho, gente.

A Josie ajustou o nó do avental e disse:

— De qualquer modo, a Natalie está bem animada com a viagem e pra conhecer Las Vegas.

Agucei a audição.

— Ah, é? — Que droga, minha voz soou meio aguda, como a de um garoto em plena puberdade. Tentei disfarçar e completei: — Poxa, que legal.

Mas não consegui me safar. A Josie levantou as sobrancelhas, como quem sabe de algo, mas se limitou a dizer:

— Faz uma força pra ela visitar os pontos turísticos, tá?

— Pode deixar. O letreiro de Vegas, uma volta de gôndola, as fontes do hotel Bellagio.

— E o que fica atrás do seu zíper — o Nick sussurrou na minha orelha, e eu dei uma cotovelada no safado.

— Mas seja um bom menino, do jeito como você sempre me disse que uma garota merece. — As palavras da Josie ressoaram dentro de mim e despertaram um forte desejo no meu coração de me comportar bem.

Nem sempre agi direito. Mas agora tomei jeito, por causa da Josie. Eu amo minha irmã pra caramba, mais do que tudo.

Ela apontou pra mim e pro Nick.

— Isso vale para os dois, é como uma regra de ouro. Conheço bem vocês. Afinal, nós crescemos juntos, seus encrenqueiros!

Eu fiz posição de sentido e bati continência para ela.

— Eu sempre fui bom moço, Josie.

O Nick e eu saímos para ir até o abrigo Little Friends.

— Você faz alguma ideia de como ser um bom moço? — ele me perguntou, enquanto caminhávamos até a rua Columbus, envoltos pelo ar morno da primavera.

Eu peguei meus óculos escuros que estavam pendurados na gola da camiseta e os coloquei no rosto.

— Sim, eu faço o oposto que você.

— Você tá tão ferrado... — O Nick balançou a cabeça e caiu na risada. — Está caidinho pela Natalie desde o casamento do Spencer. Lembra?

— Que besteira, isso não é verdade!

— Cara, você me disse que a Natalie te queria, mas ela foi dançar comigo no casamento.

— Ela me queria, sim.

— É exatamente o que eu quero dizer. Você só faz esse tipo de comentário quando está interessado em uma garota.

Eu olhei fixamente para o céu azul.

— Ah, eu falo isso o tempo todo. Sou um tremendo convencido, não? — Dei uma piscada e um tapinha no ombro dele, e paramos para atravessar a rua. — Relaxa, cara. Mesmo que algum dia eu tenha tido interesse por ela, sou um mestre do autocontrole.

O Nick zombou de mim:

— Autocontrole. Uma palavra nunca usada antes para descrever meu irmãozinho.

Dei risada.

— Talvez você não me conheça tão bem assim, Nick.

— Ninguém te conhece melhor que eu.

— Então, me diga, ó grande sábio: como eu teria conseguido a proeza de me manter afastado dela todos esses meses? — Arqueei a sobrancelha pro Nick, esperando que ele me respondesse.

Ele ergueu os óculos e balançou de leve a cabeça.

— Tá. Você tem um certo autocontrole. — Ele suspirou, visivelmente incrédulo.

Mas eu creio no meu autocontrole.

Tenho que acreditar.

Sobretudo três dias depois, ao embarcar num jato particular com Natalie Rhodes, a tentação em forma de gente. Ela se acomodou no assento de couro bege, cruzou as pernas e sorriu para mim. Um sorriso doce, sensual. Que se foda, essa coisa de ser bom rapaz já era. Quero ser muito malvado com ela...

Capítulo 5

EU PODERIA ME ACOSTUMAR A ISTO. OS ASSENTOS DE couro reclinam por completo. O serviço, impecável, incluía um almoço com entrada, prato principal e sobremesa. Uma viagem tranquila em meio ao luxo, ao lado da Natalie. A Lila cochilava no assento do outro lado do corredor, com uma máscara de seda preta nos olhos. Ela tomou um tranquilizante, pois disse que voar a deixava ansiosa.

— Posso lhes servir algo mais? — a comissária de bordo nos ofereceu.

Eu reparei com mais atenção. Por um instante, me dei conta do quanto ela era bonita. A comissária esteve nos servindo o voo todo, mas só agora notei a aparência dela. Cabelos ruivos sedosos, lábios carnudos e olhos castanhos, combinados em um corpo esbelto. Mas ela logo me saiu da cabeça. Não só porque seria rude dar em cima da comissária de bordo no avião da Lila, mas também porque seria falta de classe paquerá-la na frente de uma funcionária. A verdade é que eu não tinha o menor desejo de conhecê-la melhor, estou mais interessado em conversar com a Natalie neste voo. Apesar de trocarmos provocações no escritório e de costumarmos jantar juntos de vez em quando, nós praticamente só falamos de trabalho. Não sei muito sobre ela.

Quando terminamos nosso filé de atum, a comissária retirou a louça e perguntou se gostaríamos de assistir a um filme. Eu olhei pra Natalie e deixei que ela decidisse. Ela balançou a cabeça.

— Acho que vou ler um pouco.

No entanto, ela não começou a ler. Não abriu o *Kindle*, nem pegou nenhum livro. Em vez disso, me cutucou com o cotovelo e puxou conversa:

— Nunca imaginei que trabalharia para uma firma de reformas que me faria voar até Las Vegas. Eu deveria ter ido atrás de você há muito tempo. Jamais teria aceitado tantos trabalhos desagradáveis como fiz.

Dei risada.

— Fale mais sobre os altos e baixos do seu histórico profissional. — Eu não sabia muito sobre o que ela fazia antes de trabalhar para mim. A Natalie não foi contratada por seu currículo, mas sim pela atitude que demonstrou.

Ela fez uma cara de quem iria me testar.

— Como a vez em que trabalhei para uma prestadora de serviço de sexo por telefone?

Arregalei os olhos. Mas então tentei controlar minha reação e fiz de conta que não me abalei.

— Ah, é mesmo?

Ela continuou.

— Foi incrível. Nós fazíamos de tudo, mas nossa especialidade eram pelúcias e pés.

Fiz o que pude para me manter impassível, enquanto minha mente era tomada por flashes com sons e imagens da Natalie brincando com o cabo do telefone, dando gemidos e sussurros ao descrever seus pezinhos delicados de salto alto. Engoli em seco e soltei um:

— Sério?

Eu não conseguia distinguir se estava excitado ou delirante, talvez ambos. Mas, principalmente, excitado.

Ela confirmou com a cabeça diversas vezes.

— Ninguém imagina a quantidade de homens que tem fetiche por pés até trabalhar num serviço de telessexo. Eles pedem pra ouvir a gente andando pra lá e pra cá de salto. Gostam do barulho que faz no assoalho de madeira, bem dura... com perdão do trocadilho.

Caramba, eu adoro trocadilhos, sou fissurado neles. Mas não faço ideia de como reagir a eles.

Esfreguei a mão no queixo. Aquela era uma faceta totalmente diferente da Natalie e foi impossível não a imaginar desfilando, marchando pelo assoalho com salto agulha. Ela já era uma combinação inebriante de animadora de torcida com coração de garota levada — e juntando o salto alto a isso, eu já era. Para deixar registrado, não tenho nenhum fetiche relacionado a pés, mas aposto que a Natalie fica o máximo com salto alto. Sapatos vermelhos. Ela com as pernas ao redor da minha cintura enquanto eu meto nela contra a parede.

— E pelúcias? — perguntei, me esforçando para me limitar à parte bizarra do fetiche da conversa, não à parte pervertida da minha fantasia particular.

— São as fantasias de pelúcia para vestir — ela explicou.

— Acho que sei o que é. — Franzi a testa, confuso. — O que não entendo é como essas pelúcias se aplicam à vida real.

Ela me olhou com extrema convicção.

— Ah, elas fazem o *maior* sucesso no telessexo. A gente faz de conta que está usando um macacão de raposa... Os guaxinins também são bem populares, mas a favorita mesmo é a da esquilinha sexy.

Estou me esforçando, juro que estou me esforçando. Mas imaginar a Natalie sussurrando safadezas do tipo "esfrega o seu rabo peludo em mim enquanto eu guardo as nozes na minha bochecha" é demais.

Prosseguimos com a tortura:

— Os homens ligam pedindo para falar com uma garota vestida de esquilo?

Ela fez que sim.

— É o que chamamos de *sexo animal*. Maluquice, não?

Passei a mão pelos meus cabelos densos, mais para cacheados hoje.

— Um pouco... Mas se faz a pessoa feliz, que seja.

A Natalie fez cara de espanto.

— Admita! Você ficou chocado.

—Que nada — assegurei, agindo de modo natural. Mas daí pensei: *foda-se*. — Está bem, eu assumo. Talvez só um pouquinho.

A Natalie abriu um sorrisão.

— Eu te peguei! — Ela apontou pra mim, com a vitória estampada nos olhos azuis-claros.

— Como assim me pegou?

— Ouvi dizer que você gosta de pegadinhas, a Josie me contou.

Soltei uma gargalhada, admirado.

— Muito bom! — Bati palmas, baixinho. — Caí direitinho, você me passou a perna.

Rindo, a Natalie ergueu a mão.

— Bate aqui!

E assim selamos a brincadeira.

— Agora, falando sério. O jantar é por minha conta hoje.

— Espero que seja sempre por sua conta... — E ela completou, enfaticamente: — ... *patrão*.

E ainda acrescentou, só pra esclarecer:

— Na verdade, eu posso ter te enganado de leve. Mas tudo o que eu disse é verdade. Nunca falei que fazia as *ligações*. Mas eu sei de tudo isso porque trabalhava para uma empresa de telessexo. Só que não era uma operadora. Eu fazia a triagem das garotas que trabalhavam para eles, organizava os horários e cuidava para que elas fossem pagas e todas as chamadas fossem registradas. Meio bizarro, mas era divertido.

— Estou bizarramente impressionado.

Eu jamais teria imaginado que o negócio de telessexo fizesse parte do histórico profissional da Natalie, mas o modo como ela o descreveu está de acordo com suas habilidades de gerenciamento.

Ela deu um soquinho no meu bíceps.

— E, tecnicamente, eu não menti.

— Mas você, tecnicamente, conseguiu me divertir à beça.

— Que bom — ela disse, sorridente. — Quer saber sobre os outros empregos que tive? Alguns foram bem interessantes.

— Claro. — Estiquei bem as pernas. Sou alto e estava apreciando bastante o espaço amplo, sem falar no bate-papo.

— Quando saí da empresa de telessexo, eu trabalhei como pedicure pet.

— Isso é uma ocupação?

Ela assentiu com a cabeça, com um olhar intenso.

— Pode apostar. E até que rende um bom dinheiro. Você nem imagina como tem gente rica em Manhattan disposta a pagar para alguém cortar as unhas dos chihuahuas em domicílio.

— Então por que você desistiu?

— Por mais chocante que pareça, eu não queria passar a minha vida inteira lidando com patas de cachorro. Não me entenda mal, adoro cachorros, e é ótimo cuidar deles. Mas tive de desistir quando começou a atrapalhar o horário das minhas aulas de caratê.

Dei um tapinha no joelho dela.

— O que a traz à sua verdadeira paixão: golpear cabeças com chutes laterais.

39

Ela fez de conta que ia me acertar no peito, chegou *bem* perto, e falou com os olhos brilhando:

— Ou no coração.

Por um instante, eu enxerguei algo em seus olhos. Ou talvez as palavras dela tenham me soado como um aviso, como se de fato pudesse atingir em cheio o meu coração.

Eu pisquei e desviei o olhar.

Ela baixou o braço e pousou as mãos no colo.

— Mas, sim, eu adoro de paixão. — Ela usou um tom mais sério do que quando contou sobre pés, fetiches, patas e garras. — Sempre adorei.

— Desde criança?

— Meus pais me colocaram no curso de caratê aos seis anos. Eu tinha muita energia e essa era a forma ideal para gastá-la. Com o tempo, me apaixonei. Pelas técnicas, pelas habilidades e, principalmente, pelo fato de sempre podermos nos aprimorar. — Ela levantou os olhos, que encontraram os meus. Ao falar de algo pessoal, a Natalie pareceu retirar a camada de chefe e assistente que havia entre nós. — E também adoro ensinar, minha parte favorita é autodefesa. Pretendo continuar a ensinar mulheres a se defender usando as artes marciais. Considero isso como algo especial que posso fazer, entende?

A voz dela mostrava vulnerabilidade, como se ela quisesse garantir que sua admissão tinha significado para mim. Que eu desse a devida atenção a isso, e é o que farei.

— Entendo bem o que você quer dizer e desconfio de que seja fantástica nisso.

— Não me entenda mal, amo trabalhar na sua empresa também. Meu emprego na WH é bárbaro. — A Natalie abriu um sorriso delicado que logo se tornou um bocejo e cobriu a boca com a mão. — Acho que tem um cochilo me chamando.

Ela adormeceu em poucos minutos e deixou cair a cabeça no meu ombro. Depois, conforme foi entrando num sono profundo, o corpo dela foi se arqueando e, por fim, ela dormia com a cabeça no meu colo.

E foi assim que passei o resto do voo: com a Natalie encolhida no meu colo.

Sim, fiquei com o maior tesão. Sim, tive uma ereção. E sim, minha mente foi invadida por imagens e eu fantasiei como seria se ela acordasse com a cabeça ali, virasse alguns centímetros e abrisse bem a boca.

Eu me acomodei um pouco para trás, para deixar o rosto dela um pouquinho mais afastado do meu ponto fraco.

Não demorou e começamos o procedimento de descida em Las Vegas. A Natalie acordou assim que aterrissamos. Olhou para o alto e os olhos percorreram o espaço todo, como se ela estivesse tentando definir onde se encontrava e o que estava acontecendo.

— Eu...? — Ela apontou para as minhas pernas.

— Dormiu no meu colo?

Ela olhava para mim envergonhada.

— Sim.

Os olhos dela ficaram enormes.

— Jura que eu fiz isso?! — A Natalie apontou desesperada pra minha braguilha.

Ah, merda... Ela notou meu volume. Eu pensava em uma lista de desculpas possíveis para estar parecendo madeira de lei quando meus olhos seguiram seu dedo. Ela não apontava para o meu pau, e sim para a mancha úmida no meu jeans. A mancha molhada imensa que só poderia ser resultado de...

Ela levou a mão no peito.

— Mil desculpas, eu babei em você!

Caí na gargalhada.

— Querida, você pode babar em mim quando quiser.

A Natalie abriu um sorriso de desculpas e então colocou a mão no bolso procurando o telefone. Ela não achou nada, então olhei ao redor e avistei o aparelho no chão perto do meu pé. Estiquei o braço para pegá-lo e, por mais que evitasse olhar, foi impossível não ver uma mensagem da irmã dela: "Eu sabia que você ia se sentir assim!".

Fiquei curioso. Assim como?

Capítulo 6

A TORRE EIFFEL É NANICA, A RODA-GIGANTE GIRA COMO se fosse um brinquedo miniatura e a montanha-russa do hotel New York New York rodeia seu cassino como a maquete de algum arquiteto. No vigésimo andar do novo imóvel do marido da Lila, somos reis e rainhas da cidade do pecado.

Este é um dos prédios mais altos da cidade. Com certeza, logo receberá vários letreiros que deverão preencher toda a altura do edifício, oferecendo aos turistas um espetáculo reluzente. No momento, este é o local em potencial da minha próxima obra.

Eu não sabia ao certo por que a Lila preferiu me contratar em lugar de alguém da cidade, por isso perguntei a ela. Construí minha reputação com base na honestidade; desnecessário mudar isso agora.

Ela estava perto de mim, com os braços cruzados, um brilho visivelmente orgulhoso nos olhos ao admirar a vista caríssima da cidade.

— Gostaram? O lugar é adorável, mas a cozinha é uma verdadeira bagunça, não? — A Lila balançou o braço em direção ao fogão vermelho, os armários pretos e o balcão verde-esmeralda. — Você consegue dar um jeito nela?

— Claro que sim. Vamos deixar tudo em harmonia e torná-la o ponto principal da casa dos seus sonhos. Mas não posso deixar de perguntar: por que não contratar alguém da cidade? Qualquer empreiteiro ficaria satisfeito em trabalhar num imóvel lindo como este.

Ela se virou para mim, olhou nos meus olhos, e sorriu educadamente.

— É muito gentil da sua parte dizer isso. Mas você tem ideia de como é difícil encontrar alguém em quem se pode confiar? Permitir que entrem em sua casa? Ainda mais numa cidade estranha? — Ela elevou o tom, correndo os dedos pelo colar de pérolas. Pelas entrelinhas, deu para imaginar que a Lila já devia ter cruzado com alguns oportunistas. — Existem por aí muitos empreiteiros predadores disfarçados de amigos.

Senti vontade de dar um "toca aqui" em solidariedade, pois eu bem que conheço gente oportunista. Minha namorada na faculdade, Roxy, foi a campeã, a maçã mais podre que conheci. Depois da formatura, ela me encorajou a começar um serviço de consertos gerais e se tornou a minha maior incentivadora ao me ajudar a elaborar um plano de negócios. Quando ela me deixou por um camarada qualquer que trabalhava em Wall Street e faturava alto, fez o possível e o impossível para me tirar uma boa fatia da WH Marcenaria & Construção. Ela era como um urso coala que se transformou num crocodilo.

Não gosto nem um pouco de maçãs podres, oportunistas, crocodilos, nem ex-namoradas dissimuladas, mestres em esconder sua loucura.

— Sei bem do que você está falando e agradeço a confiança, isso me deixa muito satisfeito. Significa muito.

— Além disso, você é pontual, termina a obra no prazo, e nenhuma das minhas amigas de Manhattan pode dizer que teve a mesma sorte com outro empreiteiro. — Ela balança a mão no ar mostrando sua indignação com as experiências desagradáveis pelas quais suas amigas passaram. — Você é uma espécie em extinção, Wyatt. E o mais importante é concluir a obra no prazo, pois preciso deste lugar para oferecer um jantar de gala para uma das minhas associações beneficentes favoritas. Uma filantropa da cidade, Sophie Winston, vai me ajudar a organizar o evento. Você acha muito complicado gerenciar a obra a distância?

Olhei ao redor, para avaliar a planta do local mais uma vez. Aquele era um ambiente todo aberto, bastante amplo, uma sala de estar em desnível e quartos muito bonitos. Um estilo moderno e *clean*. Paredes brancas, mobiliário simples e assoalho de madeira. A cozinha, ao contrário, era uma miscelânea total; dava a impressão de que um macaco bêbado se encarregara do projeto.

A Natalie, que estava tirando medidas da cozinha, veio até a sala, com um ar decidido, fazendo anotações num bloquinho apoiado no laptop que ela carregava.

— Ei, Natalie — eu disse, alto —, acha que daremos conta de tocar esta obra? Vamos precisar de um eletricista e temos de procurar um fornecedor local de peças e componentes.

— Na verdade — a Lila se adiantou, erguendo o dedo para pedir a palavra —, isso não será necessário. Você pode usar o seu fornecedor costumeiro em Nova York e transportar todo o material no meu avião.

Esbocei um sorrisinho. Puta merda, aquela mulher era uma fada madrinha! Desse jeito, aquela seria a obra dos meus sonhos.

A Natalie parou ao meu lado.

— Com relação ao eletricista, eu já tenho alguém. Falei com um amigo que é gerente do Edge, um clube noturno daqui, que vai nos passar o contato do eletricista que trabalha para ele e de qualquer outro profissional especializado de que precisemos. Você só terá de vir para executar a obra. — E então dirigiu-se à Lila: — Podemos fazer, sim. Eu consigo administrar tudo a distância e o Wyatt estará aqui para executar o serviço. Pode deixar com a gente.

— Maravilha! Estou tão animada! — A Lila esboçou um sorriso tão largo quanto a avenida lá embaixo. — Esse evento beneficente é muito importante pra mim e quero que a casa impressione. Vejam se conseguirão se adequar à verba. — E em seguida revelou o quanto pretendia gastar.

O valor tinha tantos zeros que meu queixo quase caiu.

— Não creio que será um problema. Vou preparar um orçamento e enviá-lo a você...

A Lila me interrompeu:

— ... podemos fechar o contrato esta noite!

Ah, sim, pode apostar!

A Lila ficou no apartamento; apenas eu e a Natalie tomamos o elevador. A porta fechou suavemente fazendo um barulhinho e eu me virei para minha assistente.

— Já podemos falar?

— Sobre a parte em que você vai me dar aqueles vinte por cento de aumento? — ela indagou, descontraída.

— Tenho certeza de que eu mencionei dez por cento.

— Dez por cento, vinte por cento... Que diferença faz?

O elevador descia.

— Falando sério, agora, Natalie, tenho de te dar um extra por essa obra. Vai haver uma tonelada de trabalho.

— Me belisca!

Eu sorri.

— Mas, oficialmente, a resposta é sim. O aumento passa a contar a partir de hoje. Graças à Lila.

— Mesmo sem ela ter assinado o contrato?

Eu balancei a mão no ar.

— Dou a minha palavra: acordo fechado.

Estendi a mão para ela apertar, mas em vez disso a Natalie me deu um abraço.

— Muito, muito obrigada! — ela disse, de coração, os lábios quase tocando meu pescoço, os seios roçando meu peito, os dedos pertinho dos meus cabelos.

— Você merece — garanti. *E tem um perfume maravilhoso. E eu sou um filho da puta de um mestre do autocontrole, pois tudo o que mais queria era apertar o botão de emergência, passar suas pernas ao redor dos meus quadris e te foder pra valer.*

— Meus vídeos finalmente vão sair. — Ela socou o ar, num gesto vitorioso, quando nos afastamos.

— Vídeos?

O rosto dela se iluminou e os olhos brilharam feito fogos de artifício.

— Estou começando a preparar uma série de vídeos sobre autodefesa, como aqueles no YouTube, e quero que tenham uma produção bacana, pois, assim, acho que vou atrair mais interessados pelas minhas aulas.

Eu sorri.

— Nossa, Natalie, isso é fantástico. Você já começou a filmar ou ainda está na fase de planejamento?

— Já fiz alguns, mas a qualidade não ficou muito boa, precisam melhorar. Está faltando algo e acho que sei o que é, só não tenho a verba necessária pra chegar ao nível que desejo — ela se apressou em explicar, mas logo baixou o tom, como se pedisse desculpas por sua excitação: — Claro que parece tolice... meus sonhos sobre a autodefesa...

A Natalie balançou a mão, tipo deixa para lá. Eu segurei o braço dela.

— Não é tolice coisa nenhuma. Sonhos nunca são tolos. E agora você pode persegui-los como sempre quis.

Ela abriu aquele seu sorriso típico que sempre me desarma, que fala alto no meu coração e ameaça virar minha vida de pernas pro ar. É um sorriso tão sincero, que mostra que ela é uma pessoa franca que deixa tudo claro logo de partida. Que distribui elogios, que compartilha entusiasmo, que não esconde quem é e nem o que quer. Tudo isso revelado na curva dos lábios dela, no modo como seus olhos azuis se iluminam, como a feição inteira brilha...

Que merda, estou me deixando levar por esse lado dela, preciso me controlar. Lembrar dos crocodilos... os crocodilos malucos, ainda que eu não possa jamais incluir a Natalie na categoria dos répteis. Mas como gato escaldado tem medo de água fria, é melhor tirar esses pensamentos da cabeça.

E começo por soltar o braço dela.

Quando chegamos ao térreo, já no saguão, ela disse:

— Tenho de confessar que vou sentir sua falta no escritório, nas semanas em que você estiver aqui, trabalhando no apartamento da Lila.

Fodeu. Como não ficar ainda mais na dela com um comentário desses? Antes que eu possa exibir minha habilidade de autocontrole, a porção sem filtro do meu cérebro assume o controle.

— Quer saber de uma coisa? Também vou sentir sua falta. — E não foram os alienígenas com tesão que me obrigaram a dizer isso, foi coisa minha.

Saímos pela porta giratória e aproveitamos o sol da tarde em Vegas para ir caminhando até o nosso hotel ali perto.

A Natalie apontou na direção de onde tínhamos vindo.

— Acho que te interrompi agora há pouco, quando entramos no elevador e você disse: "Já podemos falar?"

Dei risada por ela me fazer lembrar do que eu estava pensando quando saímos da cobertura.

— Era... puta que pariu, a Lila é a pessoa mais generosa que eu conheço.

— É verdade. Mas você ouviu o que ela disse, Wyatt. Você fez jus à generosidade dela.

No momento não havia provocação no tom da Natalie e o elogio dela me fez pensar no que realmente importava: ser um cara do bem. No trabalho. Na vida. Com as mulheres. Eu preciso parar de pensar em trepar com a Natalie e também de dizer que sentiria a falta dela. Isso é coisa de namorados e a Natalie é apenas uma funcionária, nada mais que isso.

Consultei as horas.

— São quase quatro, será que conseguimos encontrar um bar disposto a nos servir a uma hora dessas? — perguntei brincando, já que em Vegas beber a qualquer hora não só é possível como estimulado.

— Lógico. Vamos tomar algo no Bellagio mesmo.

— Está ótimo. Que tal jantarmos mais cedo, tomarmos uns drinques e fazermos o orçamento? — Afinal, estou aqui a trabalho.

— E quem sabe mais tarde possamos comemorar e ir dar uma volta na montanha-russa?

Eu concordei, pois trabalho sem diversão me tornaria um tremendo chato.

Capítulo 7

CINCO HORAS MAIS TARDE, A NATALIE ME MOSTROU EXAtamente onde ela gostaria de golpear na minha garganta.

— E daí, para garantir que eu te derrubaria, giraria ao redor assim. — E ela desferiu um chute fraco e rápido perto do meu joelho. — Claro que eu chutaria com força e você cairia no chão. — Deu uma piscadela. — Esse é só o chute que dou em bares.

Dei de ombros.

— Eu detestaria topar com você numa viela escura, fosse para receber um chute de demonstração ou um golpe de caratê no pescoço.

Estávamos num bar agitado, com rock alto tocando ao fundo, no hotel New York New York, onde ficava a montanha-russa. A Natalie já tinha tomado dois drinques — ela elegera *mojitos* para aquela noite —, e me contava em detalhes como planejava fazer os vídeos de autodefesa. A maior parte dos movimentos ela estava demonstrando em mim. Bem, não uma demonstração completa, a ponto de me jogar de bunda no chão; ela só fazia de conta que me atingia.

Pode me chamar de masoquista, mas eu estava adorando. Ou talvez simplesmente estivesse sedento pela atenção daquela mulher, por qualquer que fosse o motivo, o final da história era sempre positivo — as mãos dela em mim. Tudo ia às mil maravilhas, pois eu tinha recebido o sinal verde para a reforma e nós estávamos comemorando.

Preparamos o orçamento quando voltamos para o hotel. A Natalie o enviou por e-mail pra Lila, que, trinta minutos depois, respondeu com a seguinte mensagem: "Maravilha! A primeira parcela vai ser depositada na segunda-feira".

Isso significava um aumento para a Natalie e o caminho aberto para a expansão da empresa. Significava também que agora a Natalie estava a meio passo de ficar bêbada e eu seguia pelo mesmo caminho. Ela trocara a roupa de trabalho por uma saia vermelha florida, sapatos de salto e blusa de seda pretos. O sapato dela era muito sexy, mas a Natalie estaria bem mesmo se usasse chinelos. Sim, eu sou um cara eclético. Tem homem que prefere as loiras, alguns têm uma queda por ruivas e outros enlouquecem por mulheres com um visual exótico. Já eu não tenho um tipo definido e possuo um apetite voraz. Contudo, no momento, com a Natalie irradiando energia e excitação, estou chegando à conclusão de que loira, com uma surra de brinde, é o meu tipo favorito. Quem sabe uns beijos ardentes de aperitivo, uma trepada *hardcore* como prato principal e, de sobremesa, uma pegada por trás.

Caralho.

Lá vou eu outra vez.

Tento afastar os pensamentos impróprios e nada profissionais e pensar num assunto genérico para ocupar a mente e recuperar a atitude de bom rapaz. Qualquer coisa que não atice as minhas fantasias. Quem sabe as notas fiscais que devem ser arquivadas ou as ferramentas novas que precisamos providenciar. E quem sabe até o que temos agendado depois dessa obra em Vegas.

O problema é que não estou a fim de falar de trabalho, então penso em algo que li no início da semana. Quando eu estava prestes a contar para ela sobre o meu fato curioso preferido descoberto há pouco — a espinha dorsal dos gatos não é como as nossas, o que explica como eles conseguem se enfiar em espaços mínimos do tamanho da cabeça deles —, a Natalie chegou mais perto de mim, com uma música do Bon Jovi tocando ao fundo, e sussurrou:

— Olha lá. Ela está contando pra ele sobre todas as fantasias com bichos de pelúcia.

Ela se referia a um casal sentado do outro lado do bar. O cara, um coxinha em um terno azul-marinho e gravata vermelha, e a mulher parecia ser uma colega, a julgar pela blusa branca impecável. Quem sabe, eles tenham acabado de fechar algum negócio... Se bem que com o braço daquele jeito, ao redor do ombro dela, parecia que ele queria celebrar outro tipo de acordo...

— A fantasia de guaxinim está no quarto dele — eu disse, já que a conversa da Natalie é bem mais divertida que curiosidades felinas. Fiz sinal com a cabeça para uma mulher com um look gótico, com fones de ouvido, e para o acompanhante dela todo tatuado, tomando um *shot* atrás do outro. — Ela vai se vestir como uma pastorinha, assim ele poderá bater nela com um... Caralho, como chama mesmo aquilo?

Ela me olhou atravessado.

— Ora, Wyatt, um cajado — ela falou quase numa repreensão por eu não lembrar.

Estalei os dedos.

— Isso! Ele vai bater no traseiro dela com um cajado.

Por uma fração de segundo, a Natalie pareceu ofegar, o ar escapando por seus lábios.

— Parece divertido. — E aquela entonação apimentada me fez crer que ela talvez quisesse o mesmo.

— E se eu tiver perdido a minha ovelha?

E com certeza isso aconteceria.

— Quer que eu te ajude a procurá-la?

Ela me lançou um olhar convidativo.

— Sim. Mas pra isso vou precisar de mais um drinque e, desta vez, eu quero vodca com tônica.

Chamei o barman e pedi duas, e ele logo começou a preparar os drinques.

A Natalie pousou o queixo na mão e me fitou.

— Eu adoro vodca com tônica, sabe por quê?

— Aposto que sei.

Mas antes que a Natalie explicasse a razão de seu encantamento pela bebida, seu celular soa, fazendo barulho suficiente para chamar nossa atenção. Ela vasculhou a bolsa para pegá-lo e o segurou perto do peito como se fosse algo precioso.

— É a Lila. No compasso atual, ela deve estar chamando pra dizer que quer nos pagar mais ainda.

— Pode crer. E vou dar todo este extra para *você*. — Estufei o peito e completei: — Porque sou um cara generoso.

Viu? Sei tratá-la bem e nem estou pensando em comê-la. Neste exato instante, quero dizer. Dez segundos atrás, eu estava pensando nisso.

— Desconfio de que te amo, Wyatt. — E ela me mandou um beijo, enquanto o barman servia nossos drinques.

Quando abriu a mensagem, porém, a expressão dela se transformou. Seus lábios se curvaram para baixo e a Natalie deixou escapar um longo e interminável "Que merdaaaaa!!!".

Ela cerrou as pálpebras, engoliu em seco e então respirou fundo.

— Que grandessíssima merda... — Mas aquilo não soou engraçado. A Natalie estava frustrada.

Meu coração disparou e fiquei preocupado.

— O que foi, Natalie? — Toquei no braço dela.

A Natalie abriu os olhos e respondeu em um tom grave:

— Ela cancelou a reforma.

A minha animação derreteu na hora, feito gelo.

— Tá falando sério?

Aquilo não fazia sentido.

A Natalie fez que sim.

— Tá me tirando? — eu insisti, pois não tinha o menor nexo.

— Bem que eu queria. — Desanimada, ela leu a mensagem toda pra mim:

"Cara Natalie, lamento ter de comunicar isso, mas o senhor Mayweather estava negociando uma outra propriedade e o acordo desandou. Infelizmente, terei de adiar a reforma de Vegas. Torço para retomá-la em breve; e, por favor, saibam que estou ansiosa para contar com os serviços da WH Marcenaria & Construções.

P.S.: Estou voltando para casa no jatinho para consolar meu marido. Sei que não é a mesma coisa, mas reservei passagens de primeira classe para você e para o Wyatt num voo comercial, para amanhã à tarde. Os bilhetes foram enviados para o seu e-mail. Espero que o atendimento seja adequado. Meus melhores votos e voltaremos a nos falar em breve."

A Natalie largou o aparelho no balcão do bar, fazendo um barulho que ressoou nos meus ossos.

Porque...

Puta que pariu mil vezes! Essa doeu pra valer.

Peguei o drinque e bebi meio copo num só gole. Ela fez o mesmo com o dela.

— Fiquei triste, Wyatt. — E os lindos lábios da Natalie caíram ainda mais.

Essa foi a gota d'água. Não aguento ver essa garota triste. Eu quero aquele sorriso estampado de volta no rosto dela e vou encontrar uma forma de recuperá-lo. Não importa como a perda desse trabalho esteja *me* afetando, preciso deixar a Natalie contente de novo, e isso também me fará esquecer dessa porra de má notícia.

— Ei — eu disse, segurando no ombro dela. — Estamos em Las Vegas. Vamos tirar o máximo proveito dessa cidade, pode ser?

Ela suspirou, abatida.

Então, segurei o ombro dela com ambas as mãos.

— Estou falando sério, vamos dar um jeito. De alguma forma vai dar certo. Eu vou te dar o aumento de qualquer forma. Mas agora, neste lugar, nós iremos nos divertir. Certo?

Ela balançou a cabeça concordando.

— É gentil você dizer isso, mas não precisa me dar o aumento. Eu sei que dependia da obra dos Mayweather.

— Não — contestei, olhando bem em seus olhos. — Dependia de você ser fantástica no que faz e isso não mudou. Não deixaremos que um único contratempo nos abale. É a sua primeira vez em Vegas e eu prometi mostrar os pontos turísticos. Você escolhe. Esta cidade é sua e, esta noite, faremos tudo o que você tiver vontade.

Ela deu de ombros e balançou a mão como quem não se importava.

— Eu devia ter desconfiado. Era uma obra maluca, absurda, e mais que bem remunerada, era bom demais pra ser verdade. Não existem coisas como chocolate sem calorias ou um cara que seja engraçado, bem-dotado e amável ao mesmo tempo.

Tive vontade de protestar, mas ela estava certa, pois eu estou longe de ser amável.

— E vale também para uma cliente disposta a pagar 20% a mais para a reforma. São todos unicórnios.

— Não, Natalie, não é fantasia. É razoável até. Você mesma disse, mais cedo: somos bons no que fazemos e a Lila sabe disso. Trata-se apenas de um contratempo. Acordos são cancelados. Já vi isso acontecer diversas vezes. O Nick, por exemplo, passa por isso no trabalho dele. E tenho certeza de que a sua irmã diria o mesmo. Aposto que ela e o Spencer já tiveram muitos pedidos cancelados; faz parte dos negócios. Estávamos esperançosos, mas não se confirmou. Agora, bola pra frente.

Como ela ainda não havia concordado com minha proposta de tirar o máximo proveito da noite, eu continuei, o sacana determinado no comando do navio:

— E seja o que for, assim mesmo você receberá seu aumento e poderá fazer os seus vídeos. E esta noite vamos nos divertir como nunca. Combinado?

Ela torceu os lábios e essa era a dica que eu precisava para continuar pressionando. Não vou deixar que a Natalie fique deprimida.

Inspecionei o bar rapidamente e acabei reparando num casal: o homem de meia-idade vestia uma camisa com estampa tropical turquesa e a mulher usava uma camisa igual. Soltei o ombro da Natalie, me inclinei para perto e sussurrei em seu ouvido:

— Algemas para a dupla de camisa havaiana. Esta noite ele vai algemá-la e vai penetrá-la com gosto e vigor, encostados num pilar da cama, no hotel Flamingo.

— Sim — ela sussurra conspirando comigo; daí pega o enredo, sucumbindo ao jogo que lhe é irresistível: — Eles estão casados há vinte anos e continuam transando toda noite.

Essa foi uma observação complementar interessante. Eu franzi a testa.

— Isso por acaso é algo que você almeja, minha querida?

— Um dia, quem sabe. Principalmente porque o meu último namorado não era... — Ela interrompeu o comentário. — Eu não deveria falar sobre isso.

Minha curiosidade fora aguçada.

— Não, você *deve* falar, sim. Eu quero saber.

A Natalie apanhou o copo e deu outro gole.

— Conta, Natalie. Ele não era o quê?

Ela deslizou a ponta do dedo pela borda do copo, querendo escapar da pergunta.

Eu a encarei.

— Fala logo. Ele não queria te algemar? Te dar umas pancadinhas com um cajado? Transar toda noite?

Porque eu a algemaria. Eu a amarraria. Eu daria umas palmadas nela. Eu a comeria de quatro. No carro. Num avião. Em qualquer lugar e em toda parte, e toda a noite. Sem essa de inibição.

— Certo. Ele não era muito... *interessante* na cama.

Fiquei de pau duro num estalar de dedos. Não por conta do ex dela, mas por conta do que ficou implícito — que ela era *interessante* na cama, e eu estou muito interessado em coisas interessantes que possam se passar junto com ela entre os lençóis.

— E você prefere um interessante, imagino.

— Estranho, na verdade, eu... — ela dizia, como ar de quem fizera uma descoberta sobre si mesma. — ... prefiro no mínimo uma transa regular. E, pra mim, coisas como algemas, posição de cachorrinho, sexo em público e palmadas são ótimas.

A Natalie levou a mão à boca, parecendo envergonhada.

— Droga. Eu não disse isso em voz alta, disse?

— Palavra por palavra. Uma delícia. — Dei uma risadinha. — Então, negócio fechado? Nada de tristeza para a Natalie esta noite?

Ela suspirou, mordeu a ponta do lábio e então abriu um sorriso maroto.

— Contanto que eu ande na montanha-russa, negócio fechado.

— Você vai dar uma volta na montanha-russa e viverá a experiência completa que Vegas oferece. Menos que isso não serve — prometi, estendendo a mão.

A Natalie estendeu a dela e apertou meus dedos.

— A experiência completa em Vegas.

— Uma noite só. Vamos dar conta de tudo.

— Vamos com força total. — Ela abriu bem os braços no ar.

— Liberar geral.

— Mandar o juízo pro inferno! — Então, a Natalie pegou o copo de vodca com tônica e seu cotovelo acabou empurrando o celular dela pra perto de mim.

Discretamente, de canto de olho, eu espiei as mensagens dela. A da Lila era a mais recente. Mas havia uma para a Charlotte, que a Natalie devia ter aberto depois de ter fechado a da nossa cliente, e as palavras me deixaram ainda mais tentado a cruzar uma linha que eu sei que deveria evitar, mas que não vou resistir: "Eu o quero tanto!"

Era tudo o que eu precisava saber. Aquelas palavras me deram ousadia e eu voltei ao comentário que ela fazia antes da chegada da mensagem da Lila com o cancelamento. Dei um toque no copo dela.

— Então, diz para mim, por que você gosta de vodca com tônica?

— Adivinha — ela provocou, chegando mais perto, num convite aberto ao flerte.

— Por causa do gosto que ela deixa nos seus lábios quando eu te beijo? — arrisquei perguntar pra ver no que dava.

Ela se limitou a dizer uma palavra: *Sim*.

E antes que me desse conta, eu estava beijando a Natalie.

Capítulo 8

VAMOS RECAPITULAR.

Como passamos de não beijar a beijar? Qual foi o fator decisivo? Ela se inclinou na minha direção? Eu cheguei mais perto dela? Detalhes contam. E eu fico feliz em revelá-los.

Começou com seis meses de tensão sexual. Acrescente dois *mojitos* para ela, duas cervejas para mim e algumas vodcas com tônica. Misture tudo isso com notícias negativas nos negócios e finalize com uma cerejinha, isto é, com o comentário da Natalie que me pegou em cheio ao revelar com clareza o que ela estava querendo... e cá estou eu.

Nós não nos inclinamos um sobre o outro. Não aconteceu uma atração sexual lenta, gradual. Não foi demorado, comedido.

Foi um encontro ardente. Aquela noite era como uma estrada, na qual nós corríamos em dois carros em alta velocidade, um em direção ao outro, e, de repente, aconteceu a colisão. Nós saímos engatinhando por sobre o teto dos carros, nos encontramos e nos beijamos feito loucos.

Não houve nenhum pingo de hesitação. Passamos de não nos beijarmos para nos beijarmos em menos de sessenta nanossegundos. Sim, eu também não sei o quanto dura um nanossegundo. Mas ele se passa numa fração mínima de tempo.

Meus dedos se enroscaram nos cabelos dela e a puxaram para mais perto, enquanto espremíamos nossos lábios um contra o outro, num beijo intenso e tempestuoso, alimentado por um desejo contido e álcool suficiente para torná-lo inevitável.

A Natalie roçou os dentes em mim e eu rosnei, adorando o arrebatamento dela. Chupei o lábio inferior dela com força e fui recompensado com um gemido devastador. Ela lembra uma tigresa e juntos somos dois animais.

Segurei a cabeça da Natalie com mais força e ela percorreu o meu corpo com as mãos — pelos meus cabelos, pelo meu peito, pelos meus braços. Nós nos beijamos com tamanho furor que foi como se estivéssemos escalando um ao outro. A certa altura, a Natalie se afastou, expirou profundamente, e então sussurrou no meu ouvido:

— Faz tanto tempo que eu queria fazer isso...

— Não há mais tempo do que eu. Agora, trate de trazer essa boca pra junto da minha.

E ela obedeceu.

Arqueei as mãos para segurar as bochechas dela, mas não fui delicado, nem ela queria que eu fosse. A Natalie não é uma garota delicada. Ela é valente e durona e quer o mesmo que eu. Segurei-lhe o rosto com firmeza e ela praticamente subiu no meu colo, chegando cada vez mais perto, a ponto de pressionar os seios contra o meu tórax.

Eu me encontrava sentado numa banqueta do bar e nós estávamos dando um espetáculo e tanto, mas eu não estava nem aí.

Minha língua perseguia e caçava, ansiosa para experimentar cada cantinho da boca da Natalie, saboreando a vodca com tônica e, acima de tudo, a *Natalie*. Ela era só gemidos e eu devorava cada um dos ruídos sensuais que ela emitia.

Aquela banqueta era nossa. O bar era nosso. A noite pertencia àquele beijo, porque não se tratava de um beijo de iniciação. Ele encerrava todas as indicações para completar o quebra-cabeça sobre como aquela noite terminaria.

Eu conhecia aquele tipo de beijo. Conforme eu explorava aquela boca e ela vasculhava a minha com a mesma urgência, crescia a convicção de que naquela noite eu iria trepar com a Natalie.

***

Acabamos deixando o bar. Eu paguei a conta, ela pegou a bolsa e o celular e fomos cambaleando até a grande entrada do hotel cassino New York New York.

Com um olhar insinuante, a voz maliciosa e rebolando, a Natalie perguntou:

— De toda essa experiência em Vegas, por acaso a montanha-russa vem em seguida?

Ora, se aquilo não era um convite, não sei o que seria. Eu confirmei minha presença:

— Vamos andar nela agora. Iremos tirar o máximo de cada segundo nesta cidade.

Não completei a frase seguinte: que na segunda-feira nós voltaríamos para nossa rotina, para o trabalho. Qualquer outra coisa além daquela noite seria arriscada demais, mas eu não queria estabelecer nenhuma regra. Eu desejava aproveitar aquele momento. Além do mais, a vodca já estava dizendo ao meu cérebro: "Afinal, quem se importa com a segunda-feira?".

— Vamos fazer de tudo — foi o que falei, pois no momento aquilo fazia muito mais sentido do que ficar medindo as consequências.

— Ótimo. — A Natalie agarrou a gola da minha camiseta preta quando paramos diante da lanchonete Nathan's Famous Hot Dogs, onde os clientes se deliciavam com os famosos sanduíches de filé com queijo e cachorros-quentes gigantes. — Pois eu adoro montanha-russa. — E ela se esfregou em mim em pleno saguão do cassino todo iluminado, que nos cercava com os sons de *plim-plim* das máquinas caça-níqueis e o assovio das roletas girando.

Agarrei seus quadris para que a Natalie pudesse avaliar o meu tamanho ao roçar nela.

Ela deu um suspiro quando sentiu o meu pau duro e deixou escapar um gemido sexy. A reação da Natalie foi perfeita e inestimável.

— O quanto mesmo você adora montanha-russa? — eu a provoquei.

— Espere só até me ouvir gritar, daí você saberá o quanto.

Arqueei as sobrancelhas, animado.

— Gata, eu vou te levar pra dar uma puta volta.

Por fim, conseguimos nos desgrudar e passamos a andar trocando beijos. Seguimos as indicações até a montanha-russa, mas paramos no meio do caminho para dar uns amassos. Eu a encostei contra a parede e beijei o pescoço dela, com a minha barba por fazer roçando em sua pele macia. A Natalie gemeu e isso me deixou doido. Quero ouvir todos os murmúrios e gemidos de prazer dela, quero ser o causador deles e fazê-la gritar e urrar repetidas vezes.

Conseguimos caminhar por mais uns trezentos metros e tomamos o elevador para ir até a entrada dos jogos eletrônicos que ficam próximos da montanha-russa.

Mas sinto urgência de tocá-la outra vez, então eu a viro de costas para a parede, seguro seus pulsos ao lado do corpo, pressionando meu corpo contra o dela e, mais uma vez, a beijo. Quando consigo me afastar, mordo a ponta da sua orelha. A Natalie deixa escapar um leve ganido.

— Eu te quero tanto, Natalie...

— Nossa, você nem imagina como ficar perto de você é uma tortura. Eu estava louca pra te tocar. Falei para a minha irmã quando fui pegar o avião que não tinha como vir pra cá e não te desejar. — Ela ofegava, e a confissão talvez fosse estimulada pelos drinques, o que não tinha o menor problema, pois eu também estava meio alto.

Mas não chegava a estar bêbado, e aqueles trechos de mensagens passaram a fazer sentido.

Então, me dei conta: a Natalie vinha trocando mensagens com a irmã a meu respeito. Ela desabafou com a Charlotte que ficar perto de mim era uma tortura. E daí a Charlotte respondeu que tinha certeza de que a Natalie ia querer ficar comigo em Las Vegas. E que tudo se fodesse, pois isso acabou me excitando além da conta.

Todos os motivos que eu tinha para resistir a ela desapareceram. Todas as minhas regras sobre separar trabalho e prazer viraram poeira. Seria só uma ficada, uma espécie de encontro amoroso de um dia só, parte do acordo de aproveitarmos a noite ao máximo.

Eu torcia para que as coisas não ficassem estranhas de manhã, mas foda-se, eu só conseguia pensar no *agora*.

Atravessamos o local em meio à iluminação intensa das telas piscando e entramos na fila da montanha-russa. Não havia muita gente à nossa frente. Não iria demorar, mas eu queria que a espera fosse como uma preliminar para ela. Eu a puxei para bem perto e a Natalie ficou de costas pra mim, com a bunda encaixada no contorno do meu pênis ereto. Ela recostou a cabeça no meu ombro, virou a boca para o meu pescoço e disse meu nome com um rosnado.

Eu sussurrei o nome dela bem no seu ouvido e a forma como as sílabas soaram pareceu tê-la despertado. A Natalie comprimiu o corpo no meu, empinou-se e ficou roçando aquela bunda sexy por toda a extensão do meu pau. Nós éramos a definição escancarada de uma demonstração pública do tipo "vão procurar um quarto", mas, por incrível que pareça, ninguém disse nada.

Vegas, baby. Adoro esta cidade!

Eu deslizava os dedos pelo cós da saia dela.

— Diz pra mim o quanto você está louca por isso. Eu quero te ouvir dizer.

— O quanto eu quero andar na montanha-russa?

Enfiei minha mão até o quadril dela.

— Não. O quanto você está louca pra eu te comer esta noite.

Ela se virou de frente e me encarou com seus magníficos olhos azuis. A princípio, não disse nada, só ficou me observando. O desejo deixou suas íris mais escuras e ela ficou me fitando, a ponto de me deixar sem ar nos pulmões, tamanha a intensidade do olhar.

— Wyatt Hammer, você não percebeu?

— Não percebi o quê?

As palavras saíram daquela boca maravilhosa repleta de puro desejo:

— Eu te quero tanto que até dói.

Nunca uma frase soara tão sensual assim. Mesmo havendo gente ali, parecia que estávamos sozinhos. Eu baixei os lábios até encontrar os dela, e pela primeira vez eu a beijei com suavidade. Não durou mais que um ou dois segundos, e então sussurrei:

— Assim você me mata, Nat.

A nossa vez chegou e separamos nossos corpos quando nosso grupo se encaminhou até a área de embarque, onde estava o vagão com carrinhos amarelos imitando os táxis de Nova York.

Não pensei duas vezes: agarrei a mão dela e a levei direto para o último carro. A Natalie entrou primeiro e, ao deslizar no assento, sua saia levantou alguns centímetros, deixando a pele macia de sua coxa à mostra.

Sentei-me ao seu lado e, assim que me acomodei, minhas mãos entraram em ação, indo do cós da saia até a coxa, e então entre as pernas, alcançando a calcinha toda úmida.

E depois lá dentro.

— Nossa... — ela murmurou.

Eu tinha dois minutos e quarenta e cinco segundos para fazê-la repetir aquilo. E mais alto.

Capítulo 9

ELA ABRIU AS PERNAS O MÁXIMO QUE PÔDE, JÁ QUE O carrinho era apertado e a barra de segurança também a limitava. Mas era tudo o que eu precisava. A Natalie era macia e estava lubrificada. Uau, parecia seda! Fiquei com a boca cheia de água, imaginando como ela devia ser gostosa.

O carro deixou o embarque com um barulho estridente e eu penetrei meus dedos por toda a extensão dela, bem molhadinha, fantástica! Estávamos olhando para a frente e não havia muito espaço para nos movimentarmos, mas eu só precisava das mãos e das palavras. Apesar do cinto de segurança passando pelo ombro, consegui virar o rosto para ela e aproximar a boca da sua orelha, quando começamos a subir.

— Você não estava mentindo, gata — eu disse ao acariciar o delicioso clitóris pulsante.

— Mentindo... — ela replicou, fazendo uma pausa para respirar. — ... sobre o quê?

— Sobre a doce tortura de ficarmos perto um do outro.

Ela balançou a cabeça e expirou com força por entre os lábios.

— Nada de mentira. Só um tesão enorme.

— Dá pra sentir. Meus dedos estão cobertos pela prova cabal. — E friccionei o clitóris com mais intensidade, e ele começou praticamente a latejar sob a ponta do meu dedo.

Conforme o carrinho fazia a curva, fomos saudados por uma forte brisa noturna e começamos a descer. Os freios tiniram, o metal em atrito contra os trilhos, à medida que o carro diminuía a velocidade. Pareceu que estávamos num ângulo de quarenta e cinco graus. Aposto que estávamos. De alguma forma, foi perfeito pra nós. A Natalie fez movimentos para apertar e pressionar contra os meus dedos, conforme subíamos. Eu os deslizei ainda mais rápido, conforme a velocidade diminuía no topo da subida. Eu estava acariciando a xoxota dela, friccionando com firmeza o clitóris e seguindo os sinais que a Natalie passava. Minha atenção se voltou para a barra de proteção estofada. Ela a agarrou com força, como se sua vida dependesse disso ou, quem sabe, somente o seu prazer. Mesmo naquele espaço confinado, o quadril dela ia ao encontro dos meus dedos com urgência. Eu os deslizei para cima e para baixo no interior dela, seu tesão foi aumentando e ela foi ficando cada vez mais molhada.

Em algum ponto à nossa frente, as vozes explodiram no ar. Gritos fruto da antecipação: a expectativa pela primeira descida íngreme. Mas eu só tinha palavras para ela, então, sussurrei em seu ouvido:

— Eu quero que você dê uma gozada bem foda agora.

— Sim! Ah, como eu quero isso! — ela gemeu, e fez força para que meus dedos a penetrassem ainda mais.

Nós nos aproximamos ainda mais do topo e eu meti dois dedos dentro dela. A Natalie estava bem quente e apertadinha e se contraiu com força para mim. Ela baixou a cabeça para abafar os gemidos, mas não era preciso. Nós estávamos a sessenta metros de altura e os gemidos dela eram parte de uma orquestra — gritos de alegria, uivos, e o som mais alto de todos, o do atrito das rodas sobre os trilhos.

Subimos novamente até o topo, Vegas inteira aos nossos pés. Então o chão nos faltou e despencamos. A Natalie gritou. Um grito intenso, descontrolado, de puro prazer.

— Aaaahhhh!!! — ela berrou. — Assim mesmo!

— Que foda! — Minha voz se uniu à dela quando o carro se lançou em meio à noite, na velocidade da luz, e a Natalie começou a gozar nos meus dedos.

Ela parecia um fio desencapado e eu sabia que ela estava quase lá, e nada no mundo me impediria de fazê-la chegar ao clímax. O desejo e a determinação me moveram conforme eu trabalhava meus dedos dentro dela, ao mesmo tempo que friccionava seu clitóris faminto. Safada como ela é, ainda deu um jeito de balançar o quadril, contraindo e pressionando meus dedos, mesmo naquele espaço mínimo. A Natalie estava tão excitada e determinada quanto eu. A necessidade enorme de gozar se estampava no rosto dela, em seus olhos fechados e espremidos. Sua expressão revelava uma concentração extrema.

Eu concentrei os movimentos no clitóris, conforme ela me implorava para prosseguir, com sussurros e gemidos. Como se eu pudesse sequer pensar em parar. Os gritos e uivos das pessoas nos outros vagões encheram o ar quando percorremos uma parte espiralada da pista e depois fizemos um *loop*. Sou um sacana tesudo, daqueles bem sortudos. A julgar pelo desenho da boca da Natalie de um perfeito O e pela forma como ela contraiu a pélvis contra a minha mão, eu estava prestes a mandá-la pelas alturas em questão de segundos. Em instantes ela tremeu, e não era apenas um movimento de encorajamento dizendo "você está quase lá, continua". Ela chegou ao clímax quando alcançamos o topo e viramos para baixo.

— Ai, que delícia, ai, que delícia! — A xoxota dela comprimiu os meus dedos com força extrema quando ela gozou nos meus dedos. Ela gritou descontrolada ao voarmos pelo restante da volta. Não demorou e o grito dela passou de orgástico a excitado pela emoção da montanha-russa.

Conforme a velocidade do carrinho foi diminuindo, quando estávamos chegando à plataforma, ela inclinou a cabeça dando uma porção de beijos enfileirados no meu pescoço. Terminou com uma mordidinha na ponta da minha orelha e soprou no meu ouvido:

— Não acredito no que acabamos de fazer. Que loucura deliciosa.

— Muito foda — completei.

Sim, bancar o malvado é muito melhor.

Quando o carrinho parou e a barra foi erguida, eu dei a mão para ajudá-la a sair. O casal à nossa frente se virou — aquele mesmo de camisas havaianas iguais. A mulher piscou pra Natalie e me fez um sinal de positivo. A Natalie, por sua vez, enterrou o rosto no meu ombro, mas eu entrei na deles e acenei.

— Não chamam isso de passeio divertido por acaso — eu disse bem alto.

— Pode apostar! — o homem respondeu, com um tom de orgulho na voz, como se ele mesmo já tivesse batizado o último carrinho da atração de algum parque de diversões.

Quando voltamos para o interior do prédio, a Natalie passou os braços ao redor do meu pescoço, sorrindo descontraída para mim.

— Oi.

— Oi, você aí.

— Aquilo foi... — a voz dela desmanchou. Talvez não conseguisse encontrar o termo exato, mas o rubor nas bochechas e o brilho de satisfação nos olhos já me bastavam.

— Interessante? — sugeri.

— Foi muuuito interessante.

— Aposto que dá pra ficar mais interessante ainda.

Nós retomamos o caminho, mas de repente ela parou e apontou.

— Olha lá!

Eu segui a direção que o dedo dela indicava e abri um sorriso ao ver nossa foto na tela atrás do balcão.

— Então, esta é sua cara de "O".

Ela agarrou o meu ombro. Eu peguei minha carteira no bolso de trás, tirei uma nota de vinte e mostrei a tela atrás da moça no balcão.

— A número 16, por favor. — E pisquei pra Natalie.

Ela pôs a mão na cabeça.

— 16 é um número muito fofo.

Simpática, a atendente morena de rabo de cavalo e óculos vermelhos sorriu atrás do balcão.

— Sem dúvida alguma. E a sua foto 16 muito fofa vai ficar pronta num instante. A impressão leva apenas quarenta e cinco segundos e vem com uma linda moldura cartonada. Vocês querem que eu a plastifique também?

Eu fiz de conta que tentava decidir.

— Hmmm, o que você acha, Nat? Devemos mandar plastificar o momento...

A Natalie levantou o rosto, o olhar inflamado, e me interrompeu:

— Não, obrigada — ela disse para a garota animada. — A moldura é suficiente.

A garota me entregou uma sacola com duas fotos de primeiro plano 12 x 18 da Natalie e eu gritando enquanto corríamos pelos trilhos.

Ao voltarmos a caminhar, resolvi observar as fotos em detalhes.

— Acho que tecnicamente não dá pra dizer se esse foi o exato momento em que você gozou — comentei, pensativo, ao mostrar a foto a ela.

A Natalie me fitou.

— É bem próximo.

— Bem próximo funciona pra outras coisas, não pra orgasmos. Quer dizer, podemos dizer com certeza que este foi o momento do triunfo? Devemos repetir a dose para garantir?

Ela me olhou atravessado.

— Era mesmo necessário comprar isso pra debochar de mim?

Eu a detive, segurando seu braço.

— Eu nunca debocho de orgasmos, levo o prazer muito a sério.

— Sei disso — ela sussurrou.

— Quer que eu jogue fora? Eu jogo.

Ela amaciou.

— Só estou bancando a durona.

— Ah, sim, deu pra perceber. — Meus olhos se voltaram para a minha braguilha. — Há muito tempo a minha vida virou uma dureza por sua causa.

— Você é o rei do trocadilho, não?

— E você a rainha do "O" na montanha-russa. Mas, falando sério, eu não mostro isto para ninguém se você não quiser.

— Mesmo que eu não estivesse a ponto de explodir de uma euforia tão intensa a ponto de retorcer os dedos dos pés, você teria mesmo coragem de mostrar isso pra alguém? Nós parecemos dois idiotas berrando.

Ela pegou a foto e a levantou para eu ver, e então imitou a nossa cara — olhos arregalados, boca aberta, expressão de espanto, com o carrinho voando pelo percurso da montanha-russa.

Dei de ombros.

— Pode me chamar de maluco, mas eu gostei. Vou guardar de lembrança.

Em seguida, agarrei o cós da saia dela e a puxei pra bem pertinho de mim, enquanto passávamos em frente de um jogo eletrônico de tiro ao alvo.

— E por falar em alegria intensa de fazer retorcer os dedos dos pés, devo confessar que você é uma gostosa quando está gozando e é uma gostosa quando não está gozando. Ou seja, resumindo, você é uma tentação o tempo todo, sabia?

Ela abriu um sorriso iluminado e sua expressão de puro prazer provocou uma sensação estranha no meu peito. Assim como a sua voz, ao responder um mero:

— Obrigada. — E acrescentou um comentário: — Acho que este é o momento apropriado pra eu contar que trouxe um presente pra você, que eu comprei antes de viajar, lá em Manhattan.

Arqueei uma sobrancelha, curioso. Ela mexeu na bolsa, pegou algo, colocou na minha mão e pressionou. A embalagem metálica e o anel de borracha me atravessaram como um raio.

— Você é presunçosa.

Ela deu de ombros.

— Mas eu estava errada, por acaso?

Capítulo 10

EU SÓ TINHA UMA COISA EM MENTE NAQUELE MOMENTO. Como estávamos hospedados em outro hotel e como eu precisava daquela mulher desesperadamente... eu saí à caça.

Dei a mão pra ela e caminhei decidido em meio aos jogos e às atrações, fazendo uma varredura, procurando. Talvez houvesse um banheiro ou um cantinho sossegado. Quem sabe uma cabine de fotos! Sempre achei essas cabines perfeitas, uma joia disfarçada, longe dos olhos do público. E a gente ainda consegue uma foto nu.

Foi então que vi uma cortina de veludo vermelha bem na saída do salão e tive uma ideia. Nunca se sabe o que se esconde atrás da cortina. Talvez a privacidade necessária. Eu a conduzi e havia uma espécie de depósito atrás, repleto de máquinas de jogos e fliperamas fora de uso. Não perdi tempo e entrei com ela em meio a todo aquele material.

— Você não estava errada. — Tornei a beijá-la. A vodca com tônica estava quase sumindo dos seus lábios, mas o gostinho no fundo estava lá, o suficiente pra me lembrar de que a ousadia dela era alimentada por Bacardi e Belvedere. Mas isso não tinha importância. Se não fosse a bebida para dar mais coragem, eu também não estaria ali, levantando a minha assistente sexy pra caralho para colocá-la em cima de um fliperama quebrado do Metallica.

Em segundos, as mãos dela erguiam a minha camiseta.

— Esperei tanto tempo por isso...

— Verdade? — eu perguntei, provocando para ouvir mais, pois nada me dá mais tesão do que as palavras dela.

A Natalie acariciou os vincos marcados do meu abdômen e eu me arrepiei todo com o toque dela.

— Às vezes, quando você entra na minha sala, eu dou uma bela medida em você — ela contou baixinho, com a voz sensual.

— Tipo os meus cabelos? — eu brinquei. — Você fica medindo os meus cabelos, é isso?

Ela chegou mais perto e mordeu o meu queixo.

— O seu pau, Wyatt.

A minha pele se arrepiou ainda mais quando eu abri as pernas dela.

— Sua pervertida.

— Eu não resisto a admirar os seus braços e a sua cintura. Dou uma boa olhada no seu pinto... Você sabia que fica de pau duro no trabalho?

Soltei uma gargalhada.

— Jura?! E você não imagina por quê? Seria por causa da vista? Ou seria a gata deslumbrante sentada na recepção?

Ela deu risada também.

— Eu sabia que você estava de olho em mim e queria transar comigo. Eu enxergava você com os mesmos olhos e tudo em que conseguia pensar era como... você é *bem-dotado*. — A Natalie ergueu duas vezes as sobrancelhas e gargalhou. — Isso está mais parecendo um filme pornô dos anos 70, né?

— Você não sabia que fui galã de filmes pornôs estilo anos 70?

Ela passou a ponta do indicador pelo meu lábio superior.

— Você usava bigode?

Entrei ainda mais na brincadeira.

— Um bigodão indecente. Eu vestia um jeans apertado, com boca de sino. Principalmente quando fazia o papel de limpador de piscina e de entregador de pizza.

Ela murmurou num tom de aprovação.

— Quem sabe você não leva sua coleção de fitas VHS uma noite dessas para a gente assistir aos seus sucessos. Seu nome artístico era Bem-dotado?

— Eu não só era chamado de Bem-dotado como fiz uma série inteira com esse nome. — Reduzi minha voz a um sussurro: — Mas saiba que são todas fitas Beta. Você vai ter de arrumar um aparelho Betamax para nossa noite de pipoca e safadeza.

Eu a puxei para a beirada da máquina de fliperama e levei suas mãos até o cós do meu jeans. Agora era pra valer, fim das piadas.

— Então era isso o que você fazia em todas aquelas ocasiões? Ficava imaginando como seria segurar o meu pau?

Ela fez que sim, os olhos brilhando de desejo.

— Às vezes eu ia pra casa e ficava imaginando como seria desabotoar a sua calça jeans, enfiar a mão na sua cueca e te sentir com meus dedos.

Puta que pariu! As minhas veias se incendiaram e o fogo se espalhou pelo meu sangue e serviu pra acender um desejo ainda maior, como eu nunca experimentara antes.

— Então, hora de descobrir. — Levei as mãos dela até o botão e guiei os dedos dela para baixar o zíper. — Vai. Toca no meu pau.

Ela estava com um olhar ávido, como se estivesse prestes a realizar sua maior fantasia, e a minha também: eu ia trepar com a minha Natalie!

Baixei minha cueca e, quando meu pinto se levantou livre, a Natalie arregalou os olhos e seu queixo caiu.

— Eu estava certa — ela disse baixinho, e abriu bem as pernas ao envolver o meu pênis delicadamente com a mão.

Cheguei a sibilar com o toque ardente e delicioso dela. A Natalie me massageou para cima e para baixo, com a mão deslizando por toda a extensão do meu pau, longo, duro e grosso.

Enquanto a Natalie brincava, eu abri ainda mais as pernas dela. A expressão dos seus olhos merecia uma foto, eu quero guardá-la por muito tempo. Suas íris estavam escuras de tanto desejo e, conforme fazia os movimentos, ela fitava o meu cacete. A Natalie me tocava como se estivesse tirando a medida, pesando o meu pau com a mão, e sei que ela ficou satisfeita. Isso pode parecer presunçoso, mas não é nesse sentido que estou falando. Se ela ficou satisfeita foi porque a gente acabara de admitir que estávamos loucos um pelo outro com o mesmo desejo descontrolado. E como é recompensador poder finalmente tocar na pessoa por quem a gente sente tesão, sabendo que ambos estão a fim.

Ela comprimiu meu pinto com força e começou a massagear num ponto mais alto, passando a ponta do dedo pela cabeça. Eu joguei o pescoço para trás e senti uma reverberação subindo pelo meu tronco.

— Que tesão, Natalie... Eu preciso te penetrar, agora. Não dá pra esperar mais.

Ela abriu a embalagem e me entregou o preservativo, que eu vesti em segundos, ficando pronto para a ação. Eu a puxei alguns centímetros mais pra perto, posicionei meu pênis na entrada dela e a penetrei.

Meu cérebro apagou no instante em que meu pau entrou em contato com o interior quente e molhadinho dela. Eu me tornei puramente *sensorial*. Fui tomado por uma gama de sensações de gelar a espinha. A contração quente. A umidade viscosa do tesão dela que facilita pra caramba a minha penetração. O encaixe perfeito do meu pau na xoxota dela. A sensação era de que meu corpo todo havia mergulhado lá dentro, como se eu estivesse eletrificado, com carga total. Exatamente como deve ser a primeira vez com alguém.

De virar a cabeça.

Quando nossos olhares se encontraram, o prazer atingiu um novo patamar, de outro mundo. O modo como olhamos um para o outro foi tão intenso... A forte conexão entre a gente era inegável.

— Você é... — Eu não soube ao certo o que dizer.

— Então, você é...

Minha pele estremeceu da cabeça aos pés. Os pelos do meu braço estavam arrepiados e, caralho, até os meus mamilos haviam enrijecido. O meu corpo inteiro reagiu ao tesão.

A Natalie passou as pernas ao meu redor, cruzou os tornozelos na altura da minha bunda e me puxou para que eu a penetrasse mais fundo. Eu entrei nela por completo, meu membro envelopado em toda sua extensão, da ponta até a base — não creio que meu pau tivesse estado mais feliz na vida. Ela passou os braços ao redor do meu pescoço e eu a segurei bem juntinho pelo quadril. E foi assim que a comi.

Não foi um ritual lento, compassado, de fazer amor. Foi uma trepada vigorosa e rápida. Poderíamos ser pegos, e até presos. Alguém talvez nos visse. O ar estava tomado por um sentimento de urgência.

Num instante eu estava dentro dela, bem lá no fundo. No momento seguinte, eu tirava, e tornava a enfiar nela outra vez, e os gritinhos e gemidos que a Natalie soltava indicavam que estava gostando daquele ritmo. Ela gostou da corrida, da aventura. E gostou do encaixe quando elevava o quadril para que eu a penetrasse a cada vez.

E, porra, eu também. Queria poder dissecar todos os detalhes, contar que foi pela forma como eu movimentava o meu quadril para a frente e para trás ou o modo delicioso como ela contraía aquela vagina macia para pressionar o meu pinto. Mas que nada. Foi uma coisa do outro mundo porque eu estava morrendo de tesão pela Natalie e agora ela era minha. E era melhor do que eu imaginara.

— Que gostoso — eu disse.

— É uma delícia.
— Você está toda molhadinha.
— Adoro você duro assim.
Eu ri, sem parar de penetrá-la.
— Acho que cobrimos o básico.

Ela deu risada também e, imagine, aquilo me causou ainda mais tesão, o modo como o nosso papo fluía. O fato de nada ter mudado entre nós porque resolvemos transar, continuávamos sendo os mesmos.

— Você vai gozar outra vez? — Eu não queria bancar o presunçoso. Talvez ela fosse do tipo que só goza uma vez e pronto.

— Espero que sim — ela afirmou, ofegante. — Acha que consegue me fazer chegar lá?

Adoro um bom desafio.

— Com certeza — assegurei, e então enfiei o dedão entre nós dois e comecei a massagear seu lindo clitóris, ao mesmo tempo que continuava a penetrá-la.

— Isso é demais... — Ela suspirou, baixou as mãos até a minha cintura e deslizou os dedos subindo nas minhas costas, por baixo da minha camiseta. — Isso, assim, assim — ela disse no meu ouvido, como que implorando para que eu continuasse.

Eu a penetrei, eu a masturbei, e dediquei toda a minha atenção a ela. A Natalie era o centro do universo.

Uma gota de suor rolou pela minha testa. Ela ergueu a cabeça, passou os lábios pela minha sobrancelha e, com um beijo, tirou o meu suor. Esse gesto me deixou elétrico. Ela tornou a gemer e eu estava tão excitado que sabia que gozaria a qualquer momento, e que seria épico. Senti uma descarga de prazer correr feito um jato pela minha espinha e se espalhar por todos os meus ossos.

— Goza agora, goza! — eu murmurei, estimulando seu clitóris. Podia sentir no meu dedo o quanto ela estava lubrificada, e meu pau ficou coberto pela secreção dela.

— Estou quase lá, Wyatt. Quase. Não para, por favor — ela implorou, com a voz rouca, como se tivesse berrado num show de rock ou gritado na montanha-russa.

Mas então me ocorreu que foi onde estivemos naquela noite. Nossa transa foi como um rock: nós trepamos como um percurso cheio de voltas e

71

curvas sinuosas. Somos amantes excitantes e admiráveis. Eu a penetrava com movimentos vigorosos.

— Assim! — ela murmurou, enquanto eu fazia círculos frenéticos sob o clitóris dela e o meu cacete explorou ainda mais a intimidade dela, até tocar seu ponto G.

A Natalie roçou as minhas costas com as unhas. Puta que pariu. Ela ia com força total, estava me arranhando. Mal consigo me controlar, louco para ejacular. Mas ela finalmente gozou primeiro e detonou. A Natalie explodiu como num estrondo e se torceu e retorceu, contorcendo-se de prazer com um sonoro "Aaaasssimmm... Aaaaasssim..." Ela comprimiu o rosto no meu ombro, para abafar os gemidos. Mas eu consegui ouvi-la — seus murmúrios sensuais, os gritos incontidos de prazer e o jeito como ela sussurrou o meu nome, repetidas vezes.

Como o coro de uma canção de rock.

Era apenas um "assim", mas foi o bastante pra eu gozar também. Meus testículos enrijeceram, meu pescoço ficou tenso e eu gemi. Soltei um rugido mais alto do que pretendia, mas não deu para evitar.

— Vou gozar — avisei, e então as palavras viraram urros e palavrões, quando eu a penetrei ainda mais fundo uma última vez, sobre um fliperama num salão de jogos de um hotel em Las Vegas.

Fiquei ofegante, expirando intensamente. Ela passou os braços ao redor do meu pescoço. O efeito retardado daquela epopeia de prazer ainda retumbava pelos meus ossos. Porra, aquela era uma noite do caralho. E pensar que só estava começando.

— Você é bem vocal — ela observou, sorrindo pra mim.

Eu dei de ombros.

— Vocalizar faz bem.

A Natalie concordou.

— Sim, faz. — Ela suspirou, satisfeita, e ficou brincando com as pontas dos meus cabelos. — Nós formamos um bom par.

Aquelas palavras me tocaram fundo. Faziam sentido. Era a pura verdade.

— Formamos, sim — sussurrei. — E tem muito mais de onde veio isto.

— E eu sem dúvida estou contando com isso. Qual o próximo item em pauta nas Incríveis Aventuras de Wyatt e Natalie em Vegas?

Passei a mão no queixo, pensativo. E logo tive uma ideia.

— Tenho algo especial para te mostrar.

Capítulo 11

NÓS APROVEITAMOS PARA COMPLETAR O TANQUE NA saída do hotel: duas rodadas de tequila para garantir o colorido da noite e manter a *vibe*: *o melhor ainda está por vir*.

No entanto, não foi a saborosa tequila que fez com que eu me sentisse o máximo, e sim a mão da Natalie enfiada no meu bolso traseiro, quando deixamos o New York New York. Foi a forma como ela apertava minha bunda ao caminharmos pela avenida e o modo como ela afagava os meus cabelos com a outra mão, enquanto a gente conversava.

A Natalie não conseguia tirar as mãos de mim, o que foi incrível.

— Você está me saindo uma gatinha levada, cheia de energia — comentei enquanto aguardávamos o sinal de pedestres em meio à horda de turistas desfrutando a cidade dos pecados.

— Mas eu tenho a impressão de que você está gostando, portanto... mãos, pra que te quero? — E ela correu os dedos pela parte da frente do meu torso.

— *Mea culpa!* — Eu coloquei a mão sobre a dela e a arrastei por todo meu abdômen até o cós da calça.

Quando finalmente chegamos à fonte do hotel Bellagio, eu já tinha ultrapassado todos os estágios normais do tesão, a tal ponto que me senti grato por termos algo mais a fazer que não envolvesse tocar o outro. Se ela continuasse naquele ritmo, seria difícil eu não ser preso por atentado ao pudor.

O conceito de decência é superestimado.

— Creio que este lugar consta da sua lista de coisas pra ver em Vegas — comentei, entusiasmado, apontando para o lago.

A Natalie apoiou as mãos na grade e ficou se balançando para cima e para baixo, aguardando o começo do espetáculo das águas dançantes.

— Eu fiquei louca pra ver este show da fonte luminosa, desde que li um livro em que o protagonista transa com a protagonista encostado nesta grade.

Ora, ora, aquilo complicou ainda mais a minha situação nos países baixos.

— Você está insinuando alguma coisa, Gatinha Sapeca?

Ela riu com um entusiasmo maior que o normal e levantou dois dedos.

— Já está dois a um pra mim, estou guardando o terceiro pra logo mais. — Ela pensou por um instante, e então completou: — Acabo de me lembrar que essa mesma autora tem diversos livros com cenas que se passam aqui.

— Na certa ela tem uma queda pelas fontes do Bellagio — eu disse, no momento em que os feixes de luz atravessaram a superfície lisinha do lago, abrindo seu balé noturno.

A Natalie não tirava os olhos do espetáculo, admirando os jatos de água dançando no ar. Ela suspirou, toda feliz, atenta àquela cena, demonstrando uma alegria que só mesmo o álcool poderia ter acrescentado à nossa noite.

— Dá pra entender por que ela gosta tanto. — A Natalie se virou pra mim e perguntou, curiosa, em tom de flerte: — E você, do que gosta de verdade?

— O suficiente pra registrar em alguns livros?

— Sim.

— Hambúrgueres. Cerveja. Comida picante. Mas disso você já sabia. — Belisquei a bunda dela, só por beliscar.

A Natalie arqueou as sobrancelhas, com ar sugestivo, e eu prossegui:

— Adoro esportes e ver o Yankees jogar, passear com os cachorros do abrigo e ajudar a encontrar um lar pra eles, gosto de ler sobre fatos curiosos do mundo e de cozinhar sempre que consigo.

Ela abriu um enorme sorriso e enfiou a mão no meu peito.

— Você cozinha?!

Fiz um movimento brusco jogando a cabeça pra trás.

— Por que o espanto? Sou um homem cheio de talentos. Pois fique sabendo que sou um mestre da grelha e da frigideira.

— Só fiquei um pouco surpresa. Estou mais acostumada com você manuseando o martelo e a furadeira e usando aquele cinto de ferramentas sexy que é um verdadeiro pecado. — A Natalie me mediu de cima a baixo, quase me engolindo com os olhos, e me deixando ainda mais louco. — Estou só imaginando você na sua cozinha, preparando um refogado apimentado delicioso; e, como a fantasia é minha, você está sem camisa e segurando uma espátula.

— Na minha fantasia, eu te sirvo o prato picante que preparei e você está apenas de calcinha vermelha e salto alto, nada mais.

Ela se aproxima e diz, com a voz rouca, bem sexy:

— Aposto que é uma delícia.

— Tanto quanto você. — Eu a segurei pelos quadris e a puxei para junto de mim. Nós nos viramos de frente para a água e assistimos à coreografia da fonte luminosa. — E quanto a você, Gatinha Sapeca? Do que mais gosta, que seria digno de registrar em vários livros?

— Além das músicas do Ed Sheeran?

Dei de ombros.

— Vou fazer de conta que não ouvi isso.

Ela sabe que não suporto esse cantor, mas reconheço que ele beneficiou muitos homens ao criar uma trilha que serve de lubrificante para as garotas.

A Natalie cantarolou algumas notas do hit mais popular dele e então respondeu à minha pergunta:

— Eu gosto de ousar, de explorar lugares novos *e* de explorar lugares conhecidos. Gosto de bancar a brincalhona de vez em quando e de tratar os outros com seriedade. Também adoro ir à pedicure e pintar as unhas do pé alternando as cores. E, por fim, curto muito morar em Manhattan, pois isso me dá a sensação de que tudo é possível se eu me esforçar.

— Essa é uma ótima definição de Nova York.

— E Vegas — ela acrescentou, olhando outra vez nos meus olhos. — Descobri que gosto de Las Vegas.

A Natalie colocou a palma da mão no meu peito, agora com mais delicadeza, menos Gatinha Sapeca e mais Doce Natalie.

— À beça — ela completou. — Estou gostando à beça.

Fui varrido por uma corrente elétrica que distribuiu calor e desejo pelo meu corpo todo.

— Eu também. — Baixei o rosto e meus lábios acariciaram os dela. Seu hálito suave persistiu comigo, mesmo quando me afastei depois do beijo delicado. — Estou me divertindo muito ao seu lado.

Por um breve instante, consegui vislumbrar nós dois tendo muitas outras conversas como aquela: em competições de comida apimentada; explorando cantinhos novos de Manhattan; visitando todas as montanhas-russas nos três estados, Nova York, Nova Jersey e Connecticut, anotando em quantas atrações conseguiremos andar. Não porque estaríamos acumulando pontos num concurso de sexo, mas porque seria divertido. A Natalie e eu temos isso em comum: a busca incansável pelo divertimento. Ambos gostamos de aproveitar ao máximo cada segundo.

Mas não está no programa considerar um pequeno detalhe: o fato de eu ser o patrão dela.

Um lampejo de consciência do que poderá acontecer na segunda-feira quando voltarmos ao trabalho passou pela minha cabeça, mas desapareceu tão rápido quanto veio — porque aquela noite se achava contida numa bolha particular e eu estava me divertindo demais para pensar sobre qualquer outra coisa além daquele lugar e daquele momento.

À nossa frente, o show aquático evoluiu para o final, os jatos atingindo uma grande altura no céu.

— Ei, vamos aproveitar e tirar uma selfie! — Ela pegou o celular e ficou virando o aparelho pra achar a melhor posição.

Eu cheguei bem perto e passei o braço ao redor dela. Sorrimos para a câmera e ajustamos o fundo, que era um dos mais bonitos de Vegas.

— Agora, vou te levar pro Venetian e vamos pegar a próxima gôndola. — Dei um tapinha na bunda dela.

A Natalie me fitou com pura malícia.

— Gostei!

— Você é muito interessante, Pastorinha.

— Espere só até ver o meu cajado.

No caminho até o hotel Venetian, a Natalie postou a nossa foto juntos na página dela do Facebook. Um grupo de garotas que fazia um dos tours pela cidade veio caminhando em nossa direção. Uma delas bebericava um drinque num copo enorme que lembrava um béquer gigante saído da aula de química. A Natalie guardou o telefone e ficou admirando a bebida com cobiça.

— Já tomou um desses em Vegas, Nat?

Ela deu uma cotovelada na minha costela.

— Você sabe muito bem que não.

— Então precisamos providenciar para que você perca a virgindade e experimente um coquetel gigante com cara de delicioso.

Quando o grupo se aproximou de nós, eu as abordei:

— Oi, meninas. Eu queria saber onde posso comprar uma dessas bebidas fantásticas.

A moça apontou para um carrinho no quarteirão seguinte, então, fomos até lá pra comprar um. O tal béquer veio cheio de um treco delicioso.

A Natalie sugou o frasco cor-de-rosa como se fosse um narguilé.

— Isto é praticamente um barato instantâneo.

— É, ele vai direto pro cérebro. Possivelmente pra sede da capacidade de discernimento — brinquei, e então cantarolei o trecho da música do Ed Sheeran que ela tinha cantado mais cedo.

— Sem dúvida, direto pra sede do discernimento.

Caminhamos ao longo do canal, olhando as lojas, eu estava com o braço sobre o ombro dela, contamos piadas sujas, cantamos trechos de nossas músicas favoritas e demos tanta gargalhada que era quase impossível parar.

— Ei, Nat, quer ouvir algo engraçado?

— Ora, é evidente que quero.

— Quando eu estava na escola, havia um boato que dizia que se a gente passar 24 horas dando risada sem parar fica com a barriga tanquinho. Tipo de uma vez só. Quem conseguisse fazer isso por um dia inteiro, garantiria um puta abdômen definido, trincado, pro resto da vida. — E fiz sinal pro meu abdômen.

Ela caiu na risada e passou os dedos sobre o tecido da minha camiseta.

— Você precisou dessa tal maratona do riso pra ficar assim?

— Não, mas bem que tentamos fazer isso em casa — eu admiti, encabulado.

Ela riu ainda mais.

— Ah, meu deus, você é hilário!

— Eu e o Nick resolvemos assistir aos humorísticos mais engraçados da TV. Assim, achamos uns desenhos animados japoneses que a gente adorava, muito engraçados. Conseguimos rir por quinze minutos sem parar. — Eu a puxei pra mais perto de mim. — Mas eu ri tanto esta noite que acho que posso finalmente trincar a minha barriga inteira.

Ela balançou a cabeça.

— Não vai rolar.
Eu fiz um bico.
— Por que não?
— Porque você vai parar de rir em breve.
— Você vai me contar algo triste?
Ela tornou a balançar a cabeça.
— Não. Mas aposto que você não dará risada quando estivermos nus, logo mais. Você vai gemer, murmurar e emitir aqueles sons sensuais, quando eu te fizer perder o controle.
A minha temperatura disparou. Eu gemi e a apertei junto a meu corpo.
— Isso. Bem assim... — ela disse num ronronar sensual.
Eu segurei-lhe a nuca entre as mãos e a enchi de beijos. Era visível que estávamos loucos um pelo outro. Quando conseguimos nos separar, eu a conduzi até o local do passeio de gôndola.

Nós nos acomodamos no assento, enquanto o homem de camisa listrada e boina vermelha empurrava a água com um remo gigante. Eu passei o braço ao redor da Natalie e, do nada, comecei a cantarolar aquela música outra vez. Até me dar conta: eu jamais cantara assim sóbrio. Eu também não teria cantado se estivesse completamente bêbado, o que significa que não estou bêbado. Estava alto, no limite da bebedeira. E o mundo era a minha ostra. Aparentemente, era a ostra de todo o mundo naquela noite, pois ouvíamos as pessoas nas demais gôndolas batendo palma e dando vivas.

Desviei o olhar para o barco à nossa frente. Um camarada com calça social e camisa branca havia se ajoelhado e uma morena passara os braços ao redor do pescoço dele, chorando de alegria ao admirar o anel novinho em seu dedo. Fiquei observando a reação das pessoas ao encantamento que se seguiu à cena de um pedido de casamento. Todos comemoraram e transmitiram votos de felicidade. Observadores à margem dos canais verbalizavam sua admiração e a Natalie se juntou ao coro.

Ela fez um cone com as mãos ao redor da boca e gritou:
— Urru!
Então, ela me cutucou, e foi a dica para eu me manifestar também. Assim, joguei o punho no ar e gritei:
— Parabéns! Case-se com ela hoje mesmo!
O rapaz sorriu e fez sinal de positivo para mim. A futura noiva acenou pra gente. Outro alguém que admirava as vitrines das lojas apoiou a minha ideia:

— Vão até a capela Little White Wedding!

Em sua gôndola, o rapaz de camisa e sua amada se entreolharam, dando a impressão de estar considerando a sugestão, ao cochicharem. Alguns segundos depois, ele acenou com os braços esticados e anunciou:

— Vamos nos casar esta noite!

Foi uma festa só; todos celebraram, desta vez, como se um batedor fizesse um gol no último minuto do segundo tempo. A Natalie, a maior entusiasta, agarrou o meu braço e anunciou, toda animada:

— Eles irão até a capela mais famosa daqui e vão se casar... — Ela enlaçou a minha cintura e me deu um abraço apertado. — ... só porque você os convenceu a casar esta noite!

— Eles vieram a Vegas, então... — E a minha voz desvaneceu quando nossos olhares se cruzaram.

Aquelas palavrinhas ecoaram. Os olhos dela brilharam e foi como se estivéssemos pensando a mesma coisa.

Eu gosto de ser ousada.

— Em termos exatos, até onde você gosta de ousar? — perguntei.

Ela ergueu um dos cantos da boca.

— Para ser exata, até onde a ousadia puder chegar. Por que quer saber?

— Por causa do nosso acordo desta noite. A experiência completa. Uma única noite. — Fiz sinal com a cabeça em direção ao casal e juro que eu nunca tive uma ideia tão brilhante na história das ideias do que aquela que me ocorrera. Sou um gênio! — Você está pensando o mesmo que eu?

Ela fez cara de espanto, boquiaberta, e fez que sim com a cabeça, com intensa alegria.

— Acho que sim. Quer me contar o que tem em mente?

Eu arqueei uma sobrancelha.

— É que me ocorreu que há mais uma coisa que completaria esta nossa experiência total em Las Vegas.

Ela tapou a boca com a mão por alguns instantes, pensativa.

— Ai, meu Deus. Nós vamos mesmo fazer o mesmo que eles?

— Eu acho que não temos opção, considerando o acordo que fizemos lá no bar. É tudo ou nada.

Por um instante, o silêncio foi total. Mas não tive que esperar muito por uma resposta.

— É tudo, Wyatt — ela afirmou, num tom doce, mas decidido.

Pelo visto, a Natalie também achou a minha ideia brilhante. E não poderia ser diferente, poderia?

Eu me ajoelhei sobre uma perna e segurei a mão dela.

— Gatinha Sapeca, quer ir a uma capela 24 horas para se casar comigo?

Ela soluçou, então riu e me puxou pra perto, e me deu um beijo desconjuntado, com sabor de tequila e ponche de frutas.

— Nós viemos a Vegas, então...

Capítulo 12

UMA DAS COSTELETAS DESCOLOU DO ROSTO DO HOMEM.

    Chamava um pouco a atenção, mas nada comparado à vestimenta dourada que ele usava para oficializar a cerimônia: um macacão com uma gola tão larga que podia servir de asa. A roupa era a definição perfeita de segunda pele, absolutamente colada a cada milímetro do corpo dele; e, sim, eu me refiro a *cada* milímetro, sem poupar nada.

    Maldade minha...

    Ah, maldade nada. Ele estava usando uma porra de um *collant* e era impossível não notar.

    — Afinal, é o personagem daquele joguinho, o Leisure Suit Larry, ou o Elvis? — sussurrei para a Natalie.

    Como o nome do lugar era Serviço Completo de Matrimônios rápidos do Larry, da Lana e do Rei, poderia ser qualquer um dos dois. A Natalie indicou o homem, cuja cabeleira passara por um permanente que elevou os cachos crespos a outro patamar, e sussurrou para mim:

    — Ou aquele comediante instrutor de ginástica, o Richard Simmons, arrumou um bico.

    O problema é que não foi bem um sussurro, foi um sussurro bêbado. Isto é, ela não falou nada baixinho, mas eu duvido que o fanático por exercícios tenha se importado, pois ele devia estar chapado. Ao menos foi o que pareceu quando ele começou a procurar as alianças, vasculhando tudo, enquanto aguardávamos em pé na frente da nave da capelinha. As duas alianças de ouro estavam incluídas, por 57 pratas, no pacote completo. Uma pechincha.

Ele cheirava à maconha e, considerando a trilha do Bob Marley que tocava ao fundo, aposto que fumava um bagulho quando a limusine nos deixou aqui, poucos minutos atrás, logo depois de termos conseguido a nossa licença de casamento antes que os escritórios fechassem, à meia-noite. O carro luxuoso preto nos esperava no estacionamento. Fiz questão do melhor na noite do meu casamento. Eu sou assim, um camarada formidável.

O homem fuçou no bolso da lapela, pegou as alianças e as segurou na nossa frente.

— Achei! — Uma delas escapou da sua mão. — Opa, foi mal!

A Natalie não se conteve, caiu na gargalhada e teve que agarrar o meu braço para se apoiar. Eu dei risada também, pois tudo naquela noite era engraçado. Estava tudo incrível, como se a minha vida fosse flutuar numa boia em uma piscina com borda infinita, sob o sol brilhando, bebendo um drinque refrescante, sem dar a mínima para o mundo.

A Natalie ficou acariciando o meu braço, para cima e para baixo, e eu fiz sinal com as sobrancelhas, sugestivamente. Era impossível pararmos de flertar um com o outro, trocar carícias, dar risada.

O camarada se inclinou para pegar a aliança caída e eu ouvi o inconfundível som de costura desmanchando. Nem imagino qual parte da roupa dele descosturou e abriu, pois decidi manter o olhar fixo na minha futura esposa, para o caso de o celebrante Larry Elvis ser do tipo que não usa cueca.

— Essa é que foi mal de verdade — a Natalie comentou, e então foi a minha vez gargalhar, segurando a cinturinha fina dela. Nada como rir feito uma hiena nas suas próprias núpcias.

— Tudo certo agora — anunciou o homem, colocando em seguida a mão em concha no canto da boca e chamando alto: — Ei, Lana! Dá pra colocar uma música para o *grand finale*?

Sem demora, apareceu uma mulher vestindo um terno branco do Elvis, com os seios querendo pular para fora do zíper quase todo aberto, fazendo um sinal de positivo.

— Ah, olha só que casal mais lindo! — ela disse com suavidade, e então ergueu a mão, na certa para o sistema de som da capela, que começou a tocar os primeiros acordes de *Can't Help Falling in Love*, que eu reconheci na hora.

Senti outra vez algo estranho no peito ao me virar para a Natalie, que estava em meus braços. Era como se algo estivesse espremendo o meu coração. Pisquei, tentando me centrar, mas foi difícil com ela me fitando, o homem de *collant* pigarreando e o rei do rock começando a cantar sua música mais romântica sobre tolos apressados. Eu me senti como se estivesse flutuando. Devia ser o efeito da bebida me pregando uma peça, fazendo com que eu sorrisse feito idiota sempre que a Natalie me olhava com seus olhos grandes e expressivos.

O celebrante me entregou a aliança dela e a Natalie e eu nos afastamos um pouco, enquanto ele recitava os votos já bem conhecidos. Nós trocamos as alianças e, quando olhei para o meu dedo, agora adornado, algo indescritível borbulhou dentro de mim. Tornei a me aproximar da Natalie, segurei a mão dela, e as palavras começaram a sair apressadas. Eu lhe disse o quanto ela era linda, e que eu adorava trabalhar a seu lado, e como nossa noite fora divertidíssima. E de repente comecei a falar sobre o que o futuro nos reservava e não reservava, e mal consegui acompanhar tudo o mais o que eu disse. Estava simplesmente expressando o que fazia sentido pra mim, passado, presente e futuro.

A Natalie assentiu com a cabeça vigorosamente, o tempo todo, e eu adoro isso nela — a Natalie me *entende* pra caralho. Então, aquela coisa indescritível dentro de mim mudou, passou a apertar ainda mais, e se tornou preocupação. Antes que eu me desse conta, estava dizendo o mais importante que restava dizer. E, quando me dei conta, eu pedia a ela que prometesse me cobrar tudo aquilo.

— Quero que você jure, Nat. Jure, jure, jure, jure — implorei engolindo em seco, e esperei.

Mas não demorou.

— Eu juro, Wyatt. Eu juro. Eu juro. E eu entendo, de verdade.

O nervosismo momentâneo dentro de mim desapareceu na hora e o meu mundo voltou a se resumir a coisas boas, sensuais e inebriantes.

Segurei o rosto dela entre as mãos e beijei a minha esposa pela primeira vez — um beijo intenso, demorado e apaixonado, que serviu para resumir o quanto a nossa noite estava sendo maravilhosa.

Ela balançou de leve quando a beijei, e eu cambaleei, mas logo recuperei o equilíbrio, e nós por fim nos separamos, com o sorriso largo dos tolos apressados.

O celebrante limpou a garganta.

— Muito bem, Natalie e Wyatt, agora vocês dois estão destinados um ao outro. Pelos poderes a mim concedidos pelo estado de Nevada, e pelo próprio Rei, eu agora os declaro marido e mulher. E lembrem-se: não se aceita devolução ao remetente. Portanto, é hora de todo o mundo sacudir o esqueleto. Vocês estão casados! — E ele jogou os braços recobertos de cetim dourado no ar. — Eu ia dizer para você beijar a noiva, filho, mas você já fez isso. Aliás, aposto que já fez muito mais com ela. Então, vão embora pra praticar um pouco mais!

Minutos depois, estávamos na limusine. Eu abri o champanhe e fiz um brinde à minha noiva, e, enquanto o carro cruzava a cidade depois da meia-noite, transamos outra vez.

Logo, paramos no cassino do hotel Flamingo para jogar na roleta. Quando ganhamos a primeira rodada, um cara que estava meio alto sentado à nossa mesa contou que trabalhava para um *rapper* e nos convidou para uma festa na suíte da cobertura.

— Vocês são gente boa. Deviam dar uma olhada na festa do Secretariat. — E passou a mão na cabeça raspada.

Nós trocamos as fichas por dinheiro e fomos. Por que não ir, afinal? Sobretudo porque o *rapper* tinha escolhido usar o nome de um cavalo vencedor da Tríplice Coroa.

No último andar do hotel, a festa estava animal. A batida da música era tão alta que dava para sentir pulsar nos ossos, enquanto mulheres vestidas com pouquíssima roupa se esfregavam em homens com roupas mínimas, e um outro grupo de convidados andava em cavalinhos de brinquedo e sugava drinques. A Natalie e eu absorvemos tudo aquilo e então fomos admirar a vista da avenida Strip e aproveitar o champanhe gratuito.

A Natalie colocou as mãos ao redor da minha orelha e cochichou:
— Preciso ir ao toalete.

Até que não era má ideia para mim também, e depois de nos aliviarmos, ela deu uma espiada no corredor nos fundos da suíte e apontou.

Puta que pariu.

— Porra, tem uma máquina caça-níqueis com o tema do *Titanic* na cobertura! — Fui direto até ela, colocada ao lado de um caça-níqueis tradicional de Las Vegas com as frutinhas na tela.

— Quer jogar? Dá para colocar notas — ela disse.

Nós inserimos alguns dólares na abertura e começamos a perder todo o lucro que tivemos na roleta. Mas estava longe de parecer uma derrota, porque a Natalie sentou no meu colo, me abraçando, depois de girar bastante e fazer aparecerem as figuras dos protagonistas, o Jack e a Rose, e outra do colar, o Coração do Oceano.

A sensação foi de vitória quando sua boca carnuda encontrou a minha e suas mãos deslizaram pelo meu peito. Todo o meu senso de etiqueta foi parar na esquina quando, após confirmar que a barra estava limpa, eu a levei pra trás do caça-níqueis e dei um bom destino a um daqueles preservativos que ela tivera o cuidado de trazer na bagagem, ela deveria ter trazido uma caixa cheia.

Quando ergui as pernas dela ao redor do meu quadril e a penetrei bem fundo, sussurrei em seu ouvido:

— Você é safada pra caramba.

— E você é gostoso pra caramba — ela disse em meio a um gemido.

Ela começou a gemer mais alto, quase no clímax, mas, como vi que havia mais alguém no corredor, tapei-lhe a boca, fazendo sinal com a cabeça para o outro infrator interessado em puxar a alavanca. Fosse quem fosse, acertou três cerejas, bem na hora em que a Natalie conseguiu seu terceiro orgasmo.

Pelo visto todo o mundo estava com sorte aquela noite.

Nós nos despedimos do Secretariat e do nosso amigo careca, agradecendo imensamente pela hospitalidade, assim como pela altura conveniente dos caça-níqueis. Felizmente elas foram o bastante para nos dar cobertura.

Ao sairmos de lá, fomos dar uma volta pela avenida e tiramos uma selfie com o famoso letreiro de Vegas ao fundo, que a Natalie também postou no Facebook. E então fomos dançar coladinhos no clube Edge, em um hotel recém-inaugurado.

Voltamos para o quarto dela pouco depois das quatro e meia. Ou acho que foi para o meu, sei lá. A noite era como um imenso borrão, uma mistura de risada, sexo e muita diversão animal.

Só o que eu sabia ao certo quando entramos cambaleando pela suíte com uma cama *king size* era que a noite estava longe de acabar. Afinal, ela olhava para mim com um olhar apaixonado de desejo, apressando-se para tirar a saia e a blusa.

Eu detive as mãos dela com as minhas.

— Deixa que agora eu assumo, chegou a hora de comer a minha mulher.

Era a primeira vez que a via nua e eu parecia um menino na manhã de Natal. Não havia nada que eu desejasse mais do que a nudez da senhora Hammer.

Capítulo 13

GENERALIZANDO, NÃO EXISTE SEXO RUIM. NÃO PARA OS homens. Para ser sincero, é difícil anatomicamente não ter um bom sexo. A fricção suficiente, somada a um pouco de lubrificante no equipamento, e temos boa chance de chegar ao ápice. Essa é a melhor parte de ser homem.

Mas há transas que superam as outras e no topo da lista está transar num hotel. O escurinho da noite, o tamanho da cama, a fuga da realidade... Os quartos de hotel são projetados para uma bela trepada. E, naquele momento, nada poderia corresponder mais à verdade para mim e para a Natalie na última parada da nossa grande escapada.

A luz dos neons da noite em Las Vegas deixou a claridade discreta, iluminando o rosto dela e definindo sua silhueta. Ela estava sentada na beirada da cama.

Parte de mim queria despi-la devagar, saboreando o deslizar da seda e da renda por sua pele macia e lisinha. Mas uma parte mais forte sabia que não era hora para preliminares relaxadas, sem pressa, do tipo "temos a noite inteira pra isso". A luz vermelha no radio-relógio era um lembrete de que faltava pouco para o sol nascer, então, eu bani da minha mente todas as imagens de beijos demorados nos tornozelos dela e carícias intermináveis por toda sua barriga.

Além do mais, os seios da Natalie chamavam por mim. O sutiã meia taça de renda preta destacava os seios carnudos e suculentos, prontos para ganhar beijos e mordidas. Em questão de segundos, eles estariam livres e eu não sabia se iria conseguir tirar as mãos deles. Desconfiei logo de que iria me apaixonar por eles.

— Não acredito que eu ainda não tinha sido apresentado a estas duas belezas — eu disse ao abrir de uma vez o fecho do sutiã. — Mas esta é a ocasião perfeita para corrigir isso.

Joguei o sutiã para trás, que caiu em algum lugar, mas eu não me importei em olhar, pois agora os seios dela estavam livres e eu tinha razão. Foi amor à primeira vista.

Na mesma hora coloquei as mãos ao redor deles e, sim, também foi amor ao primeiro toque, porque *porra*... Que sensação espetacular!

Óbvio que ela também gostou, pois suspirou quando eu os acariciei, apertando e amassando. Passei os dedos calejados pelos mamilos e belisquei de leve. Ela levou a mão à minha cabeça, trançou os dedos nos meus cabelos e puxou, chamando pelo meu nome em meio a um gemido longo.

— Isso me deixa com tanto tesão! — ela murmurou.

Caralho, a Natalie tem uma sensibilidade animal no bico dos seios e eu adoro as tetas dela! Quem poderia imaginar que essa união seria tão perfeita? Acho que as minhas mãos deveriam se casar com os seios dela.

— Você não vai se importar se eu verificar com precisão a intensidade do seu tesão, vai? — eu a provoquei.

— Fique à vontade para realizar uma inspeção completa... inspetor Hammer. — A Natalie esboçou um sorrisinho maroto.

Eu caí na risada, deslizei a mão por seu ventre e, quando enfiei a palma da mão entre as coxas dela, parei de rir. Nem mesmo eu seria capaz de zoar de uma puta lubrificação como aquela, absolutamente fantástica. A calcinha dela estava toda molhada.

Encharcada que era uma beleza.

Eu me inclinei sobre ela e, com meu corpanzil, a fiz se deitar. Ela se afastou de costas e se apoiou sobre os cotovelos. Eu subi nela, ainda vestido. Baixei a cabeça até perto do peito dela, meti a boca num mamilo e chupei com força. A Natalie se arqueava na minha direção enquanto eu lambia, chupava e beijava ambos os seios. Aquilo é que era vencer o grande prêmio: aprender como a minha mulher gostava que eu brincasse com os seios dela.

A Natalie gemeu, gemeu e gemeu, e tornou a agarrar a minha cabeça. Ela me deu uma chave de pescoço e, acredite, essa garota sabe como executar essa manobra. Mas de jeito nenhum eu iria me separar daqueles seios lindos, metidos na minha boca. Não adiantava tentar. Teriam de me arrancar na marra daquele manjar dos deuses.

Ela abriu bem as pernas e impulsionou o corpo em direção ao meu quando eu suguei uma porção ainda maior do seio dela, massageando com a língua, e depois mordi. Ela deixou escapar um gritinho.

— Isso me deixa louca!

O jeito dela me fez imaginar se a Natalie chegaria a gozar apenas com esse tipo de carícia. Pareceu um pouco de fantasia minha, mas eu estaria disposto a dar o meu melhor para descobrir.

Enquanto minha boca devorava um seio, minha mão tateava, espremia, amassava, beliscava e puxava o outro, até a Natalie se debater embaixo de mim.

Cristo Jesus, aquela mulher era mais do que *interessante* na cama. Ela era elétrica. Selvagem. Supersensual e estava em sintonia com o próprio corpo. Era viciante o jeito como a Natalie desejava o mesmo que eu.

Ela me empurrou, afastando a minha cabeça, e me fitou. Seus olhos pareciam enlouquecidos, famintos, e ela então enfiou as mãos entre nós e foi tateando em busca de abrir o zíper da minha calça.

— Vem, Wyatt. Quero você já. Quero sentir você dentro de mim.

Poucas palavras conseguem desencadear uma resposta automática num homem. E não importa o que a gente esteja fazendo, quando a mulher diz "Quero você dentro de mim", a gente para, larga e atende ao chamado.

Em segundos, a Natalie se livrou da calcinha e das minhas roupas, e eu comecei a passar a ponta do meu pau na vagina lubrificada dela, um verdadeiro paraíso. Ela agarrou a minha bunda. O toque das mãos dela fizeram minha cabeça girar. Porra, eu a quero tanto! A noite seria pouca para aplacar tanto desejo.

Quando a penetrei, me dei conta de que estava sem camisinha.

— Caralho! — exclamei, jogando a cabeça para baixo.

— O que foi?

— O preservativo, tenho de colocar.

Ela me segurou com mais força.

— Estou tomando pílula. Você está limpo?

— Limpo e cristalino.

— Eu também. — Ela esticou o rosto para falar no meu ouvido: — Acho que o meu marido pode me comer sem camisinha.

Aquilo bastou.

O modo convidativo com que ela pronunciou aquelas palavras, com um ronronar, foi absolutamente irresistível.

Eu a penetrei bem fundo e foi impressionante. A Natalie era quente e justinha e, sem nenhuma barreira, a lubrificação dela é infinitamente mais maravilhosa. Pele com pele. Rigidez e calor. Eu e a Natalie.

Ela levantou as pernas e prendeu os tornozelos nas minhas costas na altura da cintura, e eu comecei a bombear, entrando e saindo dela. Observando seu rosto. Analisando sua reação. Admirando sua respiração intensa, ofegante, e seus gemidos.

Ela é escandalosa e seus ruídos são como um entorpecente. Gosto do fato de ela não conseguir se conter. E de ser do tipo que geme bastante, que faz "Ah, ah, ah, ah!" e diz "Isso, assim mesmo!". Saber o que a dama quer facilita e muito o meu trabalho. E, pelo visto, a dama estava gostando de que eu trepasse com ela. Gostou quando penetrei até o fundo e quando eu tirei quase por completo. E, também, quando enfiei a cara na terra da felicidade — as tetas dela — e chupei os dois bicos até ela gritar. Então eu levei a boca ao pescoço dela, onde dei mordidinhas. Como recompensa, a Natalie passou a levantar ainda mais o quadril, com maior rapidez e maior voracidade, conforme os ruídos atingiam a intensidade total. Eu aumentei o vigor da penetração.

— Como eu gosto disto! Adoro a sua xoxota quente e molhadinha — eu disse com a voz rouca. — Adoro te comer...

— Também adoro — ela afirmou, com a respiração entrecortada.

Os peitos de ambos estavam molhados de suor e o quarto foi tomado pelo *nosso* som. Carne estalando, gemidos selvagens, gritos guturais e a cama batendo contra a parede. Legítimo sexo de hotel. Aquela era uma corrida furiosa, em uma pista rápida, para um desfecho de soltar faísca.

A Natalie se contraiu e se contorceu, e depois correu as unhas pelas minhas costas, do pescoço ao quadril.

— É pra deixar marcas — falei pra ela, como uma ordem.

— Vou deixar, sim. — E a Natalie cravou as unhas ainda mais. E ao sentir o arranhar da minha carne, experimentei um calor se espalhar por todos os cantos do meu corpo. Gosto de rusticidade e amo as marcas do sexo bruto.

Ela ergueu a cabeça e me beijou. Foi um beijo firme e tórrido, cheio de dentes e urgência. Nós entrelaçamos as línguas num beijo intenso e eu a penetrei com vigor. Ela correspondeu, fazendo manobras com ímpeto equivalente, facilitando a penetração, e então cravou as unhas na minha bunda.

Quando nossos lábios se distanciaram, os olhos azuis da Natalie encontraram os meus, repletos de honestidade e cheios de desejo. E eles me desarmaram, puseram abaixo todas as minhas defesas. Eles ameaçaram destruir todas as razões pelas quais eu sabia que aquilo tudo não poderia durar além daquela noite. Eles fizeram meu coração bater mais forte e eu diminuí o ritmo, relaxei o passo, fiz uma pausa da severidade das nossas relações.

Ela fez o mesmo e parou de me arranhar. Em lugar disso, suas mãos subiram pelas minhas costas até o meu pescoço e os meus cabelos, me fazendo estremecer. Os sons que emitíamos se transformaram em mera respiração, meros gemidos roucos. Levei a mão em direção ao quadril dela e levantei um pouco mais a perna da Natalie, passando a comê-la lentamente. Baixei os cotovelos e olhei nos olhos dela. Ela estremeceu, seu corpo todo estava tremendo.

— Uau, Wyatt... — ela sussurrou. Nada de ruído alto nem loucura.

Agora, a Natalie se revelava crua e real, e eu me sentia da mesma forma. Nu, completamente nu, e não apenas por estar despido, mas porque aquilo me tocou profundamente. O que quer que o dia seguinte nos reservasse, naquela noite eu estava transando com a minha mulher.

Cheguei pertinho da orelha dela e murmurei:

— Adoro trepar com a minha esposa. Deus, como eu adoro comer a minha mulher!

Era a verdade, nada além da verdade.

E a Natalie clamou e se despedaçou, tremendo debaixo de mim, com uma série de "Ai, deus!", "Eu vou gozar!" e "Vou gozar pra caralho!" escapando dos seus lábios. Adoro o fato de ela não conseguir controlar a boca, que ela bote pra fora as palavras de prazer enquanto sucumbe sob mim, como se um orgasmo de categoria cinco tivesse liberando ondas de êxtase que arrebentam uma após a outra.

O orgasmo dela foi como um acionador para mim. Meu quadril se retesou e meus testículos se contraíram. O meu corpo foi tomado por uma espécie de tempestade de prazer, que se espalhou por toda parte, e eu soltei um gemido alto o suficiente pra acordar todos os vizinhos de quarto.

— Caralho, que tesão, Natalie! — murmurei, ao ejacular dentro dela. — Puta que pariu! — As palavras marcaram a intensidade com que os espasmos tomavam o meu corpo, acompanhados de uma sucessão de urros, gemidos e palavrões. — Puta que pariu! — repeti, ofegante, ao me deitar sobre ela.

A Natalie me abraçou.

— Uau, você gosta mesmo de vocalizar... Faz ideia do tesão que é você gozando assim?

Eu ri, satisfeito.

— Que bom que curtiu. Viu o que você fez comigo?

— Não tem nada mais sexy do que ver que eu te fiz gemer.

— Exceto por você. Você é mais sexy — rebati, levantando o rosto e dando um beijo suave nela.

E então me ocorreu algo: sim, toda trepada é boa, mas nem todas estão no mesmo patamar.

Não me refiro a transar em um hotel. É que acabo de descobrir que fazer sexo com a Natalie é uma categoria à parte. Supera muito transar num hotel.

Foi incrível, de tirar o fôlego.

Não sou o tipo de cara que usa essa expressão, mas transar com ela foi mesmo magnífico.

Fiquei suado, ofegante e completamente acabado, e, com certeza, devia estar expelindo álcool pelos poros, mas aquela foi uma noite para entrar nos registros. Eu a puxei pra mais pertinho de mim, tirei uma mecha de seu rosto e disse:

— Ninguém na história aproveitou Las Vegas melhor que nós dois.

Ela sorriu.

— E ninguém nunca irá nos superar.

Eu sabia que, depois, quando pensasse naquela noite, iria saborear cada pequeno detalhe dela.

Capítulo 14

Natalie: Lembra do filme *Se beber, não case*? Daquela cena da manhã seguinte?

Charlotte: Você por acaso está tentando me contar que perdeu um dente? Eu não vou gostar nadinha disso. Seus dentes são lindos, branquinhos e alinhados.

Natalie: hahaha... Os dentes estão em ordem. Minha cabeça continua doendo, mas, como já tomei uma aspirina e um café pra combater a ressaca, estou conseguindo sobreviver ao efeito retardado. Vai, tenta de novo.

Charlotte: Ah, já sei! O Bradley Cooper está na suíte sem camisa?

Natalie: Não. Mas sonhar não faz mal a ninguém :)

Charlotte: Hum, o Zach Galifianakis está... sem calça?

Natalie: Mais uma chance pra adivinhar.

Charlotte: Tem um tigre na banheira?

Natalie: Vou confiscar a sua carteirinha do cinema. Tente outra...

Charlotte: 🙄 Você usou todos, alguns ou nenhum preservativo da embalagem com seis que levou? Você e seu chefe ficaram bêbados juntos? Você beijou seu chefe? Dormiu com seu chefe? Passou a noite com seu chefe?

Natalie: Nós usamos quase todos. O que significa "sim" para todas elas, acima. Mas tem uma coisa que preciso te contar...

Charlotte: !!!!!!!! Pode ir falando agorinha. Comece pela parte boa. COMO FOI O LANCE?

Natalie: Incrível. Tudo sensacional. Bem, uma coisa não foi, mas já, já eu conto.

Charlotte: O quê??? Ele tem mau hálito? Os dedos do pé são feios? Ele peida enquanto dorme?

Natalie: NÃO!!! NÃO!!! NÃO!!!

Charlotte: Então o que foi negativo?

Natalie: Primeiro, a parte boa. Os beijos, as conversas, as risadas. Nós nos demos muito bem. Ele me mata de rir. Tem consideração comigo. É bom comigo. E ele me beija como... bem, como a gente sempre sonha em ser beijada.

Charlotte: De perder os sentidos... como se o mundo fosse acabar e nada mais importasse, além do beijo?

Natalie: Sim! E o sexo?! Ah, minha nossa! Superou tudo o que eu poderia imaginar.

Charlotte: E olha que você tem uma imaginação fértil.

Natalie: Tenho, sim, verdade. Foi tudo de bom. Mas eu preciso te dizer uma coisa.

Charlotte: Você não gozou?

Natalie: Imagina, foi o que eu mais fiz. Perdi até a conta. Eu tive uns vinte orgasmos. Talvez seis. Mas foi como ter tido vinte. Ou duzentos.

Charlotte: Então, qual o problema? Bem, além do pequeno contratempo de ele ser seu chefe e, você, funcionária dele, o que faz de mim uma péssima irmã por te encorajar a dar em cima do homem por quem você morria de tesão? Afinal, todo o mundo sabe que relacionamento entre patrão e empregado é uma tremenda furada e sempre termina com o coração partido. E se alguém te magoar, eu dou uns vinte chutes no saco dele, porque amo minha irmãzinha demais. Resumindo: vou chutar o saco dele?

Natalie: Bem... Você se lembra de quando o Ed Helms acordou casado? Eu *acho* que me casei com ele na noite passada.

Natalie: Ei. Oi? Você ainda está aí? Charlie?

Charlotte: &*$#%^

Charlotte: VOCÊ ESTÁ ME ZOANDO, NÉ?!

Charlotte: Mais uma pra lista de peças que você me pregou, certo???

Natalie: Não grita! Minha cabeça vai explodir!

Charlotte: Como não vou gritar com você me contando uma coisa dessas?! E por que não me disse logo?!

Natalie: Eu estava tentando, porém, você queria saber sobre o sexo. Mas relaxa. Eu entrei em pânico quando acordei. No entanto, depois, a cafeína e a aspirina me ajudaram a recuperar parte dos meus neurônios que haviam sumido e já tenho um plano pra resolver isso.

Charlotte: Não acredito que você se casou com ele. Eu sabia que você era louca pra transar com ele, mas... Você enlouqueceu???

Natalie: Nós estávamos bêbados demais.

Charlotte: Bem, então descase. E imediatamente.

Natalie: Eu vou, é claro.

Charlotte: Como isso foi acontecer?

Natalie: Bebida demais e excesso de tesão.

Charlotte: Meu Deus... Olha, eu quero saber tudo o que levou a esse desfecho absurdo. Cada detalhe!!!

Natalie: Nós estávamos andando de gôndola. Alguém por perto fez um pedido de casamento. Daí, resolvemos casar, também. Na hora pareceu uma ideia brilhante, divertida, incrível, como toda ideia que surge depois do sexto drinque. Então, a gente se casou. E daí nós transamos de novo: na limusine, atrás do caça-níqueis. E antes tinha sido em cima de um fliperama. Ah, e de certa forma, na montanha-russa também.

Charlotte: Ótimo, você conquistou uma medalha por Desempenho Notável em Transar em Público. E entendo que tenha sido o melhor sexo que você já fez na vida, mas você não podia ter deixado que fritasse os seus miolos, mana. Isso é, você devia namorar o cara, talvez, Nat. Mas não precisava se casar com ele, né?

Natalie: Bobagem. Não vamos continuar casados por muito tempo. E também não vamos namorar.

Charlotte: Por que não?! Esqueça o que eu disse sobre ser uma má ideia. Você falou que ele é legal com você. Por que não namorar?

Natalie: Charlie, ele está acordando. Depois te conto tudo, a gente se fala quando eu voltar pra casa.

Charlotte: Vou ficar morrendo de curiosidade...

Capítulo 15

O SOL BRILHAVA IMPIEDOSAMENTE PELA JANELA, LANçando raios intensos que agrediam meus olhos. Esfreguei e espremi as pálpebras, tentando me esquivar do ataque implacável da luminosidade.

Mas a minha cabeça...

Quando a minha cabeça passou a lembrar uma bala de canhão? Espere. Não, ela lembra mais um canteiro de obras, com um exército de homenzinhos raivosos operando britadeiras dentro do meu crânio. Resmunguei e cobri os olhos com o braço.

Uma vozinha soou falando de mansinho:

— Ei, hora de se levantar.

Franzi o rosto, não por conta da voz, e sim da realidade. A realidade era uma merda. Minha boca parecendo cheia de serragem. Minhas veias trabalhando dobrado cheias de lama e minha cabeça pesando umas cinquenta toneladas.

Ressacas são tão divertidas, só que não.

— Belo Adormecido? — a voz sussurrou, acompanhada por uma batidinha suave no meu cotovelo.

Eu dei um pulo e me sentei na cama, passei a mão pelos cabelos despenteados, tapei a boca ao bocejar e... *Que porra é essa na minha mão esquerda???*

Endireitei a coluna e... ai, que droga essa bola de canhão na cabeça.

Ergui a mão como se ela tivesse sido atacada por extraterrestres enquanto eu dormia. Pois havia a porra de uma aliança de ouro no meu dedo. Isso. Aliens. OVNIs. Marcianos. Essa era a única explicação razoável. Homenzinhos verdes vieram me visitar na noite passada e meteram uma aliança no meu dedo.

Virei um pouquinho a cabeça e avistei uma loira na minha cama. Na certa, era a dona da voz macia. Ou quem sabe fosse um anjo. Parecia um.

Espremi os olhos, porque o sol brilhava a toda, mas deu pra ver que ela sorria, um tanto melancólica. Caralho, que garota bonita! Eu nunca tinha visto olhos de um azul tão intenso como os dela. Cobri a boca, pois na certa meu hálito era o de um bueiro podre e contaminar uma linda feito ela com a boca de quem acordou seria um crime.

Pisquei.

Puta que pariu!

Era a minha assistente na minha cama, usando jeans e regata cinza, e os cabelos molhados presos num coque!

Eu, por outro lado, estava como vim ao mundo.

Cocei a cabeça.

Talvez eu a tivesse chamado na noite anterior. Implorado para ela me resgatar da confusão em que eu devia ter me metido sei lá com quem, que estaria usando o outro par da aliança. Cara, não faço ideia de com quem eu havia me casado na véspera, nem quando a Natalie, sempre eficiente e ultraorganizada, teria chegado pra salvar a minha pele. Talvez eu ainda estivesse bêbado.

Nota mental: demonstrar um pouco mais de decoro para com os funcionários no futuro.

— Preciso escovar os dentes. — E me levantei rápido da cama.

"Levantei rápido" é um pouco de exagero. Na real, eu saí da cama arrastando o meu pobre corpo combalido. Ah. Certo. E ainda por cima, nu. Eu preciso mesmo aprimorar meu decoro, sem falta.

Mas a natureza chama.

No banheiro, fiz um xixi tão grande que eu deveria ter chamado o *Guinness* pra registrar a Mijada mais Longa de Todas. Foi quando me ocorreu começar uma campanha para mudar a frase "fazer xixi" para "jogar o xixi", pois, na verdade, o xixi está lá, a gente não faz nada, só deixa que ele vá embora.

Dei a descarga, lavei as mãos e escovei os dentes, para me livrar do bafo fedorento da noitada.

Melhor. Agora eu parecia quase humano.

Abri bem a torneira, joguei bastante água fria no rosto, lavei bem os olhos e me olhei no espelho.

Depois, para a minha aliança. Tornei a olhar no espelho.

— Que porra você aprontou ontem, Hammer? — sussurrei.

Vi que a Natalie me olhava pelo reflexo no espelho. Eu me virei, franzindo a testa e gemendo, pois a enxaqueca voltara a martelar na minha cabeça.

Ela segurava uma xícara de café e sua outra mão apontou para o tampo de mármore da pia.

— É aspirina. Eu separei pra você, quando me levantei para pegar para mim. Acho que está precisando.

Peguei os comprimidos, botei na língua e engoli de uma vez, com a missão piedosa de acabar com a minha dor. A Natalie me entregou o café.

— Sei que você não vive sem ele. — E ela deu uma piscada de quem me conhece bem.

Peguei a xícara e agradeci. Afinal, ela é meio anjo. Bebi um pouco daquela porção salva-vidas e os poderes restauradores logo começaram a fazer efeito. Mais um pouco e eu estaria humano por inteiro.

—Tudo bem? — ela perguntou, doce, carinhosa. — Também acordei me sentindo um caco, mas agora estou bem melhor.

Dei de ombros, como se estivesse numa boa, mas ter as minhas joias balançando livremente daquele jeito não ajudava muito. Se bem que ela não parecia lá muito constrangida por eu estar sem calça. A danada merecia mesmo um aumento, ela era inabalável. A Natalie se superava no cumprimento do dever.

— Sim, claro. E peço desculpas por isso tudo. — Gesticulei para o meu equipamento, que começava a despertar e assumir sua rigidez matutina.

Ela abriu um sorrisinho maroto.

Jesus Cristo!

Será que ainda restava algum limite a ser ultrapassado com a Natalie? Eu já não tinha me comportado mal o bastante? Reparei na mão esquerda dela e na aliança igualzinha à minha.

Meu coração parou de bater. Perdi o fôlego. O chão se abriu.

Fechei os olhos. Não podia ser. Não, não podia ser. De jeito *nenhum*. Era tudo um sonho. Um sonho vívido. Eu não ultrapassara *nenhum* limite.

Mas, quando tornei a erguer as pálpebras, ela estava lá, eu estava lá, e as alianças também. Meu coração pareceu galopar pra fora do meu peito, levando a minha sanidade junto.

Eu apontei.

Embasbacado.

Tentando falar.

— Que porr...?!

Ela levou as mãos aos quadris.

— O quê? Tem um tigre na banheira, por acaso?

— Hã?

— Você perdeu algum dente?

Levei a mão à boca. Não, por favor, Deus, isso não — tenho pesadelos sobre isso. Adoro os meus dentes. Usei aparelho por anos pra deixá-los alinhados e as arcadas ficaram perfeitas. Passei os dedos sobre eles e respirei aliviado. Ufa! Estavam todos ali.

— Meus dentes estão em ordem.

— Ou é isto o que está te deixando alucinado? — A Natalie ergueu a mão, exibindo o par da minha aliança, outra vez. — Você se casou comigo ontem à noite, meu chapa. — Ela revirou os olhos. Notei que eles estavam avermelhados, ela não devia ter dormido muito, como eu. — Não acredito que você não se lembra.

— Não!!! — eu afirmei com confiança, mentindo até dizer chega. — Eu me lembro de tudo. Está tudo vivo na minha memória.

A Natalie inclinou a cabeça para o lado e ficou me analisando.

— Mesmo?

Eu levei a mão à nuca, decidido a controlar o enorme branco que se formara na minha cabeça.

— Claro. Está tudo repassando como um filme aqui. — Dei um toquinho na cabeça.

— Que ótimo, então. Assim, você não vai ficar surpreso quando os policiais baterem daqui a pouco pra pegar o seu depoimento sobre o *striptease* que você fez antes de pular nuzinho na fonte do hotel Bellagio gritando "Vem também, Gatinha Safada!".

Com aquelas palavras, flashes da noite anterior começaram a surgir. Eu me lembrava de costeletas, uma montanha-russa, de mãos levadas, um drinque colorido, uma proposta maluca e então a minha cabeça começou a rodar. Balancei e segurei na pia. Mais coisas vieram à minha mente. As trepadas, os beijos, a conversa e então a ideia brilhante, como se nunca tivéssemos tido uma melhor na vida, de nos casarmos.

E foi o que fizemos.

Porque... ficamos bêbados em Vegas.

Puta merda. Eu beijei a minha assistente.

Eu comi a minha assistente.

Eu casei com a minha assistente.

Eu quebrei uma regra de ouro. Porque nunca, jamais, misture trabalho com prazer. No entanto, pelo visto, na noite anterior eu pisara na bola sobre a tal regra num grau assombroso.

— Ah, e parece que está circulando um vídeo viral de você escalando o luminoso de Las Vegas feito um macaco — ela completou.

A Natalie estava tirando uma com a minha cara, mas em vez de fazer de conta que eu estava caindo, abri um sorriso bem-humorado.

— Eu até sou ágil, mas não tanto assim, meu anjo. Teria de usar ventosas nas mãos pra conseguir um feito desses. — E numa tentativa de mostrar a ela que eu me lembrava sim, comentei: — Quem sabe se você tivesse me dito que eu escalei uma montanha-russa eu teria acreditado. Ou um fliperama...

Eu não entendia como aquele festival de trepadas podia ter levado a uma proposta de casamento e também não conseguia parar de olhar para o meu dedo, como se quanto mais eu olhasse, maior seria a chance de aquela aliança desaparecer. Mas o número de desaparecimento não ia rolar. Além disso, os detalhes do próprio casamento pareciam apenas um borrão, como um rastro de neon na noite. Eu me lembrava de um camarada usando um conjunto justo dourado, de algumas músicas do Elvis, de me matar de rir com a Natalie e, então, de um rápido "Aceito". Depois, saímos de limusine, brindamos, colocamos a cabeça pra fora da janela, pra sentir a brisa da noite no rosto e amenizar o calor e o fogo depois de mais uma... trepada.

De repente, me lembrei dos ruídos que ela fez ao gozar, um verdadeiro coro de prazer, responsável por fazer eu levantar meu mastro nas alturas.

Por que trepar com ela tinha de ser assim tão sublime?

A Natalie bateu no pulso com o dedo indicador.

— Nosso voo parte em duas horas, Belo Adormecido. Dei uma pesquisada enquanto você dormia e nosso tempo dá pra você tomar uma ducha, nós cuidarmos da anulação, pegarmos um táxi e chegarmos ao aeroporto pra embarcar. Eu já fiz o *check-in* no voo e, como vamos de primeira classe, podemos passar direto na segurança. — Ela esfregou uma mão na outra.

Minha mente ficou rodando com a chicotada. Nós tínhamos nos casado na noite anterior e a Natalie já tinha arrumado uma forma de escapar daquela péssima decisão? Como ela conseguiu?

A Natalie bocejou, a única evidência de que a farra também a afetara, mas num piscar de olhos ela voltou ao normal. Caralho, ela tem uma capacidade incrível de se recuperar da ressaca!

— Você já encontrou alguém? — Eu não deveria estar surpreso, isso é o que ela faz. Ainda assim, aquele era um novo patamar de eficiência até mesmo para ela.

— Sim, encontrei. Deixaremos de estar casados antes que você possa imaginar. — E ela fez um gesto pra eu me apressar. — Vamos, mexa-se!

— Você agendou a anulação antes do casamento? — perguntei, na tentativa de fazer uma piada. — Admita, você me trouxe aqui tendo em mente me levar pro altar e fazer umas safadezas comigo. Você me enrolou, né?

Mas a julgar pela franzida que ela deu nas sobrancelhas, a minha tentativa de fazer graça foi um desastre.

— Eu te enrolei?

— Sim. Para que eu pudesse ser todo seu a noite inteira.

Ela exalou um longo suspiro.

— Isso significaria que eu tinha a intenção de me casar com você na noite passada.

— Espere aí. De quem foi a ideia, então?

A Natalie me olhou como se eu estivesse falado grego, talvez fosse o caso. E aí ela usou um tom com traços de irritação:

— Dos dois. A gente se casou por conta do porre, da ousadia. E porque nós estávamos nos divertindo demais; e não por *eu* ter planejado alguma coisa — ela rebateu, batendo no peito. — Nós dois acordamos de ressaca. Nós dois levamos um susto. Eu apenas sou a única tentando desmanchar essa confusão que nós arrumamos e assegurar que a gente vá para casa no horário. E graças a minha incrível habilidade de usar o Google e minha incrível capacidade de acordar antes de você, consegui cuidar de tudo. Não através de um esquema bem elaborado. Seja como for, eu entrei em contato com um técnico jurídico que fica próximo do caminho que faremos para o aeroporto. Agendei um transporte que vem nos buscar em trinta minutos. Agora, com licença, que vou secar o meu cabelo.

Ela se virou, mas, antes de sair, tornou a me fitar, e então desceu o olhar estudando o meu corpo.

— Ah, sim, bela ereção a sua. E, caso você tenha esquecido dessa parte da noite passada, nós transamos quatro vezes, e você gozou e gemeu com tamanha intensidade que aposto que não tinha experimentado ainda.

Ela saiu e meus pés pareceram grudados no chão do banheiro. Porém, meu pau apontava na direção dela, louco por um repeteco.

— Calma aí, garoto — sussurrei, mas meu pinto não ouviu, pois o que a Natalie dissera causara o maior tesão. Assim como todos os orgasmos da noite anterior. — Você também foi bem escandalosa! — gritei para ela ao entrar no chuveiro.

Acionei a água na temperatura alta, na esperança de mandar meu arrependimento pelo ralo. Porque, por melhor que fosse transar, eu sabia que deixara para trás meu período de experiência com escolhas erradas com as mulheres. Eu passei pela reabilitação, aprendi minha lição e estava seguindo a cartilha ao pé da letra.

Até aquela noite.

Quando a coisa desandou de vez.

Baixei a cabeça sob o jato e deixei a água quente bater na minha nuca e escorrer pelas costas. Enquanto eu me ensaboava, fui assaltado por diversas recordações que me fizeram reviver os dois grandes erros do meu passado envolvendo mulheres. Eu me lembrei da Roxy e o sorriso sexy com que me fisgou; e também da carta que ela enviou anos depois tentando acabar comigo. Considerando toda a merda que se passou entre a gente, fui supercuidadoso com a Katrina. Não adiantou nada. A vaca invadiu meu website do mesmo jeito.

Eu fiquei angustiado ao pensar naquela gata loira no cômodo ao lado fazendo o mesmo. A Natalie poderia me dar um nó e tomar os meus negócios brincando. Ela era a sra. Hammer. Ela tinha acesso a tudo o que era meu e eu não conseguia parar de imaginá-la pegando os números do meu cartão de crédito, roubando minhas coisas, cravando suas garras.

Mas isso era loucura.

— Tome jeito — murmurei, pois a Natalie nunca iria ferrar comigo. Ela não era como as outras. Ela não era do tipo que chuta a gente no saco.

Porém... você só a conhece faz seis meses, seu babaca.

Eu me esfreguei com força e me concentrei em parar de me sentir vulnerável. Estava bancando o ridículo. A Natalie e eu só passamos *uma* noite juntos e ela já providenciara para pedirmos anulação e reparar o nosso erro.

Só porque eu me relacionei um dia com outras duas doidas, não significava que a gata que eu comera na véspera ia pirar também.

Pensando melhor, não estava certo me referir a ela como "a gata que eu comera", ainda mais com a argola no meu dedo reluzindo na minha cara e me lembrando que significara muito mais do que uma simples *comida*. Momentos de muitos risos e descontração estavam pontuando na minha mente, junto com a lembrança dos beijos suaves e carinhosos, de uma conexão mais profunda.

Foi mais do que apenas trepar, disso eu não tinha dúvida. O que se passou entre a gente foi muito além.

Mas eu também não tinha dúvida de que não poderia voltar a acontecer.

Capítulo 16

TRINTA MINUTOS MAIS TARDE, APÓS O EFEITO DA ASPIrina tornar a enxaqueca tolerável, nós fomos num carro fresquinho, com ar-condicionado, até um centro comercial.

Nós nos mantivemos calados durante o percurso todo. Eu não sabia o que dizer e a Natalie também não parecia a fim de interagir. Devia estar chateada com meu comentário sobre ela ter tentado me enrolar. Ou quem sabe estivesse com uma baita enxaqueca por conta da ressaca.

Paramos em frente à empresa Divórcio Fácil.

Fomos recebidos do lado de fora por um homem de uns trinta e poucos anos usando brinco de brilhante e uma camisa listrada de roxo. Ele deu um aperto de mão bastante amigável e nos fez entrar. A sala tinha apenas o essencial; o único móvel era uma escrivaninha de metal. Ele nos orientou por todo o processo com uma atitude positiva.

— Isso é tudo o que vocês precisam fazer — ele disse, sorrindo: — A taxa de preparação da papelada custa 169 dólares e depois vocês terão de dar entrada no fórum pessoalmente e pagar uma taxa de mais 269 dólares. Vocês podem fazer isso na segunda-feira, eu lhes darei todas as instruções.

A Natalie balançou a cabeça.

— Não, nós precisamos do pacote completo. Nosso voo de volta pra casa sai daqui a pouco.

Ele estalou os dedos ao lembrar.

— Certo, certo, conversamos sobre isso pelo telefone, esta manhã. Vocês são os nova-iorquinos. — Ele entrelaçou as mãos. — Teremos de fazer um *upgrade* e resolver tudo por vocês. Vamos preparar a declaração conjunta de anulação, dar entrada no fórum e recolher a taxa. Em seguida, retiraremos a certidão assinada pelo juiz. Tudo isso fica em apenas 799 dólares. Vocês podem dar uma entrada e pagar em parcelas ou quitar à vista. O que preferem?

A Natalie disse "Parcelado", ao mesmo tempo que eu falei "À vista".

O cara arregalou os olhos e ergueu as mãos como quem diz "Me deixa fora dessa".

— Eu prefiro parcelar — a Natalie respondeu baixinho, mas decidida.

— Deixe comigo. — Eu peguei o meu cartão de crédito na carteira.

Ela cerrou os dentes e sussurrou sibilando para mim:

— Acho que nós dois devemos pagar pela anulação, Wyatt.

— Não precisa, é por minha conta.

— Eu insisto em dividirmos a taxa. — Cada palavra que ela pronunciava era como uma mordida. — E se continuarmos brigando por conta disso, vou ficar com dor de cabeça de novo.

Eu também, então não vou discutir por causa disso. Mas também não darei o braço a torcer nessa coisa de rachar a conta da anulação.

— Nós só temos de resolver tudo logo, Nat. Vamos parar de discutir e depois acertamos isso.

Ela cruzou os braços quando entreguei o meu cartão para o camarada e disse a ele:

— O negócio completo.

O cara processou o pagamento, pediu que assinássemos na linha pontilhada e garantiu que nos manteria informados.

— Felicitações por descasarem. — Ele abriu um sorriso e acenou.

Quando saímos, a Natalie me olhou nos olhos.

— Que história foi aquela? Por que você tinha de pagar tudo sozinho?

— Porque o erro foi *meu*.

— Ah, sei. Claro. — Ela deixou as palavras no ar e me fuzilou com o olhar. — Quer dizer que lá no hotel eu havia enrolado você, mas agora o erro foi *seu*?

Tentei explicar, mas ela não me deu espaço para falar e foi se aproximando até ficarmos cara a cara.

— Talvez eu também quisesse pagar pra reverter isso, você não foi o único que cometeu um erro.

— Não foi o que eu quis dizer. — Abri a porta do carro pra ela.

— Bem, e o que você *quis* dizer?

— Veja... — eu comecei, ao entrar no carro depois dela e o motorista dar a partida. — Eu sinto muito. Lamento que as coisas tenham ultrapassado os limites, lamento por ter sugerido que a gente se casasse e que a noite de ontem tenha virado uma confusão. Peço desculpas por tudo. O mínimo que eu posso fazer é pagar por isso.

Ela cerrou as pálpebras como se aquilo doesse nela.

— Olha, eu sinto muito de verdade — a voz dela soou discreta, derrotada.

Não sei como passamos de viver a melhor noite da nossa vida a nos lamentarmos feito um casal que vive junto há muitos anos. Ah, verdade... A gente se casou, foi isso. Fizemos algo tremendamente estúpido. Mas, ao menos, conseguimos reverter aquele erro gigante.

— Olha, quanto antes isso tudo acabar, melhor, né?

— Com certeza.

— E não vai demorar, como o rapaz disse pra gente.

O carro seguia pela rodovia, enquanto eu tentava deixar o clima mais leve:

— É, acho que o ditado é mesmo verdade. O que acontece em Vegas fica em Vegas. Voltaremos para Nova York zerados, com a ficha limpa. Vai ser como se a noite de ontem nunca tivesse acontecido.

— Vai ser, sim — ela murmurou ao se virar para olhar pela janela, e seguiu com o olhar perdido pelo restante do trajeto.

Mal tornamos a nos falar no voo de volta pra casa, nem no caminho de carro do aeroporto até Manhattan. Quando chegamos ao apartamento dela, eu não sabia o que dizer. "Obrigado pelos momentos agradáveis de uma linda noite que eu nunca irei esquecer" estava proibido. As coisas esfriaram entre a gente, mas foi melhor assim, pois não podemos ficar juntos. Então, em vez disso, eu adotei o meu tom mais profissional:

— Eu te vejo no escritório.

Ela deu um aceno curto de despedida e eu fui para casa dormir, pra me esquecer das minhas decisões equivocadas, até chegar a manhã da segunda-feira e eu ter de encará-la outra vez.

Capítulo 17

A ESTA ALTURA JÁ DEVE ESTAR NA CARA QUE EU NEM sempre faço as melhores escolhas com mulheres. Não sei por quê. Devo ter um letreiro na testa dizendo "É maluca? Que tal ficar comigo? Sou ótimo parceiro pra mulheres insanas. Feito queijo e um bom vinho".

Eu não culpo as mulheres, pois sou do tipo de homem que assume a responsabilidade pelas merdas que faz. Sei que o problema está em mim e que começou com a Roxy. Ela chamou a minha atenção no último ano da faculdade, na turma de astronomia. Depois de formados, fomos morar juntos e ela trabalhava até tarde como relações públicas de uma grande firma em Nova York. Eu também trabalhava até altas horas, determinado a subir no ranque como mestre marceneiro. A Roxy era ótima, me dava a maior força; enfim, era tudo o que um jovem tentando subir na vida em Manhattan podia desejar: divertida, colaboradora, animada, e ainda era uma leoa na cama. Mas isso não tem nada a ver. A questão é que foi ela quem me estimulou a montar a minha própria empresa de carpintaria. A Roxy inclusive me deu algumas dicas e orientações sobre incorporações. Dá para imaginar como acabou a história?

É, não é difícil adivinhar.

A Roxy foi vital para me encorajar a montar a minha oficina. Mas, daí, ela abriu as pernas para o banqueiro e eu então a encorajei a abrir asas e alçar voo para bem longe da minha vida e do meu apartamento. Ela juntou suas coisas e foi morar com ele. Pena que não foi a última vez que a vi. Um mês depois, ela tentou colocar as garras no meu negócio e moveu uma ação alegando que havia fornecido "capital intelectual" para me ajudar na abertura. Que as noites em que ela havia ficado até tarde me ajudando a planejar e organizar tudo davam-lhe o direito a uma parte da WH Marcenaria & Construção. Segundo ela, toda sua torcida devia valer alguma coisa.

A Roxy queria uma porcentagem da receita perpétua e estava disposta a me enfrentar na justiça.

Foi um desastre e meu amigo Chase me indicou o primo dele, um advogado fera, que me ajudou. Tenho uma dívida enorme com os dois.

Eu queria conseguir prever esse tipo de coisa. Quem dera soubesse de antemão que eu estava me envolvendo com alguém que iria tentar me passar a perna. Fico imaginando se confio demais, mas, para ser sincero, não acho que seja esse o problema. Não sou o tipo de cara que se apaixona antes e faz perguntas depois.

Veja a Katrina. Fui cuidadoso com ela, esperei até que o contrato do website terminasse. Alterei as senhas por precaução, antes de convidá-la pra sair. Ela parecia muito bacana e até a minha irmã gostava dela. E, caralho, não é fácil conseguir o selo de aprovação de Josie Hammer.

Não preciso nem dizer que todos nós ficamos chocados quando a Katrina saiu da linha.

A Josie disse que essa era a minha sina. Além disso, todo o mundo tem um amigo que namora malucas. E acho que eu completo a quota da minha turma inteira. Mas não conheço nenhum teste de reconhecimento pra gente doida. Esse é só mais um motivo pra eu me manter afastado da tentação que a Natalie representa no trabalho.

Na segunda-feira de manhã, lá estava a minha assistente, sentada à sua escrivaninha, trabalhando e, embora ela me parecesse totalmente apetitosa, não me permiti deixar atrair por suas pernas nuas, nem por seu lindo pescoço. Nem fiquei olhando de esguelha aqueles peitos absolutamente fantásticos que ela adora que mordam. E eu com certeza não passei sequer um segundo imaginando a Natalie passando as pernas ao redor do meu traseiro e cravando as unhas na minha carne.

Minha mente estava cristalina, porque eu já havia comprado meu sossego adiantado ao dar entrada no pedido de anulação. Tomara que isso significasse minha onda de azar estar acabando e que eu me encontrava a salvo e em segurança, bem longe dos problemas. E a julgar pelo sorriso largo estampado no rosto da Natalie, ela também parecia satisfeita por tocar adiante. Como se não tivesse acontecido nada.

— Boas novas. Ligaram pedindo um orçamento de reforma completa numa cozinha na Park Avenue. — E então ela me forneceu todos os detalhes e disse que eu deveria ir até lá às quatro da tarde.

Fiquei mexendo numa caixa de clipes de papel sobre a mesa dela.

— Ótimo. Você prepara o descritivo?

— Claro. É o meu trabalho.

Peguei as minhas ferramentas e fui saindo. Quando dei tchau, ela me respondeu com um aceno. Eu ainda aproveitei e prestei atenção à mão esquerda dela: os dedos estavam nus, nada de aliança.

Eu ainda estava com a minha e, sinceramente, não saberia dizer o porquê. Aliás, nem notei que eu continuava usando.

Por um instante, senti uma tristeza invadir o meu peito, mas aquilo era inútil. Assim, botei o sentimento de lado e me concentrei no trabalho nas horas que se seguiram.

Mais tarde, naquele mesmo dia, a Natalie, com seu laptop em mãos, foi me encontrar pontualmente para irmos até a nova cliente. Ela foi extremamente profissional, respondeu às dúvidas da cliente e me fez parecer um astro de rock.

Quando saíamos do prédio, eu agradeci e lhe perguntei como ela estava:

— Tudo bem com você, Natalie?

Ela bateu no pulso.

— Tudo ótimo, mas preciso correr pra aula de caratê. Tchau!

Em um minuto, ela já estava longe, virou para o norte na Park Avenue e se perdeu no mar de nova-iorquinos. E continuava sem aliança.

Já no meu apartamento, fiquei mexendo na minha. Deslizei o dedão e o indicador sobre o metal, diversas vezes, mas não a tirei.

Eu preparava uma omelete para o jantar, me perguntando como a Natalie preferiria os ovos dela e se gostaria da minha omelete. Quando sentei pra comer, tirei a aliança e comecei a girá-la sobre a mesa, pensativo. Depois de jantar, pus uma bolacha de chocolate na boca, peguei meu leitor de livros e abri no mais recente, sobre fatos surpreendentes.

Eu lia, passando a aliança de dedo em dedo, indo e voltando, indo e voltando. Larguei o leitor e fui para o quarto apanhar a foto na moldura de papel-cartão tirada no alto da montanha-russa. Mas como olhar para ela me fez desejar o que eu não podia ter, deixei-a de lado.

Mais tarde, sob a luz do banheiro, depois de dar mais uma boa olhada na aliança, eu a larguei no armarinho da pia. O que será que a Natalie teria feito com a dela?

* * *

Mas não fazia diferença, pois, quando liguei para o Divórcio Fácil, o rapaz tagarela me disse:

— O processo está em andamento. A papelada já foi registrada e logo você será um homem livre.

— Ótimo — respondi.

E era ótimo mesmo. Ainda bem que daria pra desfazer um erro gigantesco o quanto antes. Contei para a Natalie ao passar no escritório a caminho de casa, na volta da obra nova, que fora fechada na semana anterior.

Ela se limitou a abrir um sorriso indiferente e comentar:

— Excelente notícia. — Então, pegou a bolsa, pendurou no ombro e foi embora.

E assim se seguiram outras duas semanas; nós fazíamos novos orçamentos, eu executava a obra e ela gerenciava. Conseguimos fechar alguns projetos novos, incluindo o de uma amiga da Lila. O nome dela era Violet e ela contou que ficara tão impressionada com a cozinha da Lila que queria que a dela ficasse num estilo e clima parecidos. Eu fiz um enorme sinal de positivo pra Natalie quando ela me mostrou o contrato aprovado do projeto, pois com ele voltaríamos a pensar em expandir.

— Vamos começar a próxima obra só daqui a algumas semanas. Então, teremos um intervalo para encaixar esta aqui — a Natalie afirmou, toda séria. — E a Lila pareceu satisfeita em indicar a gente para a Violet. Outro dia, na minha aula de defesa pessoal, ela contou que ficou chateada que a obra em Vegas não saiu.

— Ela foi fazer aula com você?

— Sim. Foi engraçado. Eu estava tão acostumada a vê-la no ambiente profissional, na sua empresa, e, de repente, lá estava ela. Disse que queria muito aprender defesa pessoal.

— Poxa, que bom!

— A Lila aprende rápido. E eu fiquei contente por ela ter nos indicado para uma amiga. Isso vai compensar o fiasco de Vegas.

A princípio não deu para dizer ao certo a qual fiasco ela se referia, o casamento ou o cancelamento da obra, mas depois vi que ela falava de negócios. E tudo bem, pois isso mostrava que a gente podia continuar em sintonia no trabalho mesmo em vias de anulação do casamento. Somos muito profissionais, calmos e inabaláveis. Era como se quiséssemos provar a cada interação o quanto aquela noite em Las Vegas não nos afetara.

E por que agiríamos diferente? Afinal, nossa intenção foi aproveitar a noite ao máximo, e foi o que fizemos. Nós embarcamos na experiência completa de Vegas e, quando o sol nasceu, deixamos tudo para trás.

Porém, agora eu iria esquecer tudo aquilo, pois era noite de jogo dos Yankees.

Primeiro, parei na Sunshine Bakery e encontrei a Josie encerrando o expediente na confeitaria. Quando entrei, ela varria o chão e me recebeu com um sorriso largo. Sorri também.

— Você não esqueceu, né?

Ela riu e balançou a cabeça.

— Você só me lembrou cinco vezes...

Eu ergui um dedo.

— *Uma*. Eu te falei *uma* vez só. Até comentei com o Chase que tinha falado pra você uma vez só. E já é vergonha o suficiente.

— Você deve estar mesmo em dívida com ele, então.

— Ele tem crédito comigo de anos atrás.

A Josie apoiou a vassoura na parede, foi para trás do balcão e pegou uma embalagem de doces amarela lacrada com um adesivo de coração. Ao me entregar a caixa, ela disse:

— Um cupcake de morango para Chase Summers.

— Não acredito que vou carregar essa porra de cupcake até o Bronx para aquele safado. — Cheirei a caixa. — Diz que tem um daqueles mil-folhas de chocolate no capricho pra mim, pra me compensar, vai...

— Sem chance. — Ela apontou para o lacre de coração. — É exclusivo dele.

Eu li a mensagem que ela escreveu: "O cupcake mais masculino do mundo. Só que não :) Fico feliz por você gostar e por sentir saudade de comê-lo. Apareça, venha me ver! Já faz tanto tempo!"

— Juro, Josie, que o Chase não fala de outra coisa quando a gente combina de se ver. "Você me traz um cupcake? Você vai me trazer um cupcake?" E eu respondo "Cara, vai lá buscar". Mas ele trabalhou a semana toda no turno do dia e não conseguiu vir. E não dava pra não sentir dó dele, considerando que... bem, você sabe da história... — Gesticulei, girando a mão.

— Sim, ele salvou muitas vidas na África afetada pela guerra no último ano — a Josie completou. — O homem merece um cupcake. Mas não esqueça de dizer ao Doutor Gostosão para passar e pegar outro.

Olhei atravessado pra ela.

— Não chama o cara desse jeito.

A Josie me deu o seu melhor olhar de fingida inocência.

— Foi você que o apelidou assim.

Eu sacudi a cabeça.

— Acredite, eu jamais o chamei assim.

— Então quem foi?

— Toda. A. Mulherada.

Ela fez sinal para si mesma.

— Eu sou mulher, ora...

— E ele é um cachorro.

A Josie caiu na risada.

— Acho que é um elogio, já que você gosta tanto de cachorros.

Fiquei pensativo por um instante.

— É, você me pegou nessa. — Me virei pra sair, mas parei no meio do caminho e bati com as juntas dos dedos numa mesa amarela, imaginando se eu não estaria desperdiçando uma oportunidade de xeretar. Quero dizer, saber sobre a Natalie. — Ei, Josie... — falei, como quem não quer nada.

— Sim?

— Está tudo bem com a Natalie?

A Josie inclinou a cabeça para o lado.

— Claro. Por que a pergunta?

Dei de ombros.

— Por nada, só pra saber.

A Josie me fitou e percebi que falara demais. Afinal, trata-se da minha irmã e ela costuma ler as emoções como se estivessem tatuadas na testa das pessoas.

— Aconteceu alguma coisa em Las Vegas?

Tentei disfarçar.

— Não, lógico que não — neguei com veemência, sem dar margem para dúvida. Mas, então, fiquei cismado. — Por quê? Ela comentou algo?

— Não, só fiquei curiosa. Mas a Natalie anda mais calada, esses dias. Você disse alguma estupidez para ela?

Um milhão de coisas estúpidas.

— Não mais que o habitual. — E esbocei um sorrisinho amarelo, respirando aliviado.

— Falando sério, você se comportou direito? — Ela me encarou com aqueles olhões verdes fazendo com que eu me questionasse da verdade.

Será que o fato de casar por impulso com a Natalie e pedir a anulação em seguida me permitia dizer que eu me comportara ou me colocava na categoria de um cara do mal? Refletindo sobre tudo que havia acontecido em Vegas com a Natalie, concluí que eu tinha sido um cara do bem. Eu não diria cara brilhante nem cara cuidadoso, mas, ao menos, eu tratara a Natalie com apreço e vinha agindo como um bom patrão desde que voltamos.

— Eu me comportei muito bem. Tanto que mereço um mil-folhas de chocolate caprichado. — Pisquei várias vezes, fazendo charme.

Ela caiu na risada e pegou o doce na vitrine.

— Você sabe que eu sempre te dou um.

— Você é a melhor irmã do mundo! — eu entoei, fazendo a minha voz ecoar, como se falasse ao microfone.

— Eu sei, eu sei, eu sei! Dê um abraço no Chase por mim.

— Dou, nada. Sem chance.

Capítulo 18

NO ESTÁDIO DOS YANKEES, ENCONTREI MEU AMIGO DE faculdade sentado na terceira fila, perto da linha de base, digitando no celular.

— Ei. Nenhuma curtida? Nenhuma mulher te achando atraente? — Bati nas costas dele. — Difícil ser a última opção de todo o mundo no Tinder...

— Nem me diga, cara. — O Chase me deu um toque de mão. — Bom te ver.

— Digo o mesmo. — Eu reparei na pele dele, um tom dourado. — Veja só o que um ano trabalhando fora faz com a pessoa.

Ele estendeu o braço.

— Está falando do meu bronzeado? Eu agora me tornei o garoto dourado. — O Chase deu uma piscada e já foi pegando a embalagem de cupcake. — Dá isso aqui. Como senti falta dos meus doces lá fora...

O Chase acabara de voltar de um ano de trabalho na ONG Médicos Sem Fronteiras. Ele viajou logo depois de terminar sua residência em medicina de emergência e, agora, de volta a Nova York, trabalhava num hospital de traumatologia.

— Não tinha cupcakes na África?

— Infelizmente, não. — Ao ler a mensagem no adesivo, o Chase sorriu, abriu a caixinha, pegou um pedaço do doce de morango e meteu na boca. Ele revirou os olhos. — Isto é o que dá sentido à vida. Bem aqui. Este cupcake.

— É, a Josie é uma verdadeira deusa dos bolos e bolinhos.

— Ela é — ele concordou, com uma entonação de reverência. — Isso deixou o meu dia muito melhor. E pode acreditar, minha tarde foi uma merda. Bem, digo, para os outros.

— Deixe-me adivinhar, você tratou de seis esfaqueamentos.

Nesse instante, os melhores momentos do jogo da noite anterior começaram a ser apresentados no telão tamanho jumbo.

O Chase passou a mão pelos cabelos castanho-dourados e deu uma gargalhada.

— Na verdade, quatro. E mais três ferimentos por projétil e um vidro de mostarda no interior de uma cavidade corporal. — Em seguida, ele explicou em detalhes onde o vidro de mostarda estava enfiado, enquanto acabava de devorar o glacê cor-de-rosa.

Fiz uma careta.

— Cara, como você consegue comer contando uma história dessas?

Ele deu de ombros.

— Eu nasci desprovido de qualquer tipo de nojo. Acho que é por isso que sou tão incrível na minha profissão — o Chase declarou, com sua presunção característica. Mas ele é um ótimo cara. Sempre pude contar com ele para tudo, e ele comigo.

O Chase terminou de comer o cupcake, guardou o adesivo no bolso e falou:

— Diz pra Josie que ela continua a melhor confeiteira do pedaço.

— Você devia ir falar isso pra ela pessoalmente. — Afinal, a Josie e o Chase se conheciam. Ele viera passar alguns feriados na minha casa no tempo da faculdade e os dois se deram bem. Mas aí me lembrei do comentário do Doutor Gostosão. — Não, espera. Não vai, não.

Ele franziu a testa, perplexo.

— Ver... não ver. Afinal, devo visitá-la ou não, Hammer?

— Visitá-la, sim, Summers. Mas sem dar em cima dela.

Ele arqueou as sobrancelhas, sugestivamente.

— A Josie continua uma gatinha?

Fiz cara feia.

— Não fala assim. Ela é minha irmã e a pessoa que eu mais amo em todo o universo.

— Entretanto, empiricamente, ela é linda. Trata-se de uma constatação médica.

— Você não pode dizer isso só porque tem um diploma. Não pode. É proibido — rebati, enquanto o time do Yankees deixava o banco e a multidão aplaudia.

— Relaxa, cara. Eu sou amigo dela há quase tanto tempo que sou seu. E eu nunca dei em cima da Josie.

— Ótimo, mas podemos falar de outra coisa que não seja a minha irmã?

— Claro. Tipo, digamos, como vai a vidinha de casado?

Levei um susto. Olhei para o meu dedo, nuzinho.

— Como você sabe?!

Ele soltou uma gargalhada.

— Meu chapa, você me mandou uma mensagem às três da madrugada, lá de Vegas, dizendo que tinha se amarrado. Eu achei que era uma pegadinha. Era verdade?

O narrador passou a anunciar a escalação e o nome e a foto dos atletas começou a aparecer no telão.

Dei de ombros e disse que sim.

— E como foi?

Eu contei ao Chase uma versão resumida do quanto a Natalie e eu nos divertimos a valer em Vegas e então comprei duas cervejas de um vendedor ambulante. E como eu ainda não tinha revelado nada pra ninguém, foi bom poder desabafar com o meu amigo.

— Quer dizer então que você ainda não resolveu aquele seu probleminha? — ele me perguntou quando lhe entreguei o copo. — Eu já te disse, tem um comprimido pra isso. Você devia ter tomado um naquele dia.

— Que comprimido, qual o nome? — eu perguntei, inocente.

O Chase pôs a mão no queixo.

— Bem, deixe-me ver... Como chama mesmo? O representante de um laboratório me trouxe uma amostra esses dias. Ah, sim. Quando o assunto é mulher, ele se chama *Faça a Porra do Oposto do que Seu Instinto Manda*.

— Quer dizer que você está me prescrevendo uma pílula depois que já aconteceu?

— Fala sério, cara. — Ele segurou o meu ombro. — Não é uma situação hedionda, ninguém saiu ferido. Você já tomou as providências e agora é tocar a vida.

— Sim, sem dúvida. — Bebi um gole, mas aquelas palavras soaram muito estranhas, vazias.

— Que diabo, todo o mundo faz merda em Vegas!

— É o paraíso das merdas, aliás.

— Foi uma espécie de rito de passagem.

— Menos você, você nunca faz nenhuma merda — contemporizei.

E era verdade. O Chase era um menino de ouro em todos os aspectos. Ele pulou duas séries na escola, recebeu uma bolsa de estudos integral na faculdade e se formou em primeiro lugar na turma. Foi estudar medicina, conseguiu uma vaga excelente para fazer residência e depois decidiu trabalhar um ano como voluntário em uma das regiões mais afetadas pela guerra no mundo. Ah, e ele também salva muitas vidas! E como se não bastasse, o Chase não tem o menor problema com as mulheres.

— Não, não faço. Mas se eu for pra Vegas, é bem capaz que acabe me metendo em encrenca. Ainda mais se eu for caidinho pela minha assistente feito você.

Eu virei a cabeça de repente e o encarei, embora os jogadores já estivessem nas bases.

— O quê?! De onde tirou isso? Você voltou pra cidade faz só duas semanas. Como poderia saber?

Ele ergueu uma sobrancelha.

— Pra mim é tão óbvio...

— Responde logo!

O Chase tomou um bom gole de cerveja.

— Pelo jeito como você acabou de falar sobre ela. Você gosta dessa garota.

Cheguei a abrir os lábios, mas pra dizer o quê? Ele tinha razão. Eu gosto mesmo da Natalie, gostei dela desde o primeiro dia. Mas isso não importa, meus sentimentos não estão em questão. A situação, no entanto, essa sim é um problema, e ela não vai se resolver tão cedo.

— Além do mais — ele continuou —, você não é do tipo que dá em cima e depois larga.

— Eu tenho um perfil no Tinder — contestei, enquanto o arremessador rebatia.

— E você já o acessou... o quê? Uma vez?

Dei de ombros, sem graça. Ele estava certo, o Tinder não era a minha praia.

— Uma vez. E daí?

— Boa sorte trabalhando com ela todos os dias, então. Deve ser uma droga.

Outra rebatida passa voando.

— Obrigado, muito obrigado. Este papo motivacional foi incrível. Agora eu estou tinindo pra enfrentar o novo turno.

— A vida podia estar mais difícil. — Ele deu um sorrisinho maldoso. — Você podia estar na emergência com um vidro de mostarda entalado no rabo.

Capítulo 19

NUMA ESCALA DE PÉ NO SACO, TRABALHAR COM A NATAlie não é tão ruim quanto, digamos, martelar a ponta do dedão. Nem lateja tanto quanto dar uma joelhada no móvel da TV que você acabou de instalar, num loft recém-reformado, no bairro de Tribeca.

É claro que levar marteladas e pancadas é um risco, mas, se não bastasse esses riscos, eu ainda meti o prego na mão duas vezes. Duas cravadas num dia só é foda... Opa, isso soou feito sacanagem. Seja como for, nem preciso dizer que a era glacial, *nada* agradável, entre a Natalie e mim está afetando meu desempenho no trabalho. Estou tentando ao máximo tirá-la da cabeça, para conseguir terminar a obra em Tribeca.

Não é fácil. Pelo visto, a Natalie tem ocupado uma área cerebral nobre e eu queria realocá-la para a região do meu cérebro destinada aos "apenas colegas de trabalho".

Quando passei no escritório no fim do dia para deixar as ferramentas, a Natalie falava ao telefone:

— Perfeito, pode me esperar esta noite. Na rua 64 esquina com a Lex. Eu agradeço muito por ter me considerado para sua aula extra.

Arqueei uma sobrancelha e fiz um sinal de positivo para ela. Pode me chamar de Sabe-Tudo, mas acho que a Natalie conseguiu outra turma de caratê. Quando ela desligou, eu abri bem os braços.

— Mandando ver, hein? Show de bola!

Ela sorriu e o mundo inteiro entrou em harmonia. Naquele sorriso deu para notar que a tensão entre nós se dissipara. Nós havíamos voltado a ser como antes. Somos colegas de trabalho que se apoiam mutuamente. Somos colegas que saem juntos pra comer comida picante. Está tudo bem entre a gente.

— Pois é! Outra escola quer que eu seja professora substituta. Estou supercontente.

Franzi a testa.

— Substituta? Você deveria ter uma turma só sua.

Ela deu de ombros.

— Tudo bem, pra mim já está bom.

— Mas não ajuda muito com a produção dos seus vídeos, nem a firmar a sua reputação como professora, não é? As pessoas deviam desejar assistir às *suas* aulas, e não encontrar com você por acaso, quando for substituir algum babaca que não consegue dar a própria aula.

— Funciona pra mim, Wyatt — ela afirmou secamente, e talvez eu tivesse pisado na bola outra vez.

— Eu só acho que você não está se valorizando.

— Não precisa se preocupar com isso, eu estou bem. — Ela apontou para a pilha de cheques sobre a mesa. — Há várias contas para vencer. Eu já preenchi os cheques, é só você assinar que eu coloco no correio quando for embora.

A Natalie me deu uma caneta e eu me senti como se tivesse sido repreendido e mandado para a cama sem jantar. Talvez eu tivesse me intrometido demais. Não consigo mais compreender o que ela quer.

Inclinei-me pra assinar os cheques e fiquei tão próximo que senti o cheiro dela. Engoli em seco ao me lembrar de como foi passar o nariz pelos cabelos dela, deslizar meus lábios por sua pele macia, inalar o seu perfume. Eu me martirizo por não ter metido a boca na xoxota dela naquele dia, não sei o que deu em mim.

Fiquei com a boca cheia d'água ao assinar os cheques, sonhando em ajoelhar debaixo da mesa entre as pernas dela e enterrar o rosto naquela saia. Experimentar o gosto quente e úmido. Lambê-la, chupá-la e me acabar nela.

— É foda — murmurei.

— Algo errado?

Meu pau parece uma espada, dura como ferro, e meu cérebro é um carrossel de imagens do seu corpo nu absolutamente tentador, é isso que é foda. Mas podemos corrigir isso fácil. É só você abrir bem as pernas e me deixar te comer agorinha mesmo, porra!

— Nada errado. Tudo cem por cento. — Eu balancei a mão, como que dispensando a atenção, e procurei me posicionar para disfarçar o meu pau duro.

Fui assaltado por uma lembrança: a Natalie sentada sobre o fliperama me contando que costumava ficar de olho no meu pacote, no trabalho. Será que ela ainda me olhava? Será que observava a minha braguilha e ficava feliz com a sensação que isso despertava? Será que ela gostaria de fazer algo pra aplacar o meu sofrimento atual? E, mais que tudo, eu me pergunto se ela se sentia da mesma forma.

— Último cheque. — Ela o colocou na minha frente, com as mãos perigosamente próximas do meu pênis. — É do meu salário.

Posicionei a caneta e comecei a assinar; e então olhei com espanto. O valor estava errado.

— O que é isso? — Apontei para o cheque. Até me esqueci do que havia entre as pernas dela. Fiquei pensando no que a Natalie estava fazendo com a minha empresa.

— Isso se chama cheque. É uma promessa de pagamento em espécie. Você o leva até o banco e eles te entregam o valor correspondente em dinheiro — ela diz num tom meio jocoso, pelo visto estamos de volta às piadas.

Mas a dúvida não era tão básica assim.

— Eu me referi ao valor, Natalie. Está errado. — Bati no valor escrito por ela mais cedo, grafado em preto.

— É o meu salário de sempre.

Dei um suspiro, tomado por uma irritação incomum. Não tenho temperamento difícil, não costumo ficar bravo. Mas se ela estava fazendo o que eu achei que estava, então eu ia ficar muito, mas muito puto da vida.

— Eu te dei um aumento, Natalie — minha voz soou tensa. — Você por acaso esqueceu?

Ela ergueu o rosto. O olhar denotava culpa, as palavras, no entanto, transmitiram segurança:

— Não esqueci. Simplesmente julguei que ele não mais se aplicava.

Pressionei as mãos com força sobre a escrivaninha dela e a fitei, olhando de cima.

— Nós anulamos o casamento, não o emprego.

— É que eu achei que era uma daquelas coisas...

— Coisas? Que coisas?

— Coisas que se diz quando se está bêbado.

Travei os dentes e inspirei profundamente pelas narinas.

— Ainda assim, foi pra valer.

Ela se recostou no espaldar.

— Veja, eu não queria parecer presunçosa e considerar que o aumento ainda era válido. Não queria te colocar numa posição em que você se sentisse *obrigado* — ela ponderou, pronunciando a última palavra com precisão, a ponto de parecer que queria me provocar por algum motivo.

E isso me deixou ainda mais puto. As últimas semanas se resumiram a nós dois pisando em ovos um perto do outro e, agora, ela estava tomando a porra de uma decisão sobre o meu negócio que ela não estava autorizada a tomar.

— Esta empresa é minha e eu decido o quanto te pagar. — Não falei alto; e ela entendeu a mensagem pelo meu tom frio e pela forma como levantei o cheque e o rasguei ao meio.

Então, peguei um novo cheque e preenchi com o valor correto, um valor maior. E o entreguei a ela.

— Eu disse que iria dar um aumento de dez por cento e estava falando sério. Eu te prometi e pretendo cumprir, tendo tomado algumas cervejas ou não. Sou um homem de palavra e espero que as pessoas que trabalham comigo me tratem como tal e ajam da mesma forma.

— Obrigada. — Ela apanhou o cheque com as mãos trêmulas, baixou a cabeça, pegou a bolsa e se mandou pra bem longe de mim.

Eu me sentei na cadeira dela, largado, tomado pela raiva, e deitei o rosto nas mãos.

— Que merda, que merda, que merda!

Eu não devia ter ficado tão puto assim, sei disso. Mas diga isso para a fúria que percorria o meu corpo inteiro. *Odeio* me sentir assim. Tenho orgulho de ser um cara relaxado e, no momento, eu era tudo menos isso.

Fui pra casa, coloquei um short e fui malhar na academia do meu prédio. Levantei mais peso do que deveria, corri mais rápido do que costumo... Ou seja, no geral, banquei o babaca; tudo porque estava puto.

E eu nem sabia o porquê.

Mas depois de uma chuveirada quente em casa, a confusão mental começou a se dissipar. Não demorou e compreendi por que eu estava bravo.

Não foi por ela ter tentado subverter uma decisão minha ao atribuir a si mesma um salário *menor*. Isso era bobeira.

Não foi por termos ficado bêbados e trechos daquela noite continuarem obscuros para mim.

Foi porque não somos mais os mesmos. Não voltamos a ser a Natalie e o Wyatt. Nós entramos no modelo 100% chefe/assistente, e eu gostava bem mais quando nos divertíamos no trabalho, antes de o trabalho se tornar tão incômodo quanto um tratamento de canal.

Vesti jeans e camiseta, passei a mão para ajeitar os meus cabelos já quase secos, e saí. Atravessei a cidade rápido, torcendo pra ela ainda estar na escola na rua 64. O ponteiro das horas se aproximava das nove, as luzes do estúdio brilhavam forte e eu vi a Natalie lá dentro, fechando o lugar. Fiquei esperando, as mãos nos bolsos da calça e os dedos inquietos.

Em questão de minutos, as luzes piscaram e se apagaram. A porta se abriu, a Natalie a trancou por fora e se virou.

— Nossa! — Ela arregalou os olhos, espantada.

— Oi — eu disse, de mansinho.

— Oi. — Ela usou o mesmo tom que eu e, naquela hora, a suavidade soou como uma carícia.

— Eu fui um babaca e vim me desculpar.

Ela sorriu.

— Tudo bem. Não precisava...

Eu a interrompi. Era eu quem devia falar:

— Não. Eu teria feito o mesmo no seu lugar. Eu não deveria ter te colocado numa situação que a levasse a duvidar de que iria mesmo ganhar o aumento. Foi por isso que você aceitou ser substituta? Porque não tinha certeza se o aumento era pra valer?

Ela admitiu:

— Eu precisava do dinheiro extra.

Meu coração levou um tranco.

— Sinto muito, Nat, de verdade. Não quero que você duvide do seu valor, nem do que eu digo, muito menos do que te prometo. Eu preciso melhorar. E quero melhorar. E pretendo te pagar de acordo com o que você merece pelo trabalho incrível que faz.

— Obrigada.

— Eu não conseguiria tocar os negócios sem você. Por isso você recebeu um aumento, nada mais.

— Obrigada, Wyatt. Isso me deixa muito satisfeita.

— Você merece, sem sombra de dúvida. — Fiz uma pausa, hesitante. — Então... tudo bem entre nós?

— Tudo bem. — E, pela primeira vez desde que eu acordei de ressaca, parecia verdade mesmo.

O estômago dela roncou e eu dei risada.

— Mas desconfio de que você quer mais uma coisinha. Vamos jantar? É por minha conta. Hambúrguer e cerveja?

O sorriso estampado no rosto dela foi o primeiro que pareceu genuíno, desde que voltamos de Vegas. Como o da mulher que eu conhecia.

— Eu topo.

O sorriso me serviu de alento também: era uma indicação de que voltarmos ao nosso normal seria mais fácil do que eu pensava.

No fundo, eu sabia.

Capítulo 20

A NATALIE FEZ SINAL PARA O MEU QUEIXO.

— Ketchup — ela disse.

Eu peguei um guardanapo, limpei e terminei a minha história:

— E teve a vez em que pegamos o volume dela de ...*E o vento levou*, cortamos fora as últimas dez páginas e escrevemos: "O Rhett vai embora. Ele é um bosta".

Ela deu um tapa na minha coxa.

— Vocês eram cruéis demais!

Dei um gole na minha cerveja. Estávamos sentados ao balcão de uma hamburgueria, na rua Lexington, saboreando uns mini-hambúrgueres com molho picante de pimenta.

— A gente era uma praga. A Josie estava louca para terminar de ler o livro. Ela passou por uma fase Scarlett O'Hara e até vestiu uma fantasia de donzela sulina no Halloween, completinha, com sombrinha e tudo.

— Ah, que graça! Vou perguntar à Josie se ela ainda tem as fotos. Mas você e o Nick eram terríveis. Remover as páginas e ainda estragar o final...

— Ela balançou a cabeça, admirada, e então comeu o mini-hambúrguer forrado de pimenta.

— Minha mãe dizia que devíamos ser gêmeos idênticos, e não fraternos, pois nós dois tínhamos o mesmo DNA das brincadeiras malvadas. Mas, na real, a Josie ficou arrasada. Ela foi perguntar para a mamãe "É verdade mesmo?". Minha mãe foi até o nosso quarto, atirou o livro em cima da gente, e disse que teríamos que comprar com a nossa mesada um volume novo daquele romance para ela e ainda todos os livros que a Josie quisesse ler o ano inteiro.

A Natalie sorriu.

— Ótimo castigo. No final, a Josie saiu ganhando.

— Foi, sim. Pergunta pra ela quem patrocinou a coleção dos livros da Jane Austen; ela dirá que foram os trouxas dos irmãos dela. — Eu dei uma mordida grande no meu sanduíche.

Começou a tocar uma música do Spoon no alto-falante acima de nós. Assim que acabei de mastigar, eu apontei para ele.

— Agora sim, isso é que é música. Não aquela coisa da Katy Perry, do Justin Bieber e da Taylor Swift de que você gosta.

Ela me deu um soquinho no ombro.

— A Katy Perry é o máximo, a Taylor Swift é incrível e não vou sequer fazer de conta que gosto do Bieber. Eu tenho um filtro, seu esnobe musical.

— Graças a Deus — murmurei, para provocá-la.

— Mas faltou você me contar se a Josie se vingou por vocês terem arruinado o final do livro dela.

Eu fiz que sim.

— Claro que sim. Ela preparou uma vingança diferente, mas à altura.

A Natalie pegou a garrafa de cerveja e bebeu no gargalo.

— Conta, conta, quero saber!

— Certa manhã, no primeiro ano do ensino médio, ela ensopou todas as nossas camisetas com perfume de mulher. Não havia outra coisa pra usar. Fomos pra escola daquele jeito mesmo.

A Natalie fez um sinal de vitória.

— Excelente! Vou dar os parabéns a ela pessoalmente mais tarde. Fazer você e o Nick cheirarem a perfume de princesa é o que se pode chamar de uma doce vingança.

— Eu fiquei cheirando bem à beça — comentei cheio de orgulho e ela caiu na gargalhada. Mas então adotei um tom mais sombrio: — No entanto, eu não me emendava e continuava a pregar peças na minha irmã. Eu era um completo babaca.

A Natalie fez uma careta.

— Não diga. Jura?

Acabei admitindo mais uma das minhas pegadinhas..

— Substituí o xampu dela por óleo de cozinha.

A Natalie arregalou os olhos.

— Você era demoníaco.

— A encarnação do diabo. E eu zoei com ela no dia seguinte também. Não dava pra deixar passar. Falei pra Josie que ela estava cheirando a salada podre, o que é uma bobagem, mas uma coisa terrível para se dizer pra uma garota de doze anos.

— Wyatt! — ela ralhou comigo, os olhos azuis a me recriminar. — Que maldade!

Eu me rendi, erguendo as mãos.

— Eu sei. Pode acreditar, eu sei. Ela ficou muito chateada, mas fez o maior esforço pra não demonstrar — eu contei, ao me lembrar dos lábios da Josie tremendo e de ela ir se trancar no quarto, imaginando como se livrar daquela peste de oleosidade.

— Eu nem poderia colocar a culpa no Nick, pois ele estava na casa de um amigo. A minha mãe me chamou para uma conversa naquela noite.

A Natalie pegou uma batata do meu prato e passou no molho picante. Ela a enfiou inteira na boca, sem careta alguma, e eu, como sempre, fiquei espantado com a tolerância dela para pimenta.

— Você ficou de castigo?

Exalei um longo suspiro ao recordar a punição brilhante que a minha mãe me arrumou.

— De certa forma. Não fiquei de castigo, mas ela me deu uma chamada na frente de uma garota. Eu tinha quinze anos e estava namorando oficialmente pela primeira vez, e a minha namorada tinha ido à minha casa para a gente assistir a um filme. Minha mãe entrou na sala, desligou a TV e explicou o que acontecera pra garota.

A Natalie ficou de queixo caído.

— E o que ela disse?

— Minha namorada ficou louca da vida comigo e concordou com a minha mãe. Minha mãe disse que a forma como um garoto trata a irmã é significativo por diversas razões, sobretudo porque mostra a ela o que pode esperar dos garotos e depois dos homens em geral. Ela me disse: "Trate sua irmã com mais amor, carinho e respeito e seja um bom exemplo pra ela. Se você e o Nick fizerem isso, ela vai amadurecer e se tornar uma mulher forte e confiante, que não se submeterá a homem nenhum".

A Natalie sorriu.

— Eu não tenho irmão, mas acho que é uma verdade. Creio que todos nós servimos de exemplo uns para os outros.

— Não é mesmo? Talvez por eu ter feito psicologia acredite que aprendemos como queremos ser tratados e como esperamos ser tratados não apenas com nossos pais, mas com os irmãos também. Tudo influencia, tudo o que fazemos faz diferença.

Ela abriu outro sorrisinho.

—Você fez psicologia?

Dei risada.

— Estranho, né? — Levantei o dedo no ar. — Já sei. Você achou que eu tinha me formado em marcenaria?

Ela sacudiu a cabeça.

— Não, mas, pensando bem, de certo modo você se encaixa bem na psicologia.

— Sério? Como assim?

— Você age como se tudo fosse muito simples, mas, no fundo, você é bem mais perspicaz do que deixa transparecer. Isso a maior parte do tempo. — Ela deu uma piscadela. — E a conversa com a sua mãe funcionou na hora?

— E como funcionou! Eu precisava tomar jeito. Tratar a minha irmã melhor e parar com a gozação e os comentários maldosos desnecessários. E minha mãe conseguiu me mostrar isso muito bem. Conversar comigo na frente da garota de quem eu gostava só ajudou a enfatizar o argumento dela. Meu objetivo a partir dali passou a ser me tornar um sujeito legal e mostrar para a Josie como um cara deveria ser e o que ela merecia.

— E dá só uma olhada nela agora — a Natalie observou. — A Josie é forte, independente e muito carinhosa. Mas não se faz de capacho pra ninguém, ou seja, parece que a sua mudança de comportamento surtiu um efeito permanente nela.

A Natalie limpara a mão no guardanapo e, enquanto falava, ficou o tempo todo acariciando o meu ombro. E eu fiquei pensando no quanto ela é tátil. Ela gosta de tocar, gosta de colocar as mãos em mim. A Natalie sempre fez isso e agora estava recobrando aquela característica. Não sei dizer ao certo por que isso me deixou tão feliz, além do óbvio: caramba, eu adoro ser tocado por ela! Mas talvez também por ser um sinal de que as coisas estavam voltando ao normal, de que a gafe de Vegas ficara para trás.

— É o que se espera de um irmão, que ele mostre à irmã que ela merece o mundo todo, que ela deve esperar apenas o melhor — eu disse, sentindo um orgulho repentino. — Posso ter sido um sacana, mas, por conta daqueles cabelos oleosos feito salada, eu passei a me esforçar para ser um cara melhor. Um cara do bem. A Josie é a responsável por eu dar tanta importância a ser esse tipo de homem.

A Natalie respirou fundo. Por um momento, os olhos dela pareceram úmidos, quase como se ela estivesse contendo as lágrimas. Mas, como ela não lacrimejou, talvez fosse a pimenta.

— Muito ardido? — perguntei.

Ela fez que sim, pegou o copo e bebeu água gelada. E como a Natalie não fez nenhum comentário, eu prossegui:

— É estranho ouvir essas histórias pelo fato de vocês morarem juntas?

— Não, eu acho incrível. — Ela se virou para mim, e sua expressão pareceu sincera quando nossos olhares se cruzaram. — Eu adoro a Josie e adoro ver o quanto você se preocupa com ela.

A voz dela me tocava, me aquecia. Chegava ao meu coração.

— E a Charlotte? Vocês são muito íntimas. Sempre se deram bem assim?

A Natalie fez um gesto de "mais ou menos" e então respondeu:

— A maior parte do tempo, sim. Mas quando éramos mais novas, brigávamos bastante, como é natural entre irmãos. Eu queria usar uma saia dela e ela não deixava, esse tipo de coisa. — A Natalie, então, baixou o tom de voz e sussurrou, confessando: — Eu também aprontava com ela.

— Sua safada! — Eu tamborilava os dedos no ar, num pedido para que ela me desse todos os detalhes. — O que você fazia?

— A Charlie era muito estudiosa, então um dia eu atrasei o despertador dela. Nossa, ela ficou uma fera! Quase perdeu uma prova. Ficou doida comigo. Mas não fez a menor diferença e eu morria de inveja dela.

Inclinei a cabeça, curioso.

— Por quê?

— A minha irmã tinha a maior facilidade pra estudar. Ela passou pelo ensino médio sem sofrer e entrou na Universidade Yale como se fosse a coisa mais fácil do mundo. — A Natalie, então, se virou e ficou brincando com a garrafa de cerveja.

— E você? Não gostava de estudar?

— Sempre tive mais interesse pelo físico. Eu investia toda a minha energia nas artes marciais, sabe? E isso me deixava maluca, porque meus pais davam muita importância aos estudos e ela era mestra nisso. Mas, no fim, ela estava certa. Hoje a Charlie é dona de um negócio de sucesso, enquanto eu dou aula de caratê como substituta. — Ela fez um esgar.

— Ei! — falei, carinhoso. — Você não é só uma substituta, você está se aprimorando, estabelecendo a sua reputação. Eu coloco a maior fé na série de vídeos que você irá produzir. E, por falar nisso, não vai me mostrar nunca?

— Preciso terminar de editá-los, daí eu te mando por e-mail. — Ela estava esperançosa, dava pra notar. — Se é que você quer mesmo assistir.

— Quero, sim. Eu vou gostar muito de ver e de ajudar em tudo o que for possível.

Os olhos dela brilharam.

— Eu adoraria saber a sua opinião.

— Conte comigo, vou te ajudar a deixar tudo incrível. E tem mais: também acho seu desempenho fantástico na minha empresa. Você é muito mais que uma assistente, Nat. Você gerencia a marcenaria e mantém tudo em andamento.

Ela abriu um sorriso largo.

— Sério? — A Nat ficou tão feliz com o elogio que eu me senti radiante.

— Você é fantástica no que faz, é inestimável.

— É divertido. Sinto como se cada dia fosse um enigma e eu faço com que todas as peças se encaixem.

— Montar o quebra-cabeça da WH é melhor do que ser gerente do disque-sexo? — eu a provoquei.

— *Muito* melhor que fetiche com pelúcias e pés. — Ela deu risada, colocou a mão no meu braço e disse, com seriedade: — Eu gosto muito do meu trabalho, Wyatt, e não quero que você imagine que pretendo sair de lá para me dedicar apenas a dar aulas de caratê. Adoro fazer as duas coisas e procuro conciliar o trabalho e as artes marciais.

Passei a mão pela testa.

— Ufa, que bom! Eu ficaria perdido sem você.

— Não pretendo ir a lugar algum, pelo menos enquanto você quiser que eu fique. — De repente, ela se deu conta do duplo sentido daquela frase e rapidamente se corrigiu: — Enquanto você estiver satisfeito com o meu trabalho.

— Estou satisfeitíssimo com o seu trabalho. — Peguei minha cerveja, e então me dei conta de que a Nat não havia terminado de contar a história dela. — E qual foi o seu castigo por alterar o alarme da sua irmã?

— Eu tive que lavar a roupa e a louça dela por uma semana. Morri de rir.

— Aposto que você nunca mais repetiu.

A Natalie deu de ombros, contente.

— Não foi bem um castigo, porque gosto de lavar roupa.

— Ah, vá! Ninguém gosta de lavar roupa.

— Pois sou uma exceção. Gosto de cômodos limpos, da casa organizada. E não me importo de trabalhar para que fique assim.

— Você é ótima com planejamento, fiquei impressionado por ter levado preservativos pra Las Vegas. — Peguei um outro hambúrguer, mas não cheguei a mordê-lo, pois percebi o que acabara de escapar da minha boca. — Podemos fazer de conta que eu não fiz esse comentário?

Ela riu.

— Escuta, não precisamos ficar cheios de dedos um com o outro e também não temos de fazer de conta que não aconteceu. Devemos ficar contentes por termos superado isso. Nós nos divertimos, deixamos tudo no passado e podemos voltar a curtir a companhia um do outro como costumávamos fazer antes, como colegas de trabalho. — Ela deu uma mordida no sanduíche e o levantou propondo um brinde; e nós brindamos... com os hambúrgueres. — Eu, com certeza, brindo a isso. Como colegas.

Devoramos a travessa de mini-hambúrgueres e pedimos mais uma, lavando o apimentado com cerveja, de volta ao que costumávamos ser.

Mas não era de todo verdade, porque, quando eu a acompanhei até em casa e parei sob o toldo verde na entrada do prédio dela, a realidade tornou a bater.

O negócio era o seguinte: Ok, eu concordara que voltássemos aos tempos antes do sexo, mesmo depois de termos passado uma ótima noite juntos, mas uma vez ali, parado diante da casa dela, ficava impossível não me perguntar por que eu não podia subir e transar com ela contra a parede, e depois beijá-la até que ela se contorcesse e implorasse para eu passar a noite e fazer aquilo tudo de novo. Daí caiu a ficha e me dei conta de que colocar o gênio de volta na garrafa é foda, praticamente impossível.

— Então é isso — ela disse, com suavidade.

Fiquei balançando para a frente e para trás, alternando o peso sobre o calcanhar e a planta dos pés.

— É isso.

Engoli em seco, minha garganta chegou a raspar. Umedeci os lábios. Ela abriu levemente os dela e eu tinha certeza de que dessa vez nenhum de nós estava de pileque. Nós praticamente nem havíamos bebido e, mesmo assim, chegamos mais perto um do outro. Talvez exista uma atração invisível entre a gente que nos impele a chegar junto. Estávamos na calçada, diante do prédio dela e, ainda assim, eu só tinha olhos pra ela. Para o modo como a brisa espalhava suavemente alguns fios loiros de cabelos pelo rosto dela. Como a Nat entrelaçou as mãos, como se tentando decidir o que fazer com elas, como o sopro da sua respiração acariciava seus lábios.

Nenhum de nós tomou uma iniciativa.

Por fim, ela me abraçou.

— Fiquei muito feliz por termos saído juntos hoje — ela sussurrou, com a boca bem próxima do meu ouvido.

E eu senti um tremor percorrer meu corpo inteiro.

— Eu também — respondi baixinho, sem soltá-la.

Era bom demais senti-la nos meus braços e, por isso, eu a abracei mais forte. Inspirei o perfume dela. Eu a puxei para ainda mais perto e ela consentiu. Quando a Natalie se acomodou no meu abraço, pareceu que estávamos prontinhos pra deixar o tal gênio voar livre e solto naquela noite.

Um carro buzinou e essa foi a deixa para que a soltasse. Nos despedimos e eu disse a mim mesmo que no dia seguinte seria mais fácil ficar perto dela.

No entanto, na manhã seguinte as coisas iriam se complicar ainda mais.

Capítulo 21

PRESSIONEI COM FORÇA OS CANTOS DAS PÁLPEBRAS COM o dedão e o indicador. Quem sabe se eu apertasse bastante, o que a mulher estava me dizendo ao telefone pudesse mudar. Mas não adiantou insistir várias vezes, pois ela tinha certeza, o que ela dissera continuava a valer: o fórum de Las Vegas não tinha registro algum do nosso pedido de anulação. A empresa Divórcio Fácil nunca chegou a protocolar nada. Eles haviam fechado o escritório e sumido com o nosso dinheiro.

— Não deixe de ligar para a operadora de cartão de crédito e recuperar os seus 799 dólares — a mulher sugeriu, toda solícita, como se eu estivesse preocupado com o dinheiro.

— Certo, vou precisar deles para solicitar outra anulação. — E desliguei o telefone com força. Uma vantagem da linha fixa do escritório: a gente ainda pode extravasar a raiva de um jeito que o celular não permite.

Quando eu me virei, deparei-me com a Natalie parada na porta da sala. Ela parecia preocupada, com os olhos arregalados.

— O que você acabou de dizer? — ela quis saber.

— Eles não protocolaram nada, nós fomos enganados. — Sentei desalentado na minha cadeira, passando a mão nos cabelos.

Ela segurou no batente.

— E agora, o que a gente faz?

— Não sei ao certo. — Eu sentia a pressão aumentar nas minhas veias, pois a gente estava voltando a se dar bem e agora o que acontecera em Vegas não ficara em Vegas, havia nos seguido. Nosso casamento era como uma infecção que não queria ceder. Pelo visto, a minha maré de má sorte não acabara.

Ela olhou para o relógio.

— É melhor você ir para a obra, Wyatt, senão vai se atrasar. Vamos pegar as portas dos armários, pra você ir logo. Eu cuido disso ainda hoje, prometo. Vou pensar num jeito.

— Certo. — Suspirei, e ainda bem que ela estava atenta à nossa programação, pois eu até esquecera para qual obra deveria ir naquela manhã.

A Nat me ajudou a juntar todo o material do qual eu iria precisar, as peças de marcenaria, e então pegou o meu cinto de ferramentas de sobre a cadeira em que eu o deixara na noite anterior. Atenta, ela notou que eu estava com as mãos ocupadas e, antes que eu me desse conta, ela passou as mãos ao redor da minha cintura, ajustou o cinturão no meu quadril e fechou a fivela.

— Pronto. — E então ela me acompanhou até a caminhonete na vaga do estacionamento onde eu costumava parar, ao lado do escritório.

— O Héctor vai até lá te ajudar hoje. Concentre-se no trabalho, estou falando sério, deixe que eu resolvo o resto. — A Natalie segurava o meu braço, como a boa gatinha serelepe que era.

Pisquei, tentando espantar aquele pensamento. *Nada de pensar nela dessa maneira.*

Ela me entregou algo embrulhado num papel pardo.

— O que é isto?

— Nada, só uma forma de dizer "obrigada" pela noite de ontem. Fiz um sanduíche pro seu almoço. Com bastante *sriracha*, um molho de pimenta tailandês. E também tem uma bolacha Oreo, a sua favorita. — Ela esboçou um sorriso doce, um gesto indicativo de que ela queria me agradar.

E eu gostei.

— Obrigado. — E entrei no carro.

Ao dar a partida e pôr o automóvel em movimento, me ocorreu o quanto ela fizera papel de esposa naquela cena toda. Ajustando meu cinturão de ferramentas, indo me acompanhar até o carro e me entregando o almoço que ela havia preparado.

Digno da senhora Hammer.

E ela era, afinal.

Mas ao dar seta para virar na Décima Avenida, eu, do nada, pensei em algo. A Nat nunca me preparara um sanduíche antes, será que ela colocara arsênico no molho? E se tudo fosse uma armação secreta dela como senhora Hammer para ficar com a minha empresa? Fora ela quem descobrira a tal empresa de anulações. E se ela já soubesse que era uma empresa desonesta? E se ela estivesse me enganando para que pudesse ficar com tudo o que era meu quando eu batesse as botas ao comer o sanduíche?

Um táxi buzinou, quase estourando os meus tímpanos, e eu meti o pé no freio.

Puta merda, quase passei no farol fechado! Minha pulsação ficou fora de controle, meu coração disparado, enquanto eu esperava no cruzamento.

Controle-se, Hammer. Ninguém está tentando te matar. Você está dando uma de paranoico. Precisa relaxar.

Respirei fundo várias vezes, limpei a mente e me concentrei em dirigir. Assim que estacionei em frente ao prédio do cliente, joguei o sanduíche numa lixeira na esquina.

Melhor caprichar na segurança do que ficar a sete palmos.

Minutos mais tarde, olhando pela janela da obra, avistei um mendigo mexer na lata de lixo e pegar o sanduíche.

Ótimo, agora a morte dele estava nas minhas mãos.

* * *

Natalie: O que eu faço agora???

Charlotte: Eu liguei pra uma amiga que é advogada. Ela me explicou tudo. Na verdade, não é nada demais. Pra resumir, há basicamente dois caminhos. O primeiro é que você poderia refazer a papelada de Nevada e protocolar pelo correio, mas existe uma chance de o juiz solicitar que você compareça pessoalmente a uma audiência.

Natalie: E qual é o segundo?

Charlotte: A outra opção, e esta deve ser sua aposta mais segura pra garantir que tudo seja feito como se deve, é se divorciar aqui em Nova York.

Natalie: Ora, eu não quero ser uma divorciada. Eu queria ser uma não casada.

Charlotte: Eu sei, mas essa parece uma solução bem razoável. E também é simples. No seu caso, vocês podem optar pelo divórcio amigável, que é bem diferente dos divórcios longos e arrastados de que a gente costuma ouvir falar.

Natalie: Por que não podemos simplesmente anular o casamento aqui em Nova York?

Charlotte: Bem, vamos ver se vocês se enquadram: nenhum dos dois já tinha sido casado antes, certo?

Natalie: Certo.

Charlotte: Então, não há caso de bigamia a ser alegado. Podemos eliminar isso. Algum dos dois não conseguiu consumar o ato sexual por ocasião do casamento?

Natalie: Muito engraçado... Foi justamente o oposto. Pelo visto, não conseguimos fazer outra coisa.

Charlotte: Imaginei... E algum de vocês esteve seriamente insano por cinco anos ou mais?

Natalie: Definitivamente, naquela noite inteira. Isso conta?

Charlotte: Como está bem longe de cinco anos, creio que não. Logo, como você pode constatar, Nova York não facilita na hora de conceder anulações. Estranhamente, é mais simples se divorciar nesta cidade. Pelo menos em casos de divórcio amigável. Eu voto por ele.

Natalie: Maravilha. Agora eu serei uma divorciada. Será como uma mancha negra no meu currículo.

Charlotte: Ninguém discrimina os divorciados, Nat. Nem pedem pra que façam uma tatuagem.

Natalie: Sei que não é vergonha alguma se divorciar. Mas este não é um divórcio de fato. É um divórcio estúpido, resultado de muita vodca combinada com hormônios e estupidez. Eu fui uma maluca.

Charlotte: Vocês só queriam se divertir.

Natalie: No meu caso, diversão = idiotice.

Charlotte: Pare de se recriminar. Vá lá e faça o que tiver de ser feito.

Natalie: Eu vou fazer... Só estou tão... Não consigo me concentrar... Meus vídeos são uma droga... Essa situação toda está me colocando pra baixo.

Charlotte: Por quê?

Natalie: Você sabe o porquê.

Charlotte: Pelo que você está sentindo?

Natalie: EU ODEIO ESSA COISA DE SENTIMENTO! FAÇA COM QUE ELE VÁ EMBORA!

Charlotte: Puff! Pronto, sumiu.

Natalie: Eu te adoro. Obrigada. Estou me sentindo melhor, agora.

Charlotte: Passe aqui mais tarde e eu te faço um carinho. Por ora, vou enviar um e-mail detalhado pra você sobre o que fazer na sequência.

* * *

Às quatro da tarde, cruzei a calçada até a minha caminhonete e coloquei as ferramentas na cabine. Um camarada com uma barba desleixada e uma jaqueta imunda passou por mim. Ele parou, virou-se e me fez um sinal de positivo.

— Ei, chapa, não sei por que você jogou fora aquele sanduíche hoje de manhã, mas eu fiquei feliz. Estava uma delícia!

Fiquei com cara de paisagem por um instante, até entender. Ele sobrevivera à armadilha do peru. O que queria dizer que a Natalie não tentara me eliminar com uma *ciabatta*.

É evidente que ela não fez isso, seu babaca. Você se precipitou ao tirar conclusões. Imaginou o pior. Você a tomou pelas demais. Já era para você saber.

Quando voltei para o escritório, a Natalie colocava as folhas que acabara de imprimir sobre a escrivaninha dela. Eu coloquei as ferramentas de lado, fui até lá e pus a mão em seu ombro. Ela piscou, parecendo surpresa por eu estar tão perto.

Lembrei do conselho do Chase: faça o contrário.

Capítulo 22

SE O MEU INSTINTO ME FEZ SUSPEITAR DE QUE ELA QUERIA usar o peru pra acabar comigo, eu iria pensar o contrário.

— Aquele sanduíche estava de matar! — eu disse a ela, impressionado com meu sarcasmo. Dei-lhe um abraço.

Pude sentir o sorriso dela no meu ombro.

— Não foi nada de mais, Wyatt, só um sanduíche.

Quando nos separamos, nossos olhares se cruzaram e minha gratidão desapareceu junto com a minha estupidez. Em seu lugar brotou o desejo. Tirei os cabelos da bochecha dela, corri o dedo pelo contorno do seu rosto e encostei minha testa na dela.

— Eu quero tanto você... — falei, pois não apenas era a mais pura verdade como era o oposto do que eu queria dizer pra Natalie pela manhã.

Ela segurou minha camisa e o seu olhar ficou sério.

— Eu te desejo tanto que sou capaz de enlouquecer.

Fui tomado por um alívio revigorante. Segurei o rosto dela entre as mãos e, quando olhei fundo nos seus olhos, a chama dentro de mim se intensificou. O que antes piscava agora ardia.

Aproximei minha boca da dela e no instante em que nossos lábios se tocaram, todas aquelas emoções conflituosas se acalmaram e foram substituídas pela verdade incontestável dos meus sentimentos pela Natalie.

Ela entreabriu os lábios e eu enfiei a língua em sua boca. Na hora, a minha cabeça girou e o coração pulou no peito, eu senti falta disso. Ansiava por isso. Precisava disso.

Beijei a Natalie como se não quisesse fazer outra coisa na vida. Meu corpo se alinhou ao dela e, quando meu pau roçou seu quadril, ela gemeu de leve e me puxou pra mais perto, ajeitando o próprio corpo para trás até encostar na mesa metálica. Ela se ergueu e se sentou. Ao abrir os olhos, eu vi a papelada caindo pra trás e se espalhando pelo chão. Acomodada na beirada do móvel, ela abriu as pernas e me puxou.

Ali estava eu, encaixado entre as pernas dela, com meu pênis ereto pulsando, vigoroso, fazendo pressão contra a pele macia da Natalie. *Onde é o lugar dele.* Meu deus, era tudo o que eu queria. Estar bem ali com ela, prontinha para mim.

Interrompi o beijo, deslizando as mãos de cima a baixo por seus braços nus. A Natalie se arrepiou quando a toquei e me prendeu ainda mais firme com as pernas.

— Não consigo parar de pensar em trepar com você outra vez, Nat. Em te sentir de novo — confessei, falando no ouvido dela. — De experimentar o seu gosto.

Ela estremeceu, deixando escapar um suspiro por entre os lábios.

— Você gostaria também, né? — Puxei o lóbulo da orelha dela com os dentes e mordi de leve. — Aposto que vai adorar se eu meter o meu rosto entre as suas pernas.

Ela expressou seu consentimento com um gemido libertino:

— Sim...

Essa foi a minha deixa pra fazê-la se deitar na mesa. Daí, ergui as pernas dela, dobrando os joelhos, até apoiar os saltos altos na beirada, e abri bem suas pernas fortes e torneadas. Levantei a saia dela até a cintura, puxei a calcinha para o lado e beijei a xoxota quente e toda molhada. Passei a língua, o gosto dela era maravilhoso. A Nat estava totalmente lubrificada; e não há nada melhor do que constatar que a mulher por quem a gente sente tanto tesão está igualmente excitada. O homem das cavernas que mora dentro de mim quer tratá-la com selvageria, beijar aquela xoxota como se pretendesse devorá-la. Mas eu queria estimulá-la antes, não dá para começar a cem por hora. Eu entrei no ritmo, movimentando a ponta da língua no clitóris.

— Ah, que delííííciaaa!!! — ela gemeu, e eu sorri ao relembrar de como são sensuais os sons que ela costuma emitir.

Adoro o fato de ela não se conter, de vocalizar, os barulhos que faz e as coisas que diz.

— Eu ficava fantasiando... Seus lábios são tão... — As palavras iam saindo entrecortadas pela respiração ofegante e, conforme eu a chupava, ela se contorcia de prazer.

— É? Então você queria que eu te comesse? — Eu levantei o rosto, agarrei a calcinha rosa dela e a tirei devagar.

— Queria muito, muito — ela admitiu, levantando o quadril como um convite à foda, mostrando estar tão desesperada quanto eu.

Dei um beijo na protuberância dela e sussurrei:

— Mostra pra mim como você só conseguia pensar nisto.

Então voltei ao reino fantástico entre as pernas dela. A lubrificação fez a vagina reluzir, tão molhada e brilhante que parte de mim queria ficar ali admirando aquela vista da carne vermelha e úmida, mas era impossível resistir ao desejo de devorá-la e ser devorado por ela.

Assim, pressionei as pernas dela pra baixo, abrindo espaço, e comecei a lambê-la, um movimento longo e intenso, desde baixo, por toda a extensão dela, até pressionar a ponta da língua como uma espada contra o clitóris intumescido na parte superior.

Ela sussurrou o meu nome.

Minha língua iniciou o caminho inverso, outra vez por toda a extensão.

Ela gemeu:

— Meu deus...

E aí eu fiz a festa, produzindo rotações com a língua, e ela cada vez mais molhada. Eu sugava toda a doçura dela. Eu a devorei até deixá-la completamente ofegante, se contorcendo e apelando para todos os santos.

As mãos da Nat buscaram os meus cabelos e ela o agarrou com firmeza. Ela levantou o quadril, seguindo os meus movimentos quando beijei sua xoxota da mesma maneira que a sua boca. *Faminto*, como se eu fosse insaciável.

— Como é gostoso, tão gostoso, delícia... — ela gemia, segurando tufos dos meus cabelos, aproximando o meu rosto ainda mais, como se eu já não estivesse enterrado o suficiente nela.

Não havia lugar no mundo onde eu quisesse estar mais que ali. Meu pau estava incontrolável, tentando escapar do jeans. Eu jamais desejara uma mulher como desejava a Natalie naquele instante.

Ela esfregou o quadril contra o meu rosto, cravando as unhas no meu couro cabeludo, fazendo movimentos rítmicos na direção da minha boca, consumida por uma sede que só eu poderia satisfazer. Eu a lambi ainda mais rápido, a beijei com mais voracidade e movimentei a língua sem parar, estimulando aquele clitóris doce, até ela travar as pernas prendendo a minha cabeça.

— Nossa... não para, não. Eu vou gozar, não para! — a Natalie suplicou.

Minha vontade era dizer a ela que eu ficaria ali pra sempre, mas eu mal conseguia respirar, com ela jorrando daquele jeito na minha boca, no meu queixo, no meu rosto todo. Quando a Nat chegou ao auge do orgasmo, ela disse o meu nome numa melodia e, então, tremeu e se contorceu, num "Ahhhhh..." todo ofegante, num tom progressivamente mais suave, até parar.

Ao me levantar e limpar a boca com as costas da mão, eu absorvi a cena diante de mim. A Natalie deitada sobre a mesa dela, as pernas escancaradas, o rosto lindo e rosado com uma aura de prazer estampada, os cabelos loiros espalhados ao redor, indomados.

Felicidade, uma puta felicidade.

Ela abriu os olhos e piscou, parecendo estar acordando de um sonho. Quando o olhar dela encontrou o meu, a Nat abriu um sorriso inusitado — um sorriso preguiçoso, que de algum modo me deixou com um tesão maior ainda.

E, por incrível que pareça, a centelha em mim brilhou ainda mais intensa quando ela levantou o braço me chamando. Segurei a mão dela e a puxei, ajudando-a a se levantar da mesa. Imaginei que a Natalie fosse ajeitar a saia, arrumar o cabelo... algo do tipo.

Em vez disso, ela se virou e se inclinou, colocando as palmas estendidas no tampo.

Uma oferta.

Não foi preciso pedir duas vezes. Abri o zíper, abaixei a cueca e esfreguei nela a cabeça do meu pau, extasiado com a lubrificação. Fiquei todo orgulhoso, porque ela estava ensopada daquele jeito por minha causa. Ela estava escorrendo assim porque eu a fiz gozar com toda a intensidade.

Mas, então, um lampejo de sanidade.

— Preciso ir buscar um preservativo — murmurei.

Ela balançou a cabeça.

— Não, estamos seguros. Contanto que você não tenha transado com ninguém desde...

— Não, de jeito nenhum.

— Então, me dá logo o seu pau, Wyatt. — E ela me deu uma piscada indecente.

— Toma, gata, é todo seu — falei com um rosnado, esfregando a cabeça do meu pênis entre as pernas dela, e então a penetrei.

A Natalie arquejou, e lá estava eu, completamente enterrado na mulher que eu ainda podia chamar de minha esposa. E, estranhamente, embora houvesse algo de muito errado com esse pequeno detalhe, a situação parecia fazer todo o sentido também. Mas eu não podia ficar ali meditando sobre títulos e rótulos quando tinha a minha mulher para foder.

Eu agarrei o quadril dela e levantei um pouquinho sua bunda, até achar o ângulo perfeito.

Que puta delícia entrar inteiro nela, tirar e penetrar até o fundo outra vez. A Nat me acompanhou o tempo todo e fizemos os movimentos numa espécie de frenesi rítmico. Movimentos rápidos, firmes. Investidas vigorosas, profundas. Gemidos e grunhidos. Eu giro o quadril e penetro e ela vai e vem comigo, entregando seu corpo para o prazer conjunto.

Em questão de minutos, a Natalie chegou novamente ao seu limite. Ela agarrou as laterais da mesa e chamou pelo meu nome.

— Ai, que gostoso, Wyatt! Minha nossa! — ela gritou, e o som do meu nome nos lábios dela deixaram meus testículos duros feito aço.

Meu prazer foi crescendo e chegou ao auge quando consegui que ela chegasse ao segundo orgasmo e a secreção dela recobriu todo o meu pau.

Enquanto ela estremecia e gemia, eu estava pronto pra entrar em erupção.

— Que tesão, Nat! Vou encher você de porra.

— Isso! — ela pediu, e eu a segurei pelos ombros, deixando-a firme.

— Tesão! — Meu corpo parecia incandescente e eu senti a eletricidade do orgasmo se espalhar por toda parte. E, tomado pelo mais puro prazer carnal, eu gozei dentro dela, deixando escapar: — Puta merda, como é bom!

— Também acho. Ah, deus, bom demais...

Soltei o corpo sobre o dela, meu peito contra as suas costas, quase a esmagando. A Natalie deu um leve gemido, um "Hum..." carinhoso, uma clara indicação de que gostava do meu corpo junto do dela, então fiquei lá. Beijei-a no rosto e rocei o dedo nos seus lábios.

— Eu venho querendo fazer isso de novo com você desde aquele dia em que acordei ao seu lado, em Las Vegas.

Ela pareceu surpresa ao perguntar:

— Jura?

Fiz que sim, ainda encostado nela.

— Queria muito, chega a ser ridículo o quanto.

— Eu também. Toda vez que você chegava perto de mim, eu tinha vontade de te tocar, te beijar, te sentir outra vez.

Dei risada quando me dei conta:

— E eu juro de pés juntos que é ainda melhor sóbrio do que bêbado.

— É inebriante de uma forma totalmente diferente — ela observou.

— Concordo plenamente. — Dei um beijinho na bochecha dela e suspirei, todo feliz. Sim, eu estava feliz e turbinado pela bela dose de endorfina. Passei o nariz pelos cabelos dela e inalei, sentindo seu cheiro. Eu me sentia insaciável. — Como foi o seu dia?

— Foi bom, mas ficou muito melhor agora.

— Tudo em ordem no escritório? — perguntei, fazendo graça.

— Tudo correndo às mil maravilhas no escritório, sobretudo depois do fim do expediente.

Bati com as juntas dos dedos na mesa.

— Esta é uma mesa excelente, não se esqueça de dizer ao seu patrão que ele é um gênio por tê-la escolhido.

Ela deu uma cotovelada no meu peito.

— Fui eu que escolhi.

— Hum, verdade... Então... — Rindo, dei-lhe um beijinho na testa — ... você tem um ótimo gosto para móveis de escritório.

Depois de o papo pós-transa acabar e de nós dois termos nos lavado e nos recomposto, eu fiquei sem saber que rumo dar, o que dizer. Mas a Natalie acabou com a minha hesitação ao perguntar num tom absolutamente profissional:

— Quer discutir agora como fazer para darmos entrada num divórcio amigável em Nova York?

Nada melhor para recobrar a sobriedade que algo assim.

Capítulo 23

SOA UMA SIRENE E UM CARRO DO CORPO DE BOMBEIROS passa voando pela Central Park West no sábado de manhã. O chihuahua que eu estava levando para passear apontou com o focinho no ar.

Eu coloquei a mão sobre o olho, como um rebatedor esperando para ver se a bola voa para longe do campo.

O cachorro estava de boca fechada, mas com o focinho empinado, e eu fiquei na expectativa de me tornar o grande vencedor do nosso joguinho de bingo canino. Isto é, quando o cachorro começa a uivar, aquele que o estava conduzindo conquista *todos* os pontos.

Olhei para o danadinho de pouco mais de três quilos marchando ao meu lado, esperando o bendito cachorro dar o primeiro uivo.

O Nick, ao meu lado, com a mão enrolada numa guia de couro, conduzia um terrier que estava passando uma temporada no abrigo no qual éramos voluntários. Ele deu uma risadinha quando o cachorro dele ganiu de leve.

— Vamos ver se você vai vencer ou quem sabe eu vou te dar uma lição — meu irmão disse, pouco antes de o cachorro dele soltar o uivo mais épico que eu já ouvira na vida.

A fera branca e marrom continuou pelos trinta segundos seguintes imitando um animal selvagem, até que a sirene do bombeiro sumiu na distância.

— Cara... — Comecei a ponderar, abatido, quando os cães retomaram seu ritmo normal de anda e fareja pela calçada. — Que semana azarada a minha...

Primeiro, dei uma cacetada no joelho; depois, banquei o babaca e joguei um sanduíche delicioso no lixo; e, para completar, o meu casamento zumbi. Não posso simplesmente desfazer a união com armas corriqueiras. Vou ter de adotar o estilo *The Walking Dead* e derrotá-lo a partir do tronco cerebral com um divórcio de ataque de escala máxima.

É como uma ressaca que não passa.

Mas a falta de sorte maior foi a mudança da Natalie depois da nossa fantástica aventura sexual no escritório. Ela se tornou a Senhora Certinha e Aplicada, totalmente focada no que havia de mais entorpecedor e insensível: papelada de trabalho.

— Semana dura? — Nick deu uns tapinhas nas minhas costas. — Alguma garota de programa te colocou na categoria de amigo outra vez?

— Sim, aquela que eu vou levar de acompanhante no seu casamento — devolvi a provocação.

— Nossa! — Já estávamos perto do abrigo de cães, quando o Nick limpou a garganta. — E por falar no meu casamento...

— Deixe-me adivinhar: você quer que eu me licencie como oficial de matrimônio pra poder declarar vocês marido e mulher.

— De jeito nenhum! Nem pensar, tá maluco?!

— Azar o seu, eu faria um bom trabalho.

E, na mesma hora, Vegas veio à memória. Ainda eram partes obscuras, por mais que eu tentasse me lembrar. Só me lembrava do Elvis, das costeletas e do "Aceito".

— Na verdade, eu queria que você fosse meu padrinho.

Estaquei, pego de surpresa pelo convite do Nick.

— Achei que você fosse escolher o Spencer como seu padrinho.

Meu irmão gêmeo deu de ombros.

— Sim, mas você é quem divide o DNA comigo, então, não tem escapatória.

Fiz de conta que enxuguei uma lágrima.

— Uau, essa foi de emocionar. Tocou fundo.

— Falando sério agora. Eu quero muito, Wyatt. Sem gozação. Você me ajudou a perceber o quanto a Harper é importante pra mim. Você foi sincero e direto comigo e me ajudou a ver que meu amor por ela era coisa séria.

Caralho, você é meu irmão a toda prova! E quando foi preciso, você me deu uma chacoalhada providencial.

Eu o agarrei pelo braço e fiz que ia chacoalhá-lo bem forte, ali na calçada do Central Park.

— Eu sou mestre em chacoalhar quem precisa.

— Nem imagino como seja possível, mas você dá conselhos muito bons se tratando de mulheres. E quero você bem ao meu lado na hora em que eu for me amarrar definitivamente.

Bati nas costas dele.

— Ora, dar conselho sobre você e a Harper foi bico. Vocês nasceram um pro outro, parecem dois gibões.

Ele franziu as sobrancelhas, intrigado.

— Você sabia que, junto com o cupim, a águia-de-cabeça-branca, o cisne e o castor, o gibão é um dos raros animais que vivem a vida toda com o mesmo parceiro?

— Eu não sabia desse detalhe sobre os gibões, mas o meu conhecimento se expandiu.

— Deu pra ver, do modo como você a olhou pela primeira vez, que ela era a sua metade da laranja, a sua fêmea gibão. — Ergui a mão espalmada, esperando pelo toque dele. — Bem melhor que uma cupim.

O Nick deu risada.

— A Harper sem dúvida é a minha gibão. E muito mais interessante que uma cupim.

— E também quero acrescentar que fico um tesão de smoking. — Eu fingi estar ajustando uma gravata-borboleta.

Nick gesticulou, apontando para mim e para ele.

— Nós dois somos dois caras lindos pra caralho; se bem que eu sou o mais lindosão.

— Ei, Mestre das Palavras: lindosão? Esse termo nem existe.

— Pois deveria existir só pra se referir a nós dois, um tesão de lindo — ele explicou.

E enquanto atravessávamos a rua, fiquei pensando sobre o comentário do Nick sobre conselhos. Eu me lembro das exatas palavras que falei pra ele sobre a Harper — sobre como ele precisava tomar coragem e assumir o que sentia por ela. Uma pergunta ficou ali me atiçando — já que eu fora capaz de oferecer um sábio conselho ao meu irmão, o que diria a mim mesmo?

Que conselho eu teria para *me* dar pra resolver a situação com a Natalie? Mas me deu um branco.

— Ficarei honrado em ser seu padrinho — eu finalmente respondi ao convite do meu irmão. — Ainda mais porque você não tem escapatória, sou como uivo de cachorro: contagiante. — Isso me deu uma ideia. — Ei, mano, que tal se eu uivar? Será que contaria pontos pra mim? — Então, empinei o queixo bem alto, olhando para o céu, e fiz a melhor imitação de lobo uivando que consegui.

E o meu chihuahua resolveu me imitar.

— Antes tarde do que nunca — eu disse para o cachorrinho.

Já no abrigo de animais, nós entregamos os cachorros para a gerente, uma morena bonita, chamada Penny. Os cabelos dela estavam presos no alto da cabeça, num rabo de cavalo, e ela tinha uma tatuagem de flor no alto do ombro que eu ainda não tinha visto.

— Bela *tattoo* — eu elogiei quando ela se virou.

A Penny, que estava distraída, correu a mão pelo pescoço e abriu um sorriso.

— Obrigada, eu acabei de fazer. E como estão os meus meninos preferidos?

— Ah, estamos ótimos — o Nick respondeu, batucando no balcão.

Rindo, a Penny balançou a cabeça.

— Eu me referi ao Turbo e ao Carregador. — Ela apontou para os cachorros que havíamos entregado e que agora brincavam numa baia aberta, atrás dela. Como não amar um abrigo que escolhe nomes tão legais pra esses amiguinhos peludos?

— Esses carinhas são pilhados, fazem mesmo jus aos nomes — comentei.

— Que bom saber disso. Um interessado vem olhar o Carregador hoje, mais tarde. — A Penny apontou para o terrier que o Nick levara pra passear e cruzou os dedos. — Estou torcendo pra dar certo. O rapaz quer ter certeza de que ele não tem mania de uivar e ficar latindo, por conta das regras do prédio onde ele mora. Vocês notaram se ele é do tipo barulhento? Porque aqui ele é tranquilo.

Eu endireitei a postura e o Nick engoliu em seco, mas depois ponderou:

— Ele só uiva pra carro tocando sirene.

A Penny torceu o nariz, deixando visível uma porção de sardas no seu rosto.

— Talvez o Turbo seja mais adequado pra ele, então.

Apoiei, animado.

— Sim, esse chihuahua é um cachorro ponta firme, vamos torcer pra que dê certo.

Ela levantou a mão e demos um toque — eu e a Penny e, depois, ela e o Nick.

— Agradeço mais uma vez, meninos. Vejo vocês na sexta-feira?

— Estaremos aqui. — Apontei para o iPhone dela, que estava conectado a uma base, tocando uma música bacana. — Eu curto essa banda. Ouvi os caras tocarem pela primeira vez semana passada.

— Eu também — ela falou, animada, com um brilho nos olhos cor de avelã. — Adoro descobrir músicas novas.

O Nick pigarreou e entrou na conversa:

— Ei, Penny, sabia que o Wyatt sabe uivar?

A Penny arqueou as sobrancelhas.

— Não diga!

— Ele é um homem de muitos talentos. Sabe construir casas, preparar uma omelete boa à beça, encontrar músicas incríveis e uivar pra lua. E ele também vai estar livre na sexta à noite, caso você...

Me apressei pra tapar a boca do Nick com a mão.

— Eu *estava* de fato livre, mas hoje agendei uma obra para a noite de sexta.

A Penny deu risada da nossa trapalhada.

— Obrigada por levarem os cachorros para passear, meninos.

Quando saímos de lá, o Nick fez um gesto de quem não entendeu nada.

— Qual o problema? Você sente tesão pela Penny faz meses e não a convida para sair por quê? Eu estava amaciando a garota pra você.

Dei de ombros.

— Tem umas paradas aí.

— Virou celibatário, por acaso?

Eu bufei.

— Que celibatário que nada! Isso eu posso te assegurar.

O Nick ficou me encarando por longos segundos e franziu a testa como se num esforço para entender algo, depois, arqueou as sobrancelhas.

— Aconteceu alguma coisa em Vegas?

Eu parei de repente na calçada.

— E o que isso tem a ver?

— Você tem agido diferente desde aquele fim de semana.

— Não faço ideia do que você está falando — disfarcei, embora estivesse me perguntando como o meu irmão foi virar esse puta observador.

— Wyatt, alguns meses atrás você não hesitaria em aproveitar a oportunidade de xavecar a Penny. Ela é perfeita pra você. Então, só me resta imaginar que alguma coisa rolou entre você e a Natalie em Vegas e foi por isso que você não quis nada com a Penny. — O Nick parou bem diante de mim e me encarou com os olhos esbugalhados. — Quem é o bom conselheiro agora?

Cutuquei de leve o peito dele.

— Que conselho você está me dando, por acaso? Pareceu mais uma observação, e nem sequer é verdadeira. — Não que eu não confiasse no meu irmão e não que eu não quisesse discutir o assunto com ele.

O grande problema era que eu nem imaginava o que fazer com a Natalie, e, portanto, não estou preparado pra abrir sobre a nossa união desastrada para todo o mundo, não seria justo com ela.

— E isso me faz lembrar que tenho um compromisso agora mesmo.

Eu ia me encontrar com a Natalie em seguida.

Quando peguei o metrô para ir para o centro da cidade, parte de mim desejava ter convidado a Penny pra sair. Na verdade, eu queria ter sentido vontade de convidá-la. Eu queria convidar qualquer outra mulher pra sair com pelo menos metade do entusiasmo que sentia ao ir tomar um café com aquela que estava prestes a se tornar a minha ex-esposa.

Capítulo 24

ANTES DE ME ENCONTRAR COM A NATALIE, EU FIZ UMA parada estratégica no Greenwich Village para ver o Chase.

Segurei um detector magnético amarelo e preto contra a parede do apartamento e escaneei a superfície.

— O problema é que este detector de metal e madeira dispara sempre que eu e meu mastro estamos por perto — brinquei.

— Ha, ha, ha — o Chase debochou, enquanto eu verificava os montantes da parede da sala do apartamento que ele estava considerando alugar. — Você não vai aposentar essa piada, não?

Balancei a cabeça enquanto batia na parede com as juntas dos dedos.

— Tem piada que nunca envelhece. Seja como for, já encontrei as vigas, então podemos instalar as prateleiras sem problema algum. Sei que você precisa de muitas para expor todos aqueles livros grossos que leu, pra impressionar a mulherada. Se bem que vai ser difícil atrair as gatinhas pra sua casa sendo assim tão feio.

Ele exalou um longo suspiro.

— Tem razão, não vou conseguir que elas venham aqui. Porque não conseguirão esperar pra me escalar feito uma árvore. Vão se jogar em cima de mim já no elevador.

Guardei o detector no bolso traseiro e imitei um barulho de bip disparando.

— Ih, cara, ele não vai parar de fazer bipe comigo bem aqui.

— Isso porque ele obviamente me encontrou — o Chase rebateu, encostado no batente da porta da sua possível futura sala.

Apontei o dedo pra ele.

— Viu? Nem você consegue resistir. Não dá para ignorar o poder dessa piada do detector.

O Chase observou ao redor do apartamento vazio. O corretor de imóveis deixou que ele desse uma última olhada antes de assinar o contrato de aluguel e o Chase pediu que eu o acompanhasse pra se certificar de que não havia problemas estruturais não aparentes. Não que ele fosse se responsabilizar pelos consertos, mas ambos já ouvimos muitas histórias de inquilinos que se mudam para imóveis caindo aos pedaços e demoram para conseguir que o locatário faça os reparos necessários. O melhor era ter certeza de que o apartamento estava em boas condições antecipadamente; e aquele parecia estar com tudo certo, ainda mais por se tratar de um edifício antigo. Ele ainda ficava num ótimo quarteirão, com calçada de paralelepípedos e diversos restaurantes descolados.

O Chase sinalizou para as paredes e o piso pelados.

— Este lugar é uma pechincha, não?

— Sim, não deixe escapar.

— Beleza. Acho que vou dar uma passada pra falar com a corretora agora mesmo. Quando pedi as chaves a ela pra vir olhar, bastou abrir meu sorriso matador e ela me entregou na hora. A garota me achou um tesão. — Ele ficou piscando os olhos castanhos e abriu um sorrisinho maroto. — E me deu um desconto só porque eu sou bonitão.

Revirei os olhos.

— Cara, ela não vai te dar desconto nenhum. Pra começar, você não é nenhum ator famoso, nem jogador do Yankees. Você não tem esse tipo de apelo. Em segundo lugar, estamos falando de Nova York. Ninguém tem moleza com imóveis por aqui.

— Você está é com inveja da minha incrível capacidade de conseguir coisas desse tipo com as mulheres. — Ele estalou os dedos. Mas, logo em seguida, assumiu um tom sério e perguntou: — E então, em que pé estão as coisas com a sua mulher?

Eu me encostei no batente da cozinha e respirei fundo, ambos deixamos as piadas de lado.

— Porra, cara, não sei. Não consigo decidir o que fazer.

E contei a ele sobre os últimos acontecimentos, pra atualizá-lo — nosso documento de anulação foi dado como desaparecido, a gente transou feito dois coelhos em cima da mesa de trabalho dela e, em seguida, a Nat se transformou na rainha do faça-você-mesmo-oseudivórcio.

O Chase enrugou a testa e coçou a cabeça.

— Você me pegou, estou perplexo.

— Deixa disso, doutor. Nada consegue te deixar perplexo.

— Não, quero dizer... não entendo qual é o problema. — Ele deu um soco na própria mão. — Você podia ter só comido a garota.

Fiz uma careta.

— Isso foi meio grosseiro. Além do mais, não é por aí.

— Não. É *justamente* por aí.

Balancei a cabeça.

— É difícil separar uma coisa da outra, Chase.

— Você nunca transou por transar, sem sentimento envolvido?

— Claro que sim. Eu quis dizer que é difícil separar as outras... complicações. Tipo o fato de eu ser o patrão dela.

Ele deu um peteleco no lado direito da cabeça.

— É só colocar o sexo na área designada para o sexo no seu cérebro. — O Chase deu uma batidinha no lado esquerdo. — E coloca o trabalho na área do trabalho. — Ele esfregou as palmas das mãos. — Pronto, resolvido.

Eu balancei a cabeça, achando graça.

— E a minha irmã ainda se pergunta por que eu te chamo de cachorro.

Os olhos dele se iluminaram e o seu rosto passou de playboy desanimado a todo animadinho.

— A sua irmã fala de mim?

Fiz cara feia.

— Não vá tirando conclusões apressadas, não. Aliás, depois do que você acabou de dizer sobre as diferentes áreas do cérebro, está proibido de chegar perto da minha irmã.

— Eu só estou te zoando. Sobre a coisa toda, inclusive a trepada. — O Chase recobrou a sua postura de médico, sem provocações, sem zoeira. — Você sabe o que deve fazer, eu já te falei antes, você gosta da garota. Quando isso acontece, não dá pra separar área nenhuma, então tem de ser radical. — Fez um gesto cortado o ar. — Ela é sua funcionária, então não pode nem passar perto.

Era isso o que eu admirava no Chase, metade do que ele fala é pra me provocar e eu respeito pra caramba esse tipo de compromisso com gozação saudável. Mas, no fim, o cara entende que há regras estabelecidas e que eu preciso obedecê-las.

— Você está certo, tenho que manter meu pinto na jaula. — E então eu apontei para o assoalho de madeira. — E você e as áreas do seu cérebro sem dúvida devem ficar com este apartamento, é um bom negócio.

— Acho que vou, sim. Obrigado por ter vindo aqui olhar. E, caso queira uma aula sobre como se comportar perto da Natalie, vá com ela até a casa do Max no fim de semana. Ele resolveu fazer um jantarzinho de boas-vindas para mim — o Chase contou.

— Conte comigo. E vou convidar a Natalie, também.

Ele deu um tapinha na testa.

— Ah, esqueci de dizer! Ela vai estar lá. A Josie está ajudando o Max a organizar tudo e convidou a Natalie.

Eu dei uma olhada atravessada.

— Você está sempre de armação...

— Essa é uma descrição perfeita pra mim. E boa sorte com o seu probleminha de não conseguir separar sexo e sentimentos — ele recomendou, ao nos despedirmos.

— O senhor tem um comprimido bom pra isso, Doutor Safado?

O Chase indicou a própria braguilha.

— Sim, chamado Detector de Vigas de Madeira. — Ele fez um movimento com a pélvis para a frente. — E ele sempre aponta o meu mastro *aqui* para as mulheres.

A verdade era que o Chase era cheio de conversa fiada. Ele se apaixonou perdidamente por uma garota durante a residência e, bem... digamos que não teve o desfecho que ele queria.

Mas ele tinha razão, havia muito mais em jogo com a Natalie do que o meu desejo insano de trepar com ela. Ou a minha vontade de levá-la a Coney Island para andar de montanha-russa, ou a um churrasco, ou de que ela fosse a minha acompanhante no casamento do Nick.

O que estava em jogo era *ela*.

A Natalie gosta do emprego que tem. Quanto mais bobagem a gente fazia, maior era o risco de ela ficar numa posição profissional insustentável. É claro que eu jamais a despediria por causa disso, mas queria que ela se sentisse à vontade no trabalho. Eu precisava respeitar a capacidade dela de pagar as próprias contas e como sou eu quem assina o cheque do salário da Natalie, não podia permitir que meu pau, um safado incorrigível, desse as ordens.

Não era esse o tipo de homem que eu queria ser.

Se eu continuasse trepando com a Nat, o que aconteceria com ela quando a coisa azedasse? E iria azedar, era inevitável. Relacionamentos sempre azedam, principalmente quando nascem em um escritório.

Capítulo 25

A NATALIE ME ESPERAVA EM UM QUIOSQUE DE CAFÉ NO mercado de alimentos na Union Square, segurando uma caixinha de morangos em uma mão e uma bebida na outra. Ela me cumprimentou com um aceno e me entregou a bebida.

— Como você gosta — ela disse, e aquele comentário ressoou no meu coração.

Saber como alguém aprecia seu café não é nada demais no esquema geral da vida, mas dar-se ao trabalho de conseguir o café exatamente ao gosto do outro é um dos pequenos detalhes que fazem a gente sorrir. Se bem que sorrir parece algo inapropriado agora.

Nós nos sentamos em uma das mesas verdes no canto do mercado, cercados de jovens *hipsters* comendo faláfel e bebendo refresco de gengibre. Eu virei uma cadeira ao contrário e me sentei com os braços por sobre o encosto, dei um gole no café e agradeci de novo. A Natalie colocou um cacho dos cabelos loiros atrás da orelha e deu um sorrisinho ao colocar os morangos na mesa. Ela mexeu na bolsa e tirou uma papelada.

— Ontem eu baixei o kit para nós pedirmos o divórcio amigável aqui em Nova York. Há uma tonelada de formulários e a maioria não se aplica ao nosso caso, mas teremos de passar por eles assim mesmo. Pelo que entendi, o processo completo pode levar de seis semanas a alguns meses.

— Porra, por que demora tanto?

— Nova York faz uma porção de exigências complicadas. — Ela foi passando pelos formulários sobre divisão dos bens matrimoniais, responsabilidade por débitos conjuntos, custódia e pensão dos filhos, pensão para o cônjuge, beneficiários do seguro e um milhão de outros detalhes legais, capazes de deixar a cabeça girando tipo a da cena de O exorcista.

Ah, sim — eles também me fazem pensar que sou um completo babaca por ter sugerido que a gente se casasse naquela noite. O que era para ser apenas diversão e um toque de ousadia se tornou uma tremenda confusão difícil de solucionar.

Eu balancei a cabeça.

— Merda, olha isso tudo! Eu fui mesmo um idiota por ter proposto o casamento. Não poderia imaginar que se tornaria essa zona. — E exalei um suspiro longo.

— Nem eu. Mas, fazer o quê? Agora só nos resta arregaçar as mangas. — Ela abriu um sorriso e devo dizer que fico impressionado com a atitude da Natalie diante da confusão que fizemos. E então ela sussurrou, como que conspirando: — Nós agimos como crianças levadas que pegaram o carro escondido e ficaram fora até tarde da noite; mas, em vez de desfrutar da emoção de um passeio à meia-noite, derrubamos a caixa do correio do vizinho e agora teremos de fazer tarefas extras para pagar pelo conserto.

Caí na gargalhada.

— Por que tenho a sensação de que você fala por experiência própria?

Ela fez um gesto apontando para si mesma.

— É, euzinha fiz isso.

— Tá me zoando?

— Eu tinha dezesseis anos e era um risco pra minha própria segurança.

— Já que estamos fazendo confissões... você está olhando no espelho.

O queixo dela caiu.

— Você também?!

— Nós tínhamos ido passar o verão na casa do meu tio. Eu peguei o Cadillac dele e acidentalmente passei por cima das roseiras do vizinho, que não ficou nem um pouco contente. Tive que ir de trem até Jersey todos os sábados naquele verão pra cortar a grama e podar a cerca viva dele pra pagar pelo custo das roseiras.

Ela levantou a mão e demos um toque.

— Será que isso faz da gente a ovelha negra da família?

— Méééé — eu brinquei.

Os olhos dela brilharam.

— Você sabe imitar animais?

— Quer ouvir mais?

Ela pediu, animada.

— Um cavalo, por favor.

Eu chacoalhei bem rápido a cabeça e relinchei. Ela ergueu um dedo, pedindo mais um. Eu então resolvi fazer a minha imitação de foca, com um "Arf! Arf! Arf!" rouco que a fez cair na risada.

— Continua, continua! — a Nat insistiu.

Fiz que não com a cabeça.

— Por ora, isso é tudo o que você vai ouvir do Mundo dos Sons de Animais. Se for uma boa menina, mais tarde eu mostro o leão que tenho no meu repertório.

— Mal posso esperar!

Esfreguei as mãos.

— De volta ao mundo dos adultos.

E retomamos a papelada.

O que chamou a minha atenção como uma casa em chamas foi a divisão dos bens matrimoniais. Estreitei os olhos e bati o dedo naquela página.

— O que é isso? Seria o meu apartamento ou a empresa e por aí vai?

Ela acariciou a minha mão delicadamente.

— Não se preocupe, não vou pleitear uma parte da sua empresa.

Endireitei a coluna.

— Nem me passou pela cabeça que você fosse — eu menti, e peguei o café. Mas como levar o copo à boca era uma tarefa desafiadora demais, derramei um pouco na calça. — Merda!

A Natalie pegou uns lencinhos de papel na bolsa e os entregou pra mim.

— Está tudo bem? — ela perguntou enquanto eu secava a calça.

— Sim. — E a encarei. — Uma ex-namorada minha, há muito tempo, tentou lucrar em cima da minha empresa. Quando vi este papel, senti um certo...

— ... nervosismo? — ela completou, falando mansinho.

Meio sem graça, respondi.

— É bobagem, eu sei.

— Não é bobagem, é como você se sente. Eu provavelmente me sentiria igual.

Eu passei a mão pela cabeça.

— Você não é como ela, Nat. Eu não deveria sequer pensar nisso.

Ela acariciou o meu braço.

— Você está certo, não sou como ela. Mas eu entendo, pode apostar.

— Entende mesmo?

— É natural você se sentir assim. E quer saber? Eu também ficaria meio desconfiada. Você construiu uma reputação de sucesso. Mas eu te dou a minha palavra, Wyatt. Não quero nada. Nós não nos casamos de verdade, só fizemos uma graça que deveria ter durado apenas 24 horas. Também quero que esse processo corra sem o menor problema.

— Eu agradeço a sua compreensão, é algo que eu nunca poderia imaginar. — E então contei a ela um pouco mais sobre a Roxy.

— Que loucura! Está explicado...

Eu inclinei a cabeça quando ela parou de falar.

— O que está explicado?

— O seu nervosismo. Se você preferir contratar um advogado pra cuidar de tudo, eu vou entender.

— Não, juro que não. Já tive o suficiente com advogados para lidar com as bizarrices da Roxy e também com uma pessoa que invadiu o meu website uns meses atrás. Tive que constituir um advogado para resolver isso também. Não entendo por que é tão difícil se manter fiel ao planejado. Tenho certeza de que o contrato para elaboração do site não previa que ela iria invadi-lo mais tarde — comentei, sarcástico. — Eu só quero deixar isso pra trás e seguir em frente.

Ela abriu um sorriso iluminado.

— Concordo, não precisamos de tubarões. Vamos continuar.

Passamos os vinte minutos seguintes revisando a papelada toda e assinando documentos. Quando terminamos e ela colocou os papéis de lado, eu ergui meu copo.

— Me conta alguma coisa engraçada. Algo pra tirar o gosto amargo de divórcio da minha boca.

A Natalie pegou um morango, torceu as folhas bem firme e deu uma mordida.

— Morango é uma delícia, mas você sabia que ele não é uma fruta vermelha de verdade?

— Não, não sabia. Mas gostei do rumo que isso está tomando. Continue, por favor.

— Achei que você iria apreciar esta pequena pérola, já que coleciona fatos inusitados.

— Se não é uma fruta vermelha, ela é o quê? Uma mera fruta comum?

Ela fez que não e colocou outro morango por entre os lábios vermelhos. Depois de comer, respondeu:

— Um receptáculo carnudo para sementes.

Torci o nariz.

— Isso é meio nojento. Onde você aprendeu isso?

— Eu pesquisei um dia desses. Acho que você me deixou interessada por fatos curiosos.

Ela me entregou um morango. Enquanto eu comia, não consegui conter um sorrisinho, ao pensar que ela foi pesquisar sobre curiosidades por minha causa.

— Sua vez. — A Natalie piscou. — Me conta algo da Enciclopédia de Fatos Curiosos sobre Animais do Wyatt.

— Você sabe por que os gatos conseguem se enfiar debaixo do armário do banheiro como se não tivessem ossos? — eu perguntei, e não havia assunto melhor para aliviar a pressão de um divórcio da mulher com quem se transou sobre a mesa do escritório na semana anterior.

Na verdade, a anatomia dos gatos é ouro puro quando a gente precisa de algo para facilitar o bate-papo. Eu também mencionei de leve sobre perus domesticados (eles não podem voar), curiosidades sobre elefantes (cuja tromba com quarenta mil músculos consegue pegar pequenos objetos como uma moedinha) e algumas ideias relativas a peixes (eles bebem mais água por osmose do que pela boca). A Natalie sorriu e deu muita risada durante a minha *aula,* como ela mesma classificou.

— Esse seu fascínio por curiosidades sobre animais... como foi que começou?

— Eu costumava ler a *National Geographic* quando criança, o que deve causar estranheza, já que todo o mundo acha que o Nick e a Josie são os mais inteligentes.

Ela me olhou com perplexidade.

—Quem acha isso?

Dei de ombros.

— Sei lá, todo mundo que eu conheço, imagino, pois os meus irmãos são os inteligentes de fato. A Josie é ótima com livros e o Nick é... bem, ele é o Nick. Os clássicos combinam muito bem com ele. Os dois se saíram melhor nos estudos do que eu.

— Você sabe bem a minha posição nesse quesito. — Ela ergueu o punho fechado. — Ovelhas negras unidas!

Eu a imitei.

— Parece que temos várias coisas em comum, futura ex-senhora Hammer.

— Uma pena, pois esse é um sobrenome bem legal.

— É, sim. E, por falar nisso, estarmos nos encontrando no mercado municipal, e não no escritório, é uma tentativa para a gente não transar feito dois coelhos outra vez? — indaguei, tentando elucidar a situação.

Ela caiu na gargalhada e sinalizou para as bancas vendendo aspargo, rúcula e alcachofra.

— O quê? Você acha que eu não seria capaz de te puxar para uma das bancas de legumes pra gente se esconder atrás de uma caixa de cogumelos?

E, na mesma hora, eu observei o mercado inteiro.

— Mas onde estão os malditos cogumelos?!

Ela me deu um tapinha e nós deixamos o mercado.

— Acho que devemos nos comportar melhor — a Nat sugeriu, num tom um pouco mais sério. — Você acha que consegue?

Passei o braço pelo ombro dela.

— Eu topo. E acredito que sobrevivemos a não nos tocar graças à sua estratégia dos cogumelos. Não pense que não notei que não havia uma banca vendendo cogumelos.

A Natalie estalou os dedos como que dizendo "Caramba, você entendeu direitinho", então ela olhou para a minha mão no ombro dela.

Tirei o braço, admitindo a minha culpa.

— Estou me esforçando, mulher. Estou tentando ser um bom moço. — E estava mesmo. Eu me esforçava à beça para não a pegar no colo, carregá-la em meio à multidão e enchê-la de beijos sobre uma caixa de frutas vermelhas, de aspargos ou atrás dos cachos de banana. Pois, pra falar a verdade, transar com a Nat num lugar assim seria totalmente a nossa praia. — Dá só uma olhada na banca de bananas. — Indiquei com a cabeça e levantei sugestivamente as sobrancelhas.

Ela me deu outro tapinha.

— Você é malvado. Nós estamos tentando ser apenas amigos.

Endireitei o corpo e adotei um ar sério.

— Eu quis dizer como amigos, lógico. Quero ser amistoso com você atrás da banca de bananas.

Ela rolou os olhos.

— E por falar em sermos amigos, vou te mandar aqueles vídeos, mais tarde. Chegou a hora de eu te mostrar.

Naquela noite, quando abri o e-mail, prometi me concentrar em ajudá-la, e não em comê-la. Porque a Nat precisava de ajuda: os vídeos dela estavam uma porcaria.

Capítulo 26

A NATALIE DEU UM PONTAPÉ NO HOMEM DE CALÇA PRETA de moletom, que na mesma hora desabou no chão, mostrando perícia. Era como se ele tivesse praticado esse movimento antes.

—Viu? — Eu apontei para o vídeo em ação no telefone dela, na segunda-feira à noite, na escola de artes marciais. — Dá pra ver que foi ensaiado. Lembra mais um comercial do que uma situação da vida real.

Estávamos sentados de pernas cruzadas no tatame azul. Ela terminara as aulas e eu fui encontrá-la para revisar os vídeos, já que eu trabalhara até tarde na obra da cozinha da Violet, esta foi a única oportunidade do dia em que conseguimos nos falar.

A Natalie ajustou o rabo de cavalo, prendendo todas as pontas soltas do cabelo. Ela usava a roupa de caratê, com ar de durona, de quem não estava pra brincadeira, de calça e quimono brancos combinando, além da faixa preta. Reparei como os pés dela eram bonitinhos, com as unhas pintadas em tons alternados de verde-menta e roxo. Exatamente como ela dissera que gostava de fazer quando estávamos em Vegas.

— Você achou mecânico demais, muito certinho? — ela perguntou.

— Exatamente.

— Acha que faltou autenticidade?

— Você pretende atingir um público mais amplo com esses vídeos, inspirar as mulheres a aprender a se defender. E, na minha opinião, seria bom se os vídeos fossem mais naturais. Que mostrassem que, na eventualidade de isso ocorrer, a pessoa conseguiria reverter o ataque e dar um golpe, deixando o maldito miserável de joelhos.

Ela se inclinou para a frente e deitou o rosto no tatame.

— Graças a deus! — A Nat suspirou, aliviada. — Eu achei que você ia dizer que tinha sido chato.

— Nada disso. — Empunhei o celular. — Este camarada faz lembrar demais *Karate Kid*. Assistindo à cena, eu não penso em *autodefesa*. Pra mim são dois especialistas em caratê fazendo algo que eu jamais conseguiria fazer. Ficou muito... coreografado.

Ela se sentou com a coluna ereta, virou-se pra mim e segurou no meu braço.

— Eu vou conseguir, Wyatt, vou corrigir todos os vídeos. Eu tinha mostrado para o pessoal daqui e todos disseram que estava ótimo, mas no fundo eu sabia que não estava. — Ela me cutucou no ombro. — Obrigada por ser honesto comigo. Eu precisava da opinião de alguém de fora das artes marciais.

Oficialmente declarei a Natalie como uma das pessoas mais legais que conheço. Eu nunca havia visto alguém aceitar uma crítica tão bem quanto ela. A Nat não fica na defensiva, não se chateia. Ela quer de verdade produzir os vídeos da melhor forma.

Além do mais, que tal nós dois ali, arrasando no quesito amizade?

Nota mental: concentrar-se em ajudar a sua funcionária a buscar a paixão dela é um uso muito mais nobre do seu tempo do que ficar planejando como trepar com ela feito louco outra vez.

Sim, eis o modo de eu me tornar um bom rapaz. Esse é o Wyatt pós-salada gordurosa.

Ela se levantou e começou a andar pra lá e pra cá pelo estúdio. Só estávamos nós dois ali e a Nat já havia trancado o lugar.

— Certo, então queremos que se pareça mais real. Como se algum cara viesse pra cima de mim na rua.

— Isso mesmo.

— Eu estou passando e ele tenta me agarrar...— Ela me pegou pelo braço e me fez levantar do chão. — Vamos lá, venha.

Eu pisquei.

— O quê?

— Me ataque.

— Ficou maluca?

— Não. — Os olhos azuis dela pareciam selvagens. — Eu tive uma ideia.

A Natalie pegou o celular, apoiou-o numa cadeira de madeira, na beirada do tatame, e acionou a tela.

— Vou programar pra gravar.

— Espera aí — eu disse, quando me dei conta de qual era a intenção dela. Apontei pra mim mesmo. — *Eu* é que vou contracenar com você?

— Os vídeos ficaram muito ensaiados. Você nunca praticou caratê antes, não é?

— Nunca.

— E você quer me ajudar, certo?

— Quero.

— Então, nós vamos fazer algo autêntico. — Ela se aproximou de mim e pôs as mãos nos meus ombros. — Seja a minha cobaia, por favor.

De modo algum eu diria "não" a ela. Nem pensar; e o meu sim não tinha nada a ver com o fato de eu a querer debaixo de mim, e tudo a ver com o desejo de ajudá-la a realizar o seu sonho.

— Certo, garota ninja. Faça de mim o seu boneco de teste de resistência.

Ela me pegou pelo braço, virou-se, levantou-o e o passou ao redor do próprio pescoço.

— Você está prestes a me sufocar.

— Nat, eu não dou esse tipo de golpe — retruquei.

Ela me olhou por sobre o ombro, os olhos de um azul metálico espremidos.

— Faça logo, Hammer.

Eu a apertei um pouco mais e, daí, em questão de segundos, perdi o fôlego, quando ela me acertou no estômago com uma cotovelada, me deu um golpe e me atirou ao chão.

— Muito mais energia.

Largado no piso da academia de caratê, fiquei encarando a Natalie, atordoado feito um personagem de desenho animado. Ela, triunfante, pousava o pé na minha barriga, como um líder militar derrotando o inimigo.

— Certo, assim mesmo — eu disse com um ar sério.

— Vamos ver como ficou? — Ela pegou o telefone, ajoelhou-se perto de mim e acionou o vídeo.

E puta que pariu, a garota é fera!

— Caramba, você é impressionante!

— Formamos uma boa dupla — ela observou, e me deu umas cotoveladas de brincadeira. — Você não conhece esse golpe, por isso ficou muito mais natural. Como se isso pudesse de fato acontecer se eu estivesse me defendendo. Eu não vou te atacar com força total, mas darei os golpes um pouco mais contidos. Você faria mais alguns comigo?

— Todos eles precisam ser ataques de surpresa?

Ela fez um biquinho.

— Machucou?

Eu dei uma de forte:

— Não foi nada.

— Sendo assim, acredito de verdade que você vai aguentar bem. — Ela se levantou e eu a segui, sem imaginar qual seria o próximo golpe. Mas a intenção era justamente essa. — Vamos fazer com que pareça o mais convincente possível.

Dei de ombros, animado.

— Você tem de me prometer uma coisa.

Ela hesitou por um instante quando usei a expressão *me prometer*.

— O que é?

Eu protegi o meu pênis com a mão.

— Não vai me chutar no saco.

Ela fez um movimento rápido, atacando na direção das minhas joias de família, mas sem chegar a tocar; apenas golpeou com a mão até bem próximo, pra me provocar. A dois dedos de distância, talvez.

Aproximando o rosto do meu, a Nat sussurrou num tom sensual:

— Prometo que não vou machucar os seus lindos testículos.

Senti uma descarga de luxúria pelo corpo e, embora eu estivesse aliviado porque ela não iria machucá-los, não posso negar que eu adoraria que a Natalie brincasse um pouquinho com eles... *naquele exato momento*. Que enfiasse a mão na minha calça jeans, entrasse pela minha cueca e fosse direto pegar nas gemas.

Quase deixei escapar um gemido quando a minha imaginação saiu se aventurando por uma imagem simples, mas sexy à beça. Ela estava cheia de energia para o caratê, então eu refreei a sequência pornográfica que a filmadora na minha cabeça queria exibir. Saltitando na ponta dos dedos, animada, a Natalie me contou como eu deveria segui-la.

Ela atravessou o tatame, de costas pra mim, e eu apareci de repente por trás e tentei puxá-la para mim. Ela foi tão rápida e furiosa que mal deu pra distinguir seu movimento quando me deu um chute que me jogou longe, eu caí de quatro. Não me machuquei, mas a surpresa do golpe me deixou sem ar. Ela me atacou com muita rapidez, feito uma tempestade de areia.

— Eu não gostaria de te encontrar num estacionamento deserto — falei ao recobrar o fôlego. Quando levantei o rosto, ela abriu um sorriso para mim.

— Pronto para outra?

— Pode me atacar com seu melhor golpe, Gatinha Sapeca.

E foi o que ela fez. Ela me deu algumas instruções simples e então me jogou no chão. Em seguida, repetiu a dose de um modo totalmente diferente.

Depois de sofrer por vinte minutos, fiquei largado no tatame azul, acabado com toda aquela ginástica. A Nat era capaz de me derrotar, qualquer que fosse o embate.

— Você venceu — eu disse, completamente ofegante.

— Foi incrível. — Ela desligou a câmera, foi se deitar ao meu lado e se virou de frente pra mim. — Falando sério agora, tudo bem com você? — E correu a mão pelo meu braço.

Senti um arrepio com o toque dela, mas fiz força pra disfarçar a minha reação.

— *Agora* a garota pergunta se eu estou bem. — Olhei para o teto.

— Mas está mesmo, né?

Dei risada e me virei pra fitá-la.

— Juro que estou bem.

Ela segurou no meu braço, toda contente.

— Você é o máximo! E me ajudou tanto! Você nem faz ideia do quanto significa pra mim que tenha feito isso. Você me ajudou muito, Wyatt, mesmo sem ter obrigação.

Missão cumprida. Eu me cumprimentei em silêncio por conseguir manter um foco absoluto em incentivá-la, e não em trepar com ela até não poder mais.

— Fiquei feliz por conseguir te dar uma mão. E talvez eu tenha um gosto insaciável por apanhar.

— É o *meu* guloso. — O rosto dela se iluminou.

A Natalie estava radiante, cheia de saúde e energia. Ela estava completamente à vontade. E também ultrassensual, o que era perigoso demais.

Então eu me calei. Ficamos em silêncio, do tipo que dá margem a inúmeras possibilidades. De algum modo, não falar nada estava sugerindo outras coisas — aquelas que poderíamos fazer naquele momento.

Ela parou de sorrir, mas não ficou triste. Em vez disso, me observou atentamente, e eu fiz o mesmo. Prestei atenção ao modo como os cabelos dela caíam da fivela segurando o rabo de cavalo. Notei como o peito dela se estufava quando ela inspirava. Reparei em como os olhos azuis ficam mais escuros quando ela olhava pra mim daquele jeito. Era um olhar que eu reconhecia bem e que eu desejava ardentemente. Era o jeito como a Natalie me olhava antes de me beijar.

Ela mordeu de leve o canto do lábio e foi tateando o meu braço até o meu ombro, mas parou.

— Desculpa, estou tentando me comportar.
— Eu, também — afirmei, sério.
A voz dela saiu sussurrada:
— É difícil.
Suspirei.
— Difícil demais, às vezes.
— Está funcionando? Ser comportado, quero dizer.
— Eu quero ser um cara do bem, Natalie.
— Você é do bem, Wyatt. Você está aqui.
Coloquei as mãos na nuca, como se estivesse algemado.
— E isso mostra que estou sendo bem-sucedido?
Ela fez que sim.
— Sem dúvida.
— Você me dá mais crédito do que eu mereço — aleguei, e fiquei com o olhar perdido no teto.

Se eu olhasse pra ela, não resistiria em tocá-la. Se eu a fitasse por mais alguns segundos, me perderia em todo aquele desejo.

— Você merece mais crédito do que se atribui — ela afirmou num tom firme e sincero que me tocou.

— Eu não teria tanta certeza de que mereço algum crédito. Você não faz ideia...

Ela ergueu um pouco o corpo e se apoiou no braço. Agora eu conseguia ver bem o seu rosto enquanto ela falava:

— Não faço ideia do quê? De como é trabalhar do lado de quem a gente deseja? Do que é ficar a poucos centímetros de distância dessa pessoa? De como é ter esse alguém e então lutar insanamente pra resistir?

Capítulo 27

EU PASSEI A MÃO PELOS CABELOS, RESPIRANDO FUNDO, na tentativa de retomar um pouco da minha sensatez, mas a única coisa que conseguia inspirar no momento era o perfume dela. Nossa, como eu desejava aquela mulher!

— Também penso em todas essas coisas — eu disse, sério. — Olha, eu fico com um puta tesão quando estou perto de você. E daí você diz tudo isso e o que me resta a não ser te desejar ainda mais?

A Natalie esboçou um ligeiro sorriso.

— Então, estamos quites.

Dei risada.

— Sim, elas por elas.

A Nat ergueu as sobrancelhas, sugestivamente.

— Veja o lado bom: eu disse que não iria machucar suas lindas bolas.

— Minhas bolas e eu agradecemos.

Ela lambeu os lábios e suas próximas palavras saíram como uma música sensual:

— Como posso te agradecer por esta noite?

A Natalie desceu o olhar lentamente, olhou para meu rosto, observou o meu peito, a região da minha cintura e, por fim, a protuberância na minha calça, culpa dela mesma.

Eu estava perdendo aquela batalha, e perdendo feio. Todos os meus planos pra ser um rapaz comportado foram direto para o inferno quando a mão dela seguiu seus olhos.

— Elas estão bem mesmo, né? — ela perguntou, com ar de inocente e preocupada, com a palma da mão a milímetros do meu membro.

Dei de ombros e joguei a toalha de vez:

— Bem, verificar não dói, certo?

Ela colocou a mão curvada sobre o meu jeans, recobriu todo o meu pênis e então escorregou por entre as minhas pernas, pelo tecido da calça. Eu emiti um silvo. Num gesto repentino, ela montou em mim, agarrou meus pulsos e os segurou atrás da minha cabeça, enquanto ela se movimentava para cima e para baixo sobre o meu pau duro.

— Nat... — eu gemi, como um aviso. — O que a gente está fazendo?

— Não sei. Mas quando chego perto de você assim, meu corpo é quem manda. Eu fico com vontade de te tocar por toda parte. — Ela correu as unhas pelo meu peito. — De me esfregar no seu pau. — E aí ela mostrou o quanto gostava daquilo, também.

Eu soltei um gemido alto.

— Você me mata dizendo isso. Adoro sua boca suja, ela é o meu pecado mais gostoso.

— Nunca se sinta culpado por ter prazer. — A Natalie baixou o rosto. Seus cabelos sedosos presos num rabo de cavalo acariciavam o meu pescoço e ela chegou com a boca bem pertinho da minha orelha. — Tem uma coisa que eu ainda não fiz com você.

Senti a minha musculatura toda se retesar em antecipação.

— O que é?

— Quero sentir o seu gosto, você está a fim?

Em questão de segundos eu soltei as minhas mãos, que ela ainda segurava, e a prendi pelos quadris, fazendo com que montasse em mim.

— Porra, e como eu quero!

— Tem certeza?

Eu quase implorei:

— Chupa o meu pau, por favor.

Os olhos da Nat cresceram, cheios de desejo, quando ela se esfregou em mim. Provocante. Fazendo de mim o brinquedinho dela. Eu segurei seu rosto e comecei a conduzi-lo para baixo.

— Quero sentir sua boca em mim, gata.

— Eu fico cheia de tesão ouvindo você implorar assim — ela confessou, a voz sensual, quase um rosnado. — Fala "por favor" outra vez, fala?

Eu me balancei contra ela, para que a Natalie sentisse como eu estava duro feito aço.

— Nat — rosnei —, estou te implorando. Por favor, me chupa.

Ela fechou os olhos e, por sua expressão, parecia que estava tendo um sonho erótico.

— Quero sentir você gozar na minha garganta.

Um tremor de desejo se espalhou pelo meu corpo. Eu precisava comer aquela garota naquele momento.

Eu a desencostei de mim e apontei para o meu pau duro.

— Abre o meu zíper e trata de enfiar o meu pau nessa boca. Chega de conversa e começa a me chupar, sua delícia.

Ela me lançou um olhar sugestivo e abriu o meu zíper. Eu a ajudei, levantando o quadril e descendo a minha calça e minha cueca até as coxas. Num instante, a cabeça dela estava entre as minhas pernas e a provocação continuava. A língua acariciando a cabeça do meu pau, numa espécie de tortura fantástica, que me deixou querendo ainda mais.

— Vai, Nat.

— Vai o quê? — Ela ergueu o rosto e me olhou atravessado. — Eu quero brincar antes.

— Então, beija a ponta — eu a instruí, segurando-a pela nuca, acomodando-a mais para baixo.

A Natalie gemeu ao esticar a cabeça do meu pênis entre os lábios quentes. Tive vontade de cantar de tanto prazer ao sentir o calor úmido da língua dela no meu pau.

— Nossa, que delícia — deixei escapar, esfregando o meu pau nos lábios dela.

Os movimentos da Nat me acompanhavam e ela começou a circundar a ponta com a língua, conforme meu membro deslizava na sua boca. Uma descarga de desejo correu pelas minhas veias ao sentir o hálito quente dela no meu cacete.

— Lambe o pau todo agora — eu pedi, e os olhos dela então me seguiam para lá e para cá, num ritmo provocante, conforme ela corria a língua desde a cabeça até a base.

Eu gemia mais alto quando ela olhava para mim, enfiando as mãos no meio das minhas pernas. A Nat se divertia, com as mãos ao redor dos meus testículos, correndo as unhas por eles. Ela me olhou intensamente e sussurrou:

— Quer que eu lamba os dois?

— Porra, claro! — eu grunhi, fazendo movimentos contra a mão dela, estimulando-a a se aproximar ainda mais.

A Nat se inclinou pra baixo, deslizando a língua por mim, e depois, por baixo, lambeu as minhas bolas, fez movimentos circulares com a ponta da língua sobre elas e as sugou. Ela me levou à loucura e eu segurei a sua cabeça com mais força.

— Nossa, que tesão... — sussurrei, com um gemido.

Ela fez uma pausa e subiu até pertinho do meu rosto com um olhar maroto e provocante.

— Diz pra mim o quanto você tem tesão pela minha boca.

Passei o meu indicador sobre os incríveis lábios dela.

— Você nem imagina o quanto eu quero foder essa sua boquinha linda.

Fui tomado por uma sensação enorme de prazer conforme ela descia pelo meu corpo, levantando a minha camisa para beijar o meu peito, minha barriga, minha cintura e, depois, o caminho da felicidade, até que seus olhos ficaram frente a frente com meu pau outra vez, onde de fato eu a queria.

— Jesus, Nat, como você fica linda perto do meu pau!

— Tenho certeza de que eu e o seu pau nos daremos muito bem. — Ela deu uma piscadela, abriu a boca e meteu até o fim dentro dela.

Puta que pariu... Ninguém nunca me chupou daquela forma. Ela estava determinada, incontrolável e, a coisa mais deliciosa, parecendo esfomeada ao chupar o meu pau, friccionando de um jeito incrível, como eu nunca havia sentido. A Nat fazia movimentos rápidos, firmes, e demonstrava um enorme controle para não engasgar, pois ela me enfiava até o fundo, e isso não é fácil.

Ela envolveu meu pinto ereto pulsante por completo com os lábios. A cada passada de língua, cada movimento da boca, meu quadril se erguia mais e eu só conseguia pensar que queria gozar, e gozar pra valer. Eu estava a meio caminho disso e, considerando a intensidade do meu tesão por ela, não iria demorar muito, não com aquela coisa linda no controle. A minha Natalie com sua boca mágica no meu pau e os dedos ágeis brincando com os meus testículos.

Ela me lançou numa sobrecarga sensorial ao me tocar, me acariciar e me lamber. O meu pau assobiava uma melodia feliz e meus testículos pulavam de alegria por receber uma atenção tão especial assim. Eu entrelacei os dedos com força nos cabelos dela e meti, meti e meti naquela boca, cada vez mais ereto. A Nat engolia e chupava fazendo cada vez mais ruídos, mas sem esmorecer. Ela enfiava o meu pau até o talo, e sinto muito se isso faz de mim um tremendo filho da puta, mas há algo de especial em ter uma mulher determinada a me conceder a melhor chupada da minha vida que me faz desejá-la ainda mais.

E eu desejo. Sou louco por tudo a respeito dela. Quero acordar todos os dias e ter isso. Encontrá-la no chuveiro, com as mãos na parede, prontinha para mim. Quero ficar de quatro por ela e levar a minha mulher à loucura com gosto. Ficar com o rosto todo lambuzado quando eu a comer todinha e... puta merda... Senti uma onda de orgasmo pronta para disparar ao imaginar que a faria pirar.

— Não aguento, vou gozar...

Em instantes, eu jorrava na boca da Natalie, e ela chupava a cada jato. Eu fiquei ofegante, gemendo e grunhindo, e podia apostar que nunca mais recobraria a sensatez. No entanto, eu logo recuperei a mente e o corpo sãos, pois sabia, com toda a clareza, o que viria a seguir.

— Pode montar aqui na minha cara, gata tesuda.

Ela mais do que depressa arrancou a calça do uniforme e a calcinha, e subiu em mim, baixando o quadril até a minha boca.

Isso.

O prazer dela. O gosto doce dela. Seu tesão incontrolável. Eu a segurei e a posicionei ao alcance dos meus lábios e da minha língua, conduzindo-a enquanto ela metia no meu rosto. A Nat me cobriu inteiro e, juro, eu estava num outro universo. Ela pra mim representa o paraíso, com sua xoxotinha apetitosa, incrível, fantástica, com gosto de sonho, paradinha assim sobre a minha cara.

— Ah, minha nossa, vou gozar na sua boca! — ela gritou.

Aquele anúncio de que ela estava a caminho do orgasmo veio acompanhado de desejo e ela ficou ali, toda excitada e molhadinha. A Nat agarrou o tatame com força acima da minha cabeça e ficou montada sobre mim, num total abandono, toda se esfregando no meu rosto, como se a função dele neste mundo fosse lhe dar prazer.

Ela não demorou a gozar, mais foi tempo suficiente pra eu me recuperar para a segunda rodada. Assim que ela saiu de cima de mim, eu subi nela. Agora era ela quem estava dominada, e era assim mesmo que eu a queria.

— Quem é que está no chão agora? — Arqueei uma sobrancelha, dissimulado, ao segurá-la pelos joelhos, flexioná-los para cima até a altura do peito dela e enfiar meu pau naquela bucetinha quente e apertadinha.

— Ah, delícia... — ela gemeu, arqueando as costas conforme eu a penetrava com mais intensidade, e se segurando nos meus braços.

Eu estava apoiado com as mãos ao lado dos ombros dela. Nessa posição, era eu quem dava as cartas. Até aquele momento, a Nat tinha sido a estrela do espetáculo, chupando meu pênis e cavalgando o meu rosto, mas, agora, eu estava no papel do homem que fica por cima. Para comê-la, dominá-la, possuí-la. Garantir que ela soubesse o quanto de prazer eu poderia lhe proporcionar. Conforme eu penetrava em seu interior quente e lubrificado, ela elevava o quadril, cadenciando o corpo esbelto e sensual contra o meu.

— Abra as pernas pra mim — eu pedi. — Deixe-as bem abertas, eu quero olhar enquanto te como.

Ela arreganhou bem as pernas pra mim, com um gemido carnal. Observei o ponto de união entre nossos corpos, com o olhar vidrado no meu pau entrando fundo nela.

— Olha pra gente — comandei, rouco.

Ela acompanhou o meu olhar e tremeu ao observar o meu pau.

— Nós ficamos um tesão juntos, Wyatt.

Eu coloquei o dedão no clitóris intumescido dela e o acariciei enquanto a Nat me assistia penetrar sua vagina. Ela ficou ainda mais lubrificada ao nos observar. Eu baixei o corpo, chegando o peito mais perto daquele corpo lindo, sem parar de estimular o clitóris.

— Não dá pra aguentar — eu me rendi. — É um absurdo o quanto eu te quero.

Daí, a Nat estremeceu e cravou as unhas na minha bunda. Ela soltou a cabeça pra trás, deixando o pescoço à mostra, e sucumbiu, desabando sob mim, gozando, gemendo e dando gritinhos.

Uma série interminável de "Ahhhh!!!" inundou o ambiente e eu a acompanhei, na trilha do meu próprio orgasmo, gemendo e grunhindo, e adorando o quanto somos bons juntos.

Foi quando ouvimos passos no hall de entrada, barulho de salto batendo no piso.

A Natalie arregalou os olhos e eu saí rápido de cima dela, meu pau ainda duro e todo lambuzado de nós dois. Ela ficou de pé e se vestiu tão rápido que me deixou tonto.

Subi a cueca e a calça, fechei correndo o zíper, mas não deu tempo nem de abotoar o botão da cintura, pois ouvi o clique da fechadura abrindo. Então, passei a mão para ajeitar a camiseta, me curvei e comecei a gemer, como se a Natalie tivesse me atingido com um golpe na costela.

— Eu não esperava que você fosse me dar um chute no estômago — murmurei quando a porta se abriu e uma ruiva de cabelos curtos entrou.

— Ora... Não imaginei que você ainda estaria aqui, Natalie. Como vai? Esqueci minha escova de cabelo.

Escova de cabelo? Você volta aqui por conta de uma escova de cabelo? Precisa aprender a pentear os cabelos com os dedos, minha cara.

— Olá, senhora McKeon. Eu não vi nenhuma escova — a Natalie disse, ainda um pouco sem fôlego.

A sra. McKeon olhou para ela com as sobrancelhas arqueadas.

— Bem, pelo visto você poderia fazer bom uso de uma — ela comentou, numa menção aos cabelos despenteados da Natalie.

Eu me assustei. Será que a Nat fora pega? Aquela mulher deixava que ela usasse a academia e agora ia dar um golpe de misericórdia na Natalie por ela ter transformado o lugar num antro de perdição.

A Natalie ficou corada feito uma beterraba e passou a mão nos cabelos desgrenhados pelo sexo.

— Ah, eu...

— Ela é impossível — eu entrei na conversa. — A Nat estava me dando uma bela surra com seus golpes faixa preta.

A ruiva cruzou os braços.

— Mal posso esperar pra ver a série de vídeos pronta. Em quais golpes você se concentrou hoje?

— Técnicas de imobilização, principalmente — eu respondi, com a cara deslavada. — Diversas técnicas de imobilização.

Capítulo 28

Natalie: Não posso continuar arriscando meu trabalho assim. Meu outro trabalho, as aulas de caratê.

Wyatt: Me desculpe, Nat. Estou muito chateado.

Natalie: A culpa não é sua.

Wyatt: Totalmente minha. Eu deveria ter raciocinado melhor, levado você pra minha casa ou algo assim.

Natalie: A culpa também foi minha. Você pode ficar chocado (só que não!), mas eu adoro fazer sexo em lugares arriscados.

Wyatt: Chocado. Muito chocado, devo confessar.

Natalie: Com você, devo acrescentar. Eu gosto disso com você. Porque me desperta algo maior. O perigo. A chance de sermos pegos.

Wyatt: Sim! É um baita tesão.

Natalie: Mas é arriscado demais.

Wyatt: Sem dúvida, perigoso demais...

Natalie: Sim, de verdade. Você bem que tentou, mas quando a senhora McKeon me pediu pra ficar depois que você saiu... Bem, tenho a impressão de que ela não está muito satisfeita comigo.

Wyatt: Ah, Nat, que droga! Estou chateado. Como posso ajudar?

Natalie: Torne-se feio, aja como um cretino. Pare de ser uma porra de um fofo.

Wyatt: Digo o mesmo. Você não poderia agir feito uma vaca de coração gélido que quer me apunhalar pelas costas? Isso facilitaria muito eu não querer te tocar o tempo todo.

Natalie: Se você conseguisse inverter o seu senso de humor, de modo que eu não desse tanta risada quando estamos juntos, também ajudaria.

Wyatt: Já que tocamos no assunto, por favor, pare de ter tantas coisas em comum comigo.

Natalie: E mais: quem sabe se você parar de tentar me ajudar a concretizar a minha paixão?

Wyatt: E que tal você parar com essa coisa de fazer sanduíches pra mim? Isso passou dos limites.

Natalie: Fico feliz que você tenha gostado do sanduíche. :)

Wyatt: Hum, eu preciso confessar que o dei a um mendigo.

Natalie: Que amor! Viu? É a isso que me refiro. Você faz umas coisas...

Wyatt: Não, espera. Antes que você me considere um fofo, preciso ser honesto. Eu tive medo de que você quisesse me envenenar.

Natalie: ENTÃO VOCÊ TENTOU ENVENENAR UM MENDIGO???

Wyatt: Não! Eu entrei em pânico. Minha mente entrou em parafuso. Eu te contei sobre a minha ex e o que ela tentou fazer com a minha empresa. Às vezes, acho que estou predestinado a ser passado pra trás pelas mulheres. Sei que foi um erro, uma bobagem pensar isso de você, mesmo assim foi o que aconteceu. Fantasiei que você estava tramando algo. Eu joguei o sanduíche fora e, mais tarde, quando descobri que o mendigo tinha comido e achado uma delícia, me senti um babaca.

Natalie: Sim, foi meio que babaquice.

Wyatt: Um babaca de marca maior, melhor dizendo. Você me perdoa?

Natalie: Claro, pois já foi castigo o bastante você perder um almoço espetacular. Eu sou fantástica com sanduíches.

Wyatt: Quem sabe eu possa me redimir preparando um refogado pra você? Ou uma sopa de camarão especial? Ou uma receita nova mexicana de *fajitas* de peixe que é uma delícia?

Natalie: Eu respondo sim para as três opções. E também quero que você saiba que... eu entendo, de verdade. Todo o mundo tem seus temores. Você tem medo de ser lesado. E, olha, meu último namorado era sem graça, portanto, tenho medo de me tornar sem graça.

Wyatt: Como uma garota feito você foi se envolver com um cara chato? Você é o oposto disso. Você é a mulher mais excitante, interessante e fascinante que eu conheço.

Natalie: Na época, eu achei que precisava me tornar mais séria, menos aventureira.

Wyatt: Seu senso de aventura é uma das coisas que mais me agradam em você, Nat.

Natalie: Digo-lhe o mesmo.

Natalie: E mais: eu estava errada.

Wyatt: Sobre o quê?

Natalie: Você se lembra em Vegas quando eu disse que chocolate sem calorias... ou um homem que seja engraçado, bem-dotado e carinhoso não existem?

Wyatt: VOCÊ ENCONTROU CHOCOLATE QUE NÃO ENGORDA?!?! Vou já pra aí.

Natalie: Quem me dera!!! Mas encontrei um cara que é engraçado, bem-dotado e carinhoso.

Wyatt: Não brinca! Ele deve ser um unicórnio.

Natalie: Eu gosto de unicórnios.

Wyatt: Aposto que os unicórnios também gostam de você. Ouvi dizer que eles adoram gatas aventureiras, sensuais, gentis, carinhosas, organizadas e geniais.

Natalie: Só tem um problema com esse unicórnio.

Wyatt: E qual é?

Natalie: Ele é meu chefe.

Wyatt: Sei bem, eu estou na mesma situação com uma funcionária.

Natalie: O que estamos fazendo, Wyatt?

Wyatt: Eu queria saber, Nat. Não faço ideia. Só sei que não consigo parar de pensar em você, mas não quero te prejudicar. Em nenhum dos seus empregos.

Natalie: Com tudo isso, esse é o verdadeiro unicórnio.

Capítulo 29

A CHARLOTTE ME RECEBEU COM UMA MARGARITA QUANDO entrei na sala do apartamento do Max, no Battery Park City.

— É minha receita secreta, preparada com bala de goma — ela disse com um sorriso largo.

Peguei a taça e tomei um gole. Estava uma delícia, bem gelado e levemente doce, com gosto de bala.

— Nem tão secreto assim, agora que você revelou o ingrediente especial, não? — brinquei, ao devolver-lhe o drinque.

Ela riu e bateu nas almofadas, num sinal pra que eu me sentasse ao seu lado no sofá marrom enorme, em forma de "L", de frente para as janelas.

A gangue estava toda lá. O Nick, no canto do sofá, e a Harper, encolhida ao lado dele. O Chase estava na outra extremidade e eu avistei a Natalie e a Josie na cozinha com o Max. O Spencer, ao lado da Charlotte, ergueu o copo na minha direção.

— Fiquei feliz por saber que você foi escolhido pra ser o padrinho, só não vá dar em cima da madrinha da noiva — ele brincou, passando a mão no ombro da Charlotte.

Eu levantei a mão.

— Não precisa se preocupar com isso, meu amigo. Tenho certeza de que a sua mulher não será a única dama de honra que está fora de questão — respondi, já que a Harper convidou a Charlotte e a Josie, junto com mais algumas amigas, para serem damas de honra.

— E por falar em damas de honra... — A Harper esticou o braço por sobre o Nick pra tocar no meu joelho — ... a minha amiga Abby conhece uma pessoa que precisa dos seus serviços de marcenaria. Você se lembra da Abby? Vocês dois são verdadeiras enciclopédias de curiosidades sobre animais. Vou dizer a ela pra ligar pra Natalie.

— Ótimo. Agradeço por você divulgar o nosso trabalho, principalmente pra alguém que é fera em trivialidades também.

A Harper deu risada. Então, levantei a cabeça para espiar a vista do extremo sul de Manhattan e murmurei:

— Que beleza...

Era a primeira vez que eu ia ao apartamento novo do Max e, porra, o lugar era de primeira linha. De lá de cima, do vigésimo quinto andar, era possível ver a estátua da Liberdade e o rio Hudson. O sol do entardecer brilhava nas janelas que iam do chão ao teto.

— Ei, Max — eu chamei, virando a cabeça pra cozinha. — Você anda fazendo carros pro Jerry Seinfeld, pro Jay Leno ou algo assim? Este lugar é do outro mundo.

Ele veio até mim segurando uma cerveja numa mão e uma margarita na outra e soltou uma sonora gargalhada.

— Não posso revelar todos os meus clientes que são celebridades.

— Ah, claro, isso é informação confidencial — disse o Chase, desenhando aspas no ar.

— Como vão os negócios, Max? Maravilha, imagino.

Ele colocou a margarita sobre um porta-copos numa mesinha de centro de madeira clara que parecia feita à mão e tomou um gole da cerveja.

— Olha, não dá pra reclamar, não.

— Posso garantir que essa é a afirmação mais redundante do ano. — O Chase não disfarçava o orgulho. — Ele está arrasando.

Ergui a taça num brinde ao Max.

— Ao sucesso duradouro nos negócios. — E fiz um gesto incluindo a todos.

Os bares da Charlotte e do Spencer eram um sucesso garantido, com três endereços em operação e um quarto a ser inaugurado. O Nick acabara de lançar um segundo desenho animado adulto que passava tarde da noite num canal *premium* e os dois shows dele estavam com índices de audiência elevados; e a Harper continuava fazendo shows de mágica para crianças e era uma das melhores de Nova York. A Josie era uma estrela da confeitaria;

o Max era o rei dos veículos customizados em Manhattan e fazia carros lindos e potentes do zero. O Chase era o menino de ouro e o Max, o cavaleiro negro, como eu costumava chamá-lo. Cabelos e olhos castanhos, porte grande, e ele dirigia um carro elegante, preto, que deixaria até o Batman com inveja.

O Max brindou o meu copo com a garrafa e então fez um sinal com a cabeça para o irmão.

— Eu brindo a isso também. E ao fato de o meu irmãozinho estar de volta à cidade.

— Ah, você sentiu a minha falta! — O Chase levou a mão ao peito e suspirou.

O Max deu um tapinha nas costas dele.

— Senti falta do atendimento médico de graça, isso sim.

— Parentes... — o Chase zoou. — Não dá para conviver com eles: não se pode fazer uma lobotomia neles sem obter permissão.

— E a Mia, onde está? — eu perguntei, pois a irmã deles era a única que estava faltado naquela noite.

— A Mia viajou a trabalho. — O Max fez um sinal em direção à cozinha. — Melhor eu ir dar uma olhada no frango.

Olhei para o Chase com cara de perplexidade. O Max não era conhecido pelos dotes culinários.

— Ele cozinhou em sua homenagem?

O Chase caiu na risada, balançando a cabeça.

— Que nada. Foram a Josie e a Natalie. Sabia que a sua esposa faz um frango grelhado incrível?

As conversas todas cessaram de repente.

O Spencer endireitou o corpo.

— O quê?

Meu irmão ficou de queixo caído.

— De jeito nenhum.

A Harper atirou uma almofada em mim.

— Você não fez isso.

A Josie fez uma careta lá na cozinha.

— Quando eu disse pra você mostrar os pontos turísticos a ela, eu não me referi à capela de casamentos.

Minha irmã veio pisando duro na hora, bufando e ventando, o salto batendo no piso de propósito, e me deu um golpe no peito.

— Ai! — Inclinei o pescoço, e meu olhar cruzou com o da Natalie, que me observava da cozinha. — Eu contei que meu amigo aqui é o maior linguarudo do pedaço?

A Natalie sorriu e deu de ombros, como se dissesse "Agora não há o que fazer".

— Imagino que seja por isso que língua não tem osso, para a pessoa não ficar banguela quando der com ela nos dentes.

E por um breve instante, éramos apenas eu e a minha quase ex-mulher, cujo senso de humor me deu vontade de ir ao encontro dela na cozinha, beijá-la feito um louco e depois ajudá-la a terminar o jantar. E olha, eu ficaria igualmente feliz de ajudá-la a lavar a louça.

— É verdade mesmo? — A Josie se dirigiu à Natalie, com os olhos verdes bem arregalados. — E você não me contou nada?!

— Obrigado, Chase, por compartilhar esse pequeno detalhe — eu murmurei ao mesmo tempo.

Mas antes que a Natalie tivesse a chance de responder, o Spencer explodiu numa gargalhada.

— Ah, sim, eu digo o mesmo. — Ele levantou o copo de margarita. — Não tenho palavras pra te agradecer, Chase. Você me garantiu munição que valerá por anos!

O Spencer ficou me olhando com um sorrisinho de "o gato engoliu o canário".

— Bem, acredito que todos agora queiram ouvir a linda história de como o Wyatt pediu a irmã da minha mulher em casamento.

O Nick deu uma risadinha para mim e balançou a cabeça.

— Cara... eu te disse que Las Vegas era receita para o desastre, eu sabia que você ia aprontar.

A Josie me deu um safanão.

— Bem que eu perguntei se você tinha dito alguma bobagem pra ela em Vegas. E eu tinha razão.

— Eu disse "Vamos nos casar", tá bom? Foi isso. Estão todos satisfeitos? — Fiz um gesto pro grupo todo e os sete caíram na gargalhada, tirando uma com a minha cara.

— Espere aí — a voz firme da Natalie atravessou o apartamento e todos nós nos viramos para a loira de olhos azuis parada na entrada da cozinha. — Por que ninguém quer saber a minha versão? Por que todo o mundo está crucificando o Wyatt? Por acaso acham que eu não tive nada a ver com isso?

Que foi apenas uma puta ideia maluca dele? Eu tive o meu papel, gente. Eu disse "sim". Pra um monte de coisas, aliás — ela assegurou, e a Josie a olhou de forma velada, insinuante. — E, por fim, eu disse o "sim" derradeiro.

A Harper sacudiu a cabeça e os cabelos lisos e ruivos balançaram junto.

— Isso é alguma pegadinha?

— Posso garantir que não é pegadinha nenhuma. — A Natalie veio decidida até onde eu estava, sentou no meu colo, segurou meu rosto e me deu um beijo na boca.

Mais uma vez, toda a minha atenção se canalizou para nós dois. Para os lábios macios dela, seu hálito doce, seu gosto inebriante. Fechei os olhos e cheguei a pensar que ainda que parecesse o beijo mais curto de todos os tempos, foi intenso o bastante para me sugar todo o ar dos pulmões. Quando ela se afastou, eu estava tonto.

Ninguém disse uma palavra; apenas ficaram com os olhares pregados na gente.

A Natalie foi quem rompeu o silêncio:

— Vocês vão ter de aceitar o fato de que o Wyatt Hammer me beija como se fosse a única coisa que ele quer fazer na vida e eu não consigo resistir. Mas não se preocupem, nós já estamos cuidando do divórcio e pronto. Então, por favor, será que agora podemos comer?

— Espera. — O Spencer limpou a garganta, gesticulou primeiro para ela, depois para mim, e para ela novamente. — Vocês não estão mais juntos? Porque deu a impressão de que estavam.

Mas então ele fez uma careta e levou a mão à perna, pois a Charlotte a estava apertando.

— Quer dizer — o Spencer tentou remendar —, vamos comer.

Pensando no que acontecera havia pouco — a Charlotte dando um beliscão para que ele calasse a boca —, foi impossível não ficar imaginando o que a Natalie vinha comentando com a irmã.

Porque era evidente que a Charlotte sabia de tudo o que eu fazia e talvez até mais.

* * *

O bolo de coco da Josie estava espetacular.

O Chase fez cara de maravilhado pela vigésima vez.

— Eu queria entrar numa banheira forrada com este bolo.

Franzi a testa.

— Uma banheira de bolo?

Chase se animou com a ideia.

— Sim, cheinha até a beirada.

A Josie riu e perguntou, curiosa:

— Vamos encher de massa de bolo ou de bolo assado?

— Bolo assado. E depois o glacê — ele respondeu.

Ela colocou o garfo sobre a mesa.

— Isso significa que você quer ser coberto por glacê em uma banheira de bolo, também, Chase?

Ele deu outra garfada.

— Com este bolo, sim, por favor. — O Chase inclinou a cabeça para o lado, olhando para ela, sentada à sua frente. — Por falar nisso, gostei do cabelo novo, Josie.

A minha irmã fizera várias mechas cor-de-rosa em seus cabelos castanhos.

Ela pegou uma mecha cor-de-rosa e a torceu no dedo.

— Obrigada. Eu tingi enquanto você esteve fora.

— Porque sentiu saudade de mim?

Ela lhe lançou um olhar sugestivo.

— Ah, claro... Quando penso em você, a cor que logo me ocorre é a cor-de-rosa.

Começamos a recolher a louça e a Natalie e eu acabamos sozinhos lado a lado na pia da cozinha.

— Aquilo foi... estranho — comentei.

— O modo como o Chase flerta com a sua irmã?

Dei risada.

— Bem, sim. E a situação toda sobre a gente também.

— Você notou que eles ficaram nos encarando durante o jantar todo? — ela perguntou, enxaguando os pratos.

— Como se estivéssemos numa jaula no zoológico.

— Achei que queriam que a gente se beijasse de novo.

— E não foram os únicos — eu falei com a voz mansa, e então peguei o prato da mão dela e coloquei no escorredor.

O olhar dela cruzou com o meu, enquanto a água corria da torneira aberta. Ela então disse, com meiguice:

— *Com certeza* não foram só eles.

Corri um dedo acariciando o pescoço dela, desde a ponta da orelha até a nuca.

— Bem aqui, quero te beijar bem aqui. — Mostrei a ela, roçando a pele macia do seu pescoço de leve com os lábios e inalando seu perfume.

A Nat estremeceu.

— Quando você me beija assim eu me esqueço até de respirar — ela sussurrou, e então se virou, e foi a vez de os nossos lábios se roçarem.

E então quem estremeceu fui eu.

Na hora de ir embora, entramos todos juntos no elevador, o Spencer com o braço no ombro da Charlotte, o Nick de mãos dadas com a Harper, o Chase contando para a Josie sobre a bolinha de gude que retirara do nariz de um garotinho, e a Natalie do meu lado. Ela estava tão perto que daria pra eu segurar sua mão, passar o braço por sobre seu ombro, beijar seu cabelo.

E todas essas eram coisas que eu gostaria de fazer.

Além de querer que ela fosse pra casa comigo passar a noite.

Mas ela não foi. Quando chegamos à calçada, cada um seguiu para um lado.

Capítulo 30

TIVEMOS DE ENFRENTAR OUTRO CONTRATEMPO DIAS MAIS tarde, quando o Héctor perdeu a hora e não veio trabalhar. A Natalie tentou chamar um substituto, mas não encontrou ninguém disponível. Como eu ainda não tinha aumentado a empresa, nem contratado um funcionário fixo depois daquele fiasco da obra de Vegas, ficou tudo nas minhas costas outra vez e a hora estava passando.

Segui para a casa da Violet determinado a concluir a reforma dela no prazo. Eu me concentrei e trabalhei sem parar a manhã toda. Fiz os furos para as dobradiças, ajustei as portas, pendurei os armários. Para a reforma da cozinha ultramoderna do seu apartamento de cobertura no Upper East Side, a Violet escolhera uma madeira exótica que ficou linda, mas que exigiu um cuidado especial. E eu fui muito cuidadoso ao me certificar de que todas as peças ficassem perfeitamente alinhadas, sem emendas, sem arranhões nem marcas.

Mas, na verdade, esse é o meu trabalho, é o que eu me proponho a fazer para todos os clientes.

Porém, lá pelo meio da manhã, parecia improvável que eu iria conseguir dar o acabamento desejado a tempo. Ainda havia muito a fazer. Meu estômago roncou e o suor escorria pelo meu peito de tanto levantar peso e martelar. Eu tinha de almoçar, mas precisaria ser rápido.

Meu trabalho exige que eu recarregue as baterias, então deixei o prédio da Violet andando entre a multidão do meio-dia e sob o sol a pino e deixei que meu estômago me conduzisse à lanchonete mais próxima. Caminhando pela rua arborizada, no bairro cheio de casas de fachada de pedra marrom, liguei para a Natalie.

— Oi — eu disse.

— Oi, oi... — O som doce da voz dela provocou o sorriso largo que se estampou no meu rosto e fez meu coração dar uma pirueta.

Nós somos colegas de trabalho, mas naquele momento não era isso que transparecia. Parecíamos amantes, namorado e namorada. Como se a gente se tratasse assim ao ligar à toa um para o outro. Na verdade, eu nem lembrava por que tinha ligado. Provavelmente só para ouvir a Nat dizer "Oi, oi".

Pareceu um motivo razoável e era isso o que eu queria: poder falar com ela daquela maneira, ligar pra ela a qualquer hora e conversar sobre o nosso dia e sobre as coisas que nos rodeavam.

Coloquei os óculos escuros e fui até a lanchonete na esquina comprar um sanduíche.

— Como estão as coisas por aí, na nossa central?

— Tudo em ordem aqui na bat-caverna. — E então ela contou as novidades e descreveu outro de seus dias gerenciando a minha empresa com maestria. Essa mulher não tem preço para mim. — E eu verifiquei no fórum, tudo andando bem com o nosso divórcio também.

Mas eu não estava a fim de falar do fim da nossa união; e que bom que não foi preciso, pois ela logo seguiu para o próximo item da lista:

— Hoje recebi uma ligação da Abby, a amiga da Harper. O cara para quem ela trabalha está investindo em um novo restaurante e ele quer conversar com você sobre fazer parte dos armários.

— Interessante — eu comentei, pois não costumo trabalhar para empresas. Mas ao ouvir a descrição dela do trabalho, me pareceu bem viável.

— Você pode ir até lá pra fazer um orçamento depois de sair da Violet? Eu posso te encontrar lá, fica no Village.

O meu coração deu aquela pirueta outra vez, ao saber que a encontraria mais tarde. O que, convenhamos, era ridículo, já que eu a vejo praticamente todo dia. É que gosto muito de vê-la.

— Sim, para mim está ótimo. — Entrei na delicatessen, peguei um saco de batatinhas chips e um refrigerante diet, e entrei na fila pra fazer o pedido no balcão.

— Então? — Ela fez uma pausa. — Foi você que ligou. Está tudo bem?

Claro, o motivo da ligação... Qual era mesmo? Fiquei olhando para o balcão de vidro, na esperança de descobrir a resposta no presunto. Mas, pra ser sincero, nunca gostei muito de presunto, então não ajudou. Mas daí lembrei por que eu não podia perder muito tempo para comer.

— Desconfio de que não vou conseguir acabar a obra da Violet hoje. Tem jeito de você arranjar alguém pra vir trabalhar esta tarde? Eu preciso de um par de mãos por algumas horas.

— Eu podia ir te ajudar.

— Tem certeza? — Procurei maneirar no entusiasmo.

— Já fizemos isso antes, na casa da Lila. Podemos repetir. Chego por aí em vinte minutos.

— Você é uma ninja, uma deusa, o prodígio das marcenarias de Manhattan. Posso te comprar um sanduíche? O de peru aqui está com uma cara ótima.

— Obrigada, mas eu já comi uma *ciabatta* envenenada. Devo morrer a qualquer momento.

Pouco depois, ela chegou para me ajudar e começamos logo a trabalhar. Fiquei espiando o jeito dela batendo um prego com o máximo cuidado e mais uma vez me vi encantado pelo quanto ela veste a camisa da minha empresa — a Nat salva o dia.

Ela estava trabalhando quieta e focada, e eu também. Lá pelas cinco da tarde, a Natalie fez uma pausa para ir ao banheiro e voltou logo em seguida. Eu deixei as ferramentas de lado e tomei um copo d'água. A Natalie, em cima da escada na cozinha, polia o gabinete de madeira acima do fogão e caprichava no brilho. Foi quando notei que os ombros dela tremiam como se houvesse algo de muito errado.

— Ei, o que aconteceu?

— Nada — ela murmurou, e engoliu em seco ao descer um degrau.

— Jura?

— Está tudo bem.

Coloquei a mão nas costas dela, na altura da cintura.

— Ei, conta pra mim, qual o problema

Ela respirou fundo e me olhou nos olhos, as palavras foram saindo da sua boca com pingos de chuva:

— A senhora McKeon me dispensou; disse que não preciso mais dar aula para ela.

Fiquei surpreso.

— O quê?

— Ela me mandou uma mensagem de texto, mais cedo. Eu vi quando fui ao banheiro — ela balbuciou. — Ela disse que os tatames ficaram comprometidos depois daquela noite. Acho que ela sabe o que a gente fez lá. Estou morrendo de vergonha.

A Natalie desceu da escada, levou as mãos ao rosto e desatou a chorar. Eu a abracei, não sabia o que dizer, já que tinha sido minha culpa também. Então, me limitei a segurá-la em meus braços enquanto ela chorava baixinho.

Tirei um fio de cabelo da bochecha dela, enquanto uma lágrima caía. Ela é discreta ao chorar. Nada de soluços — as lágrimas caem silenciosas por suas faces. Ainda assim, dava pra sentir o quanto a Nat estava triste e toda a vergonha que ela não precisava sentir.

— Eu não quero mais ser a ovelha negra, Wyatt.

— Você não é, meu amor — eu disse, com carinho. — Juro que você não é.

— Sou, sim. Eu era a garota rebelde no ensino médio. Naquela época, tudo bem pegar o carro do meu pai para dar uma volta tarde da noite, mas olha só pra mim, estou aprontando de novo. — Ela empurrou o meu peito com vigor. — Na maior irresponsabilidade.

Achei graça do esforço dela de tirar sarro de si mesma.

— Não posso dizer nada sobre isso, seria o sujo falando do mal lavado. Além do mais, você não cometeu nenhum grande pecado.

— Eu sei, mas adoro aquela academia. Eu estava começando a construir a minha reputação lá.

Acariciei os cabelos dela.

— E a sua reputação vai permanecer intacta porque você é incrível no que faz. Vamos encontrar outro lugar; e você ainda tem as suas aulas de autodefesa na outra academia, não é mesmo?

Ela fez que sim contra o meu peito.

— É só uma aula por semana, é a que a Lila faz.

Eu apoiei o queixo na cabeça dela.

— Que legal que a Lila está na sua turma.

— Ela é uma mulher adorável. Toda vez que eu a encontro ela me diz que está cuidando pra retomar a obra em Vegas. A Lila disse que o prospecto é bom. Mas, Wyatt, eu me sinto uma fracassada.

Eu me afastei um pouco e ergui o queixo dela com o dedo.

— Não, você não é. E eu sou tão culpado quanto você.

Ela me deu um cutucão de leve.

— Então eu devia despedir você.

— Eu gostaria de poder ser punido no seu lugar. De verdade. Juro que queria. Lamento que isso tenha acontecido.

Ela engoliu em seco e respirou fundo, isso pareceu acalmá-la.

— Precisamos definir em que pé estamos.

— Eu sei. — E senti o desespero tomar conta, pois eu queria ter uma fórmula para ter o pacote completo.

Quero continuar trabalhando com a Natalie, poder apagar o erro que cometemos em Las Vegas e seguir em frente como um casal normal de namorados, como se faz em Manhattan. Mas sempre que damos um passo, parece que encontramos um obstáculo. Tudo que eu sei é que quando ela levantou o rosto e olhou pra mim, tê-la nos meus braços pareceu a coisa mais natural do mundo. Só que tudo dá errado quando eu a toco. A anulação malfeita, nossa luta, e ela ter perdido as aulas de caratê.

— Wyatt — ela disse baixinho —, eu quero muito te beijar, mas toda vez que te beijo, parece que acontece alguma bobagem.

— Acrescente leitora de mentes à sua lista de talentos, pois eu estava pensando justamente na mesma coisa. — E tornei a abraçá-la. Ela estava com as costas apoiadas na escada quando lhe dei um beijinho na testa. — Nada de dar uns amassos, então — sussurrei, tocando de leve as pálpebras dela com os lábios. — Só isto.

A Natalie pôs a cabeça no meu peito, deixando escapar o esboço de um sorriso. Passei os lábios pelas bochechas dela, seu queixo, sua mandíbula e, depois, tentadoramente próximos à boca.

— Vamos nos comportar direitinho. — Eu sorri. — Falando sério, vamos prosseguir com o divórcio e, se depois continuarmos a nos sentir assim, arrumaremos um jeito pra que um ex-marido comece a namorar a ex-mulher.

— Que também é funcionária dele — ela acrescentou com um sorriso, o que me deixou totalmente nas mãos dela. Pois... aquele sorriso... aqueles lábios...

Ela.

— A gente vai achar um jeito — afirmei, embora a perspectiva parecesse um cálculo avançado.

Mas nós superaríamos o obstáculo quando chegássemos a ele. Eu esperava apenas que o tempo voasse e as semanas até ela se tornar minha ex-mulher passassem rápido. Jamais iria imaginar que um dia eu pudesse ter tanta vontade de namorar a minha ex-mulher, mas eu tinha. Puta merda, como eu tinha. Podia parecer loucura, e talvez até fosse. Mas eu queria recomeçar com ela de maneira normal. Começar do zero com a mulher por quem eu sou louco? Esse parecia o modo ideal para recomeçar.

Segurei o rosto dela entre as mãos e a beijei na testa.

A Nat colocou a mão no meu peito e me afastou um pouquinho.

— Se você continuar me beijando assim, acabaremos transando nesta escada e, com a sorte que eu tenho, pode ser que eu quebre uma perna.

Cocei o queixo.

— Hum, você disse na escada?

— Não comece a ter ideias.

— Tarde demais. — Eu me ajoelhei e a encostei contra os degraus. — Eu adoraria fazer assim com você agorinha mesmo.

Minhas mãos foram subindo pelas pernas dela e eu a beijei por sobre o jeans.

— Porém, vou te mostrar como eu sei me comportar bem. — Afaguei a bunda dela, apertei, e dei um beijo entre as suas pernas, mesmo ela estando totalmente vestida. — Posso me comportar bem demais. — Então gemi, ao dar mais um beijo por sobre a roupa dela.

A Natalie expirou o ar com força e enfiou a mão nos meus cabelos. Eu me mantive imóvel, ajoelhado. Os lábios na calça dela, provocando-a. Mostrando a ela direitinho o que eu pretendia fazer quando toda aquela confusão se resolvesse.

— Wyatt... — ela murmurou, segurando com ainda mais força os meus cabelos.

Eu pressionei mais forte o meu rosto, inalei com força o perfume dela e então mordi o jeans antes de me levantar e dar-lhe um beijo na testa.

— Viu como eu fui um amor?

Ela esboçou um sorriso.

— Você é um unicórnio.

Observei a barraca armada na minha calça.

— Eu definitivamente estou parecendo um unicórnio.

Ela deu risada e me puxou para um abraço apertado. Quando nos separamos, voltamos ao trabalho e concluímos o serviço.

Pouco depois, a Violet abriu a porta e, ao entrar, abriu um sorriso largo. Ela estava com os cabelos presos num rabo de cavalo alto e de batom cor de pêssego.

— A cozinha ficou linda!

— E concluída no prazo — a Natalie acrescentou.

A Violet balançou a cabeça, encantada.

— Estou maravilhada, completamente maravilhada. — Ela olhou pra mim, depois pra Natalie, e pra mim de novo. — Vocês formam uma dupla e tanto, estou muito impressionada com tudo o que fizeram.

Minutos depois, quando eu guardava as ferramentas e a escada na minha caminhonete, me ocorreu que o que acabara de acontecer fora uma grande injustiça. A Natalie tinha sido pega na academia de caratê, eu saí livre da casa da cliente. Tudo bem que não ficamos nus nem transamos no apartamento da Violet, mas tivemos a maior intimidade. Será que o que dividimos na escada foi tão mais "seguro" do que o que fizemos sobre o tatame? Possivelmente. Ao mesmo tempo, no entanto, era impossível eu não me sentir mais próximo da Natalie agora, e a minha vontade era de tentar protegê-la, evitar que ela se magoasse, afastá-la de qualquer forma de tristeza.

Independentemente do que vínhamos fazendo, o fato era que ela estava sendo penalizada por conta do que acontecera entre nós dois, e eu não. Eu não sabia como mudar esse placar, nem se isso seria possível. Sabia apenas o que eu queria fazer, e eu precisava encontrar um meio para isso.

Mas, no momento, nós tínhamos outro compromisso. Assim, fomos para o Village dar uma olhada na sede do restaurante pra fazer um orçamento.

A Natalie me apresentou para um rapaz grandalhão com braços enormes. Ele era o investidor que havia aplicado no restaurante.

— Simon Travers — ele se apresentou e estendeu a mão.

— Wyatt Hammer. Prazer em conhecê-lo.

— O prazer é todo meu. Ouvi muitos elogios ao seu trabalho.

O Simon nos mostrou os planos para o restaurante e a Natalie foi registrando tudo no computador. Nós ficamos próximos de um dos balcões inacabados e ela mostrou um esquema para ele no laptop dela. Até aquele momento, tudo corria na total normalidade, nada de especial, nada de estranho, até uma loira bonitinha abrir a porta e entrar. Era a Abby, a amiga da Harper. Ela segurava uma garotinha pela mão que deveria estar na pré-escola. A Abby trabalhava para o Simon; ela era babá da filha dele, segundo a Harper.

A menininha correu até o Simon e o abraçou.

— Papai! A aula foi muito divertida.

Ele a pegou no colo e abriu um puta sorrisão pra filha.

— Que ótimo, docinho! Você me conta tudo quando o papai acabar aqui?

Ela fez que sim, deu um beijo nele e, daí, apoiou a testa na cabeça dele, feliz por estar no colo do pai.

Eu olhei para a Abby e dei um "oi", ela retribuiu. Nós já havíamos nos encontrado algumas vezes, junto com a Harper e o Nick. A Abby tem os cabelos bem loiros e cacheados e olhos cor de mel, e devia ser uns oito ou dez anos mais nova que o Simon. Por algum motivo, eu não conseguia tirar os olhos deles. Talvez porque a Natalie também estivesse observando os dois. Havia algo entre aquele cara e aquela garota. Difícil dizer o que era, pois eles nem sequer tinham se tocado.

— Ei, Abby — o Simon disse, e a voz dele me soou conhecida.

Ela não poupou sorrisos quando o dois se olharam.

— Oi, Simon.

— Como foram as coisas hoje?

— A Hayden se comportou muito bem. A gente se divertiu muito no museu e na aula dela também. Eu conto tudo pra você amanhã. No horário de sempre?

— No horário de sempre.

A Abby foi até a garotinha e fez carinho nos cabelos dela.

— Tchau, coisa mais querida. — Depois, ela se despediu da Natalie e de mim, e saiu.

Meu cliente em potencial não tirou os olhos dela o tempo todo. Quando ela caminhou até a saída, quando ela abriu a porta, quando ela saiu, quando ela acenou uma última vez.

E eu reconheci o que havia no olhar dele e na sua voz. Mas não tinha espaço na minha mente pra enfrentar aquilo no momento, então fiz o possível para me concentrar no trabalho, somente no trabalho, enquanto eu revisava o projeto.

Quando saímos, eu e a Natalie caminhamos aproveitando o entardecer em Nova York. Permanecemos quietos por um quarteirão ou dois, até que ela quebrou o silêncio:

— Foi engraçado, não foi?

— O que foi engraçado?

— Como dá pra dizer o quanto ele está interessado só pelo jeito como olha pra ela.

Eu tropecei num buraco na calçada e perdi o equilíbrio, então me apoiei no corrimão de uma escada.

— Você está bem? — ela me perguntou, preocupada.

Esfreguei a mão na camisa, pra disfarçar.

— Sim, tudo bem.

— Mesmo?

— Claro.

— Mas eu fiquei pensando... — Ela parecia intrigada.

— Pensando no quê?

— Em como o Simon vai lidar com o fato de estar se apaixonando pela babá da filha dele.

Eu me virei pra ela, olhei nos seus olhos e dei de ombros, sem saber o que dizer. Pois, no fundo, eu sabia por que o tom dele soara tão conhecido. E eu já tinha visto o olhar daquele rapaz. Fora como mirar num espelho e ver a mim mesmo.

Eu falei com a maior honestidade:

— Não faço a mínima ideia.

Capítulo 31

ACORDEI NO DIA SEGUINTE COM DIVERSAS MENSAGENS no meu telefone. A primeira era do banco; um depósito enorme havia sido feito na minha conta empresarial. Gosto de cifrões, e esse incluía um bocado de zeros.

Cocei a cabeça, sem entender nada, até que vi a mensagem seguinte. Era da Lila: "Não tive a intenção de ser presunçosa, mas, como a obra foi liberada, tomei a liberdade de providenciar o seu pagamento referente à entrada. Por favor, avise-me quando você estará disponível para ir a Vegas trabalhar na minha cobertura". Arregalei os olhos quando consegui processar o que aquilo significava.

Daí, vi a mensagem de texto da Natalie:

Natalie: Você já viu? Está pensando o que eu estou pensando?

Wyatt: Você é quem lê mentes, não eu. Por que não me conta?

Natalie: A retomada do trabalho de Vegas significa que podemos... VOCÊ SABE!

Wyatt: Podemos ir de novo na montanha-russa? Acrescentar a roda-gigante à nossa lista de pontos turísticos?

Bem, sonhar não paga nada, não é mesmo? Fui dar uma olhada nas manchetes do meu novo aplicativo de notícias, enquanto esperava, mas, antes que pudesse abri-lo, a resposta dela chegou. Fiquei esperançoso. Esperançoso de que ela pudesse sentir o mesmo.

Natalie: Podemos conseguir uma anulação efetiva.

Ah...
Pelo visto, ela não estava na mesma *vibe* que eu. Não passou nem perto. Senti-me um balão furado com um vazamento de ar. O alerta de mensagens do meu telefone soou, era ela de novo.

Natalie: Isso é bom, Wyatt. Não teremos de nos preocupar com a papelada e todos os detalhes de um divórcio feito em Nova York. Aqui é tudo muito complicado. A gente já devia ter pensando nisso; esse é o modo mais fácil.

Wyatt: Por que é fácil?

Natalie: Quando voltarmos a Vegas para começar a obra, eu precisarei estar lá no primeiro ou segundo dia, para ajudar a tomar as providências, pra que nós mesmos possamos conseguir a anulação. Irei até o fórum, farei o registro do pedido pessoalmente e nós ficaremos livres do compromisso. Se o juiz quiser nos ver, ainda estaremos lá a trabalho. Mas, no final das contas, resolveremos tudo de vez. Exatamente como você queria.

Engoli em seco e esfreguei o queixo. Sentado na cama, joguei as cobertas pro lado e coloquei os pés no chão.
Isto era bom, não era mesmo? Era o que nós dois queríamos. Caramba, era o que eu pedira desde o primeiro segundo em que acordei em Las Vegas. Mas, no momento, estava parecendo que nós dois desejávamos coisas diferentes. Ela estava toda animadinha para se separar, eu, por outro lado, sentia que um animal raivoso dera uma mordida e abrira um buraco no meu peito.

* * *

O tal buraco foi aumentando à medida que eu cuidava de vários detalhes para os clientes. Ele persistia enquanto eu malhava na academia. E enquanto eu tomava uma cerveja com o Chase e o ouvia me contar que o corretor imobiliário agora estava colocando vários obstáculos para ele alugar o apartamento. E durante o trabalho voluntário junto com o Nick. E, principalmente, ao me preparar, junto com a Natalie, para a obra da Lila na cidade do pecado. Foi uma situação difícil rescindir a papelada do divórcio em Nova York, mas seria muito mais fácil dar andamento à anulação em Vegas, e não queríamos dois processos burocráticos causando confusão.

Na tarde em que embarcamos no voo atrasado com destino à cidade onde nos casamos — o mesmo maldito lugar onde iríamos desfazer o compromisso —, a dor atravessou meu peito e eu me sentia dilacerado por dentro. E mesmo estando com a minha parceira de trabalho e diversão sentada ao meu lado, eu não sentia vontade de fazer piadas nem de contar histórias. Não queria rir, só queria que aquela sensação passasse.

A Natalie, no entanto, não perdeu o entusiasmo nem por um instante. Em algum ponto da parte central do país, ela me rememorou o planejamento do primeiro dia do trabalho.

—Ok — eu disse, desanimado.

A seguir, ela me falou sobre que materiais já estavam à minha disposição.

— Está bem.

E ela comentou sobre o cronograma novamente, incluindo uma ida ao fórum no intervalo para o almoço no primeiro dia.

— Parece razoável. — Olhei para a janela.

Ela levou um dedo ao queixo e ficou me olhando do assento de couro ao lado do meu.

— Tudo bem por aí, Hammer?

— Sim, tudo ótimo.

A Nat fez uma expressão desconfiada e acariciou a minha perna.

— Tem certeza? Porque você parece deprimido.

Fiz um gesto no ar como quem diz "Não é nada". Então, sabe-se lá por que, a Natalie abriu bem a boca e mugiu como uma tremenda vaca louca — um barulho longo e persistente, que dava a impressão de que havíamos descido em uma fazenda.

Eu me virei pra ela com os olhos arregalados.

— Mas que p...?

Ela abriu um sorriso doce e inocente e disse, com a cara mais deslavada, sob os olhares insistentes dos demais passageiros:

— Gostou da minha vaca?

Então entendi o que ela havia feito e por que, e desatei a rir. E, pela primeira vez em dias, aquele sentimento corrosivo arrefeceu. Só porque ela tentou acabar com a minha depressão imitando um animal de fazenda.

Puta merda, acho que eu estou...

— Mas não se esqueça de que eu continuo esperando você rugir, conforme me prometeu. — Ela deu uma piscadela.

Porém, eu sabia direitinho por que estava tão pra baixo: porque quanto mais nos aproximávamos de Vegas, mais perto de perdê-la eu ficava. A Natalie estava me escapando por entre os dedos; aquela mulher envolvida até a tampa comigo naquela confusão que armáramos para nós mesmos naquela noite de loucura. Naquele instante, tudo o que eu queria eram os envolvimentos, eu ansiava por eles. A julgar pelo vazio no meu peito, eu precisava deles pra caramba, pois aquele momento com ela, a doçura dela, a zoeira dela, o bom humor que combinava com o meu — eram o único alento para a minha dor.

Eu não conseguia mais raciocinar, estava apaixonado pela minha mulher. E a ideia de ela se tornar minha ex-mulher soava terrivelmente equivocada. Como uma roseira que não dá flor ou um gato que não mia, contrariava a natureza. A mulher que eu queria era a mulher com quem me casara.

Há alguns dias, eu achava que não deveríamos estar presos dessa maneira, que o certo seria começarmos do zero. Mas agora que eu estava seguro de como me sentia, não queria que a gente se separasse. Queria tocar o relacionamento adiante. O único problema era que ela estava desesperada pra que eu me tornasse o seu ex-marido no dia seguinte, ao meio-dia.

Capítulo 32

EU SABIA CONSERTAR PIA, SABIA INSTALAR UM BELO CONjunto de armários de cozinha e era capaz de construir a droga de uma casa. Essas eram as minhas habilidades. Mas lidar com situações desagradáveis com o sexo oposto? Digamos que isso não estava entre as minhas especialidades. Pra ser muito sincero, preciso dizer que tenho dificuldade pra fazer as escolhas certas em relação às mulheres. Depois de uma noite no hotel Bellagio — em que eu passei me revirando e ponderando um milhão de opções, sendo que algumas incluíam bater na porta do quarto da Natalie e não dizer nada, apenas trepar com ela —, eu continuava na mesma situação atormentadora da véspera. Estava longe de decidir quais palavras certas usar, na ordem certa, no momento certo. Palavras que no final não me levassem a cair numa maré de má sorte.

Depois do banho, coloquei um jeans e uma camisa. Eu não costumava me arrumar no meu tipo de trabalho, então aquilo já era sofisticação suficiente pra mim. Em minha opinião, um homem deve se vestir com discrição para ir ao fórum na hora do almoço.

Imaginei um prédio de concreto soturno com homens e mulheres de toga preta decidindo o nosso destino, e estremeci. Na medida do possível, eu preferia evitar os tribunais. E se eu conseguisse descobrir o que dizer à Natalie, talvez a gente não precisasse ir até lá.

Oi, Nat. Quer namorar comigo?

Olha, linda, sei que isso pode parecer loucura, mas você acha que há alguma chance de continuarmos casados?

Então, eu fiquei pensando... o que você acha de tentarmos? A gente sai pra jantar esta noite, você vai morar comigo e será a minha mulher, que tal?

Sim, eu não disse? Não conseguia pensar em nada.

Nota pessoal: tente buscar clareza nas próximas horas.

Essa missão seria muito mais fácil caso eu confiasse no meu instinto no tocante às mulheres. Tudo o que sabia era que eu amava a Natalie e precisava pensar numa maneira de ficar com ela. Pôr fim nesse casamento não parecia a coisa certa a fazer.

Liguei para a única mulher em quem eu sempre confiei: a minha irmã. Ela atendeu ao segundo toque e respondeu falando rápido como um leiloeiro:

— Estou com massa de cupcake até no cotovelo, porém eu sempre tenho tempo pra você. Mas seja breve, tá?

Dava para ouvir o burburinho da confeitaria ao fundo.

Comecei a andar pra lá e pra cá no carpete fofinho e abri meu coração. De modo breve, é claro.

— É o seguinte. Estou apaixonado pela Natalie e não sei como agir.

A Josie não perdeu um segundo:

— Você já disse isso a ela?

— Não. E se ela não corresponder?

— Esse é um risco que você tem de enfrentar.

— Mas e se...

Nem precisei terminar — a Josie sabia o que eu estava pensando.

— E se ela te sacanear? Se ela te apunhalar pelas costas? Prejudicar os seus negócios?

Fechei a cara, e já estava pra negar que todas aquelas possibilidades horríveis, mas muito viáveis, tinham passado pela minha cabeça quando ouvi um barulho de algo mergulhando no aparelho. Então, ouvi a voz da minha irmã abafada e depois tudo ficou mudo. Tive o nítido pressentimento de que, no momento, o telefone da Josie jazia submerso numa banheira de massa de bolo.

* * *

Natalie: Diz pra mim que essa é a coisa certa a fazer.

Charlotte: Ah, minha querida... Sei que não é fácil.

Natalie: Mas é a decisão acertada, não?

Charlotte: Não posso escolher por você. Parte de mim acha que você é maluca. Mas vou te apoiar, mesmo discordando.

Natalie: Eu sei, e agradeço. Mas e se eu bagunçar tudo de vez?

Charlotte: Você está apostando. É uma aposta e tanto. Mas tem de considerar todos os riscos e tenha certeza de que considerou.

Natalie: Acho que sim. Preciso fazer isso, Charlotte. Eu *preciso*.

* * *

Bati na porta do quarto da Natalie com o coração a mil. Parecia que um bando de corvos negros tentavam a todo custo escapar dali. Respirei fundo tentando me concentrar, mas o ar escapou completamente dos meus pulmões quando ela atendeu.

Meu Jesus, por que ela tinha de ser assim tão linda?!

A Natalie estava usando um vestido laranja de alcinhas, um daqueles casaquinhos curtos e sandálias de tiras. Era um traje chamativo, alegre e bonito, sem ser provocante. Era tão a cara dela... Sol brilhando e torta de maçã, um verdadeiro sonho americano.

Ela mostrou-me a si mesma.

— É o meu vestido de anulação, o que você acha?

Eu detestei. Detestei que ela tivesse um, que ela tivesse dado esse título a ele e, acima de tudo, que estivesse tão animada pra romper os nossos laços. Porém, a Nat estava tão deslumbrante quando me olhou com aquele sorriso arrebatador que foi impossível não dizer a verdade:

— Adorei. Você está linda.

Ela tocou o botão da minha camisa branca.

— Você também está bonitinho. — A Nat pendurou a bolsa no ombro e disse, num tom descontraído: — O que acha de irmos para o trabalho e sairmos na hora do almoço pra gente se separar e, quem sabe, se você se comportar, sair pra jantar esta noite?

Essa era uma das minhas opções, mas, uma vez verbalizado, me pareceu pouco. Nós já passáramos dessa fase, estávamos em outro patamar. Só faltava convencê-la disso.

Mas eu também não sou trouxa de recusar um encontro com a Natalie, então concordei. Ela abriu um sorriso e fez sinal para o relógio.

— Devemos estar na Lila em trinta minutos, e aposto que chegaremos antes se sairmos já. Dá tempo de parar pra pegar um café no caminho. Uma prévia de um encontro, quem sabe. — Ela deu de ombros e ficou uma gracinha assim, flertando comigo.

Foi a gota d'água. Eu surtei. Não queria apenas namorar a Natalie, no momento, não dava pra flertar com ela. Então fui direto:

— Não quero café.

— E o que quer, então?

— Você.

Ela piscou, marota.

— Pelos velhos tempos?

— Não. — Eu usei um tom sério. — Pelos novos tempos, Natalie.

Meu coração se acelerou como um guepardo em disparada. Engoli em seco e deixei de lado o nervosismo e os corvos incontroláveis.

— Eu quero você, quero ficar com você. Eu sou louco por você. — Resolvi optar por deixar o coração falar, ainda que houvesse muito a dizer.

Mas antes que eu pudesse falar mais, ela respirou fundo e seus olhos se encheram de lágrimas.

— Shhh... Não diz, não.

Eu franzi a testa.

— Não dizer o quê?

— Não diga nada — a voz dela falhou. — Por favor...

A Natalie sacudiu a cabeça e uma lágrima rolou por sua bochecha. Talvez seja por isso que eu não entenda as mulheres. Eu não poderia estar mais confuso. Instantes antes, ela se mostrava carinhosa e insinuante, e eu poderia jurar que estava aberta a dar uma chance ao nosso relacionamento. Então, eu digo que sou louco por ela e a Nat fica triste. Não faço a menor ideia do que fazer a seguir, mas posso garantir que não sou o tipo de homem que fica parado vendo a mulher chorar.

— E o que eu posso fazer pra te deixar feliz? — perguntei.

Ela chegou mais perto e sussurrou:

— Faça amor comigo.

Ah, sim, isso... isso eu sabia fazer.

Segurei o rosto dela com as duas mãos, encostei-a contra a parede ao lado da porta e a olhei lentamente de cima a baixo, memorizando cada curva, cada músculo e cada contorno. Eu não conhecia os planos dela nem que estratégia usaríamos para ficarmos juntos, não sabia o que aconteceria a seguir. Mas eu era louco por ela.

Corri as mãos desde os ombros, descendo pelos braços até a cintura dela, e registrei como era senti-la. A Natalie era minha e eu não podia permitir que ela escapasse. Embora não tivesse as respostas, naquele momento, eu tinha certeza de que a Natalie e eu estávamos na mesma vibração. Essa era a área que nunca suscitava dúvidas.

Beijei a ponta da orelha dela e a prendi entre os dentes. Ela passou os braços pelo meu pescoço e me puxou para mais perto.

— Sinto que você é toda minha — sussurrei.

Ela mordeu o lábio, como se quisesse conter as palavras. Eu encostei o rosto no pescoço dela e comecei a beijá-la, subindo desde a garganta, levantando o queixo dela.

Os gemidos da Natalie foram ficando mais altos e mais intensos, e enquanto eu levantava seu vestido, as mãos dela se ocupavam de desabotoar e baixar a minha calça. Isso era tudo o que eu precisava naquele instante — nada mais, nada menos do que essa ligação.

Ela segurou o meu pênis e eu tremi. *Minha nossa, que gostoso que é...* Ela me massageou para a frente e para trás, eu fechei os olhos e meu quadril seguiu o movimento de sua mão macia.

— Nat — eu disse num gemido, e me calei.

A Natalie havia se pronunciado, ela queria que eu ficasse calado, e calado eu iria ficar.

Contanto que ela ficasse comigo.

Suas mãos ágeis agarraram o meu pau e ela me puxou pra ainda mais perto. Eu baixei-lhe a calcinha e deslizei meus dedos, sentindo o quanto ela estava quente e lubrificada. A Nat estava pronta pra mim. Toda molhadinha e cheia de tesão.

— Olha só como você fica excitada... — murmurei, lutando contra o silêncio.

— Wyatt, você precisa parar de falar e começar a me co... — Ela interrompeu o que ia dizer, aproximou o rosto do meu, encostou a testa na minha, e tornou a sussurrar: — Fazer amor comigo.

Lá estavam mais uma vez aquelas duas palavrinhas. A Natalie nunca usara essa expressão antes daquele dia — *fazer amor* —, o que me levou a pensar que ela talvez correspondesse.

Esfreguei nela a cabeça do meu pênis e, num movimento rápido, a penetrei. Ela estava molhada e contraída, tão quente e gostosa... Um tesão o modo como encaixamos direitinho, como se fôssemos feitos um para o outro. Como se tudo o que acontecera tivesse nos levado àquilo. Eu queria contar tudo pra ela, sobre como eu me sentia e o que eu desejava: tê-la na minha vida de uma forma mais intensa.

— Meu amor... — eu disse no ouvido dela, e ela estremeceu toda.

— Oh, Wyatt... — A voz suave dela soou como um gemido incontido, e aquele som calou fundo no meu coração.

A Natalie se apoiou nos meus ombros enquanto eu fazia amor com ela. E embora o relógio não esperasse, e embora isso não fosse demorar muito, eu aproveitei bem o tempo à minha maneira. Saboreei cada som que ela emitiu, cada gemido sexy, cada murmúrio, cada suspiro. Ergui a perna dela, apoiei-a na minha cintura e girei meu quadril para penetrar mais fundo nela. Eu queria apagar qualquer traço de tristeza dela com o meu toque.

Eu posso ter feito algumas escolhas erradas, posso ter cometido alguns erros, mas esse não é um deles. A Nat não ia se tornar algo que apaguei em meu passado. Ela era o meu presente; e o meu futuro; eu tinha certeza. Acreditava nisso. Pois existia sexo, existia trepada, existia tesão. E, então, existia *aquilo*. Ali, naquele momento. E significava tudo, porque eu estava apaixonado por ela.

Em poucos segundos, ela agarrou a minha bunda e chamou o meu nome, e eu estava bem ali com ela. Os sons que emitimos eram ardentes, gemidos insanos e gritos de intenso prazer quando a Nat gozou e eu me juntei a ela no que eu esperava que fosse o início de algo novo.

* * *

Ela foi ao banheiro, eu me joguei na cama dela e fiquei dedilhando o telefone. E vi que a minha irmã tinha me mandado uma mensagem de texto.

Josie: Desculpe. O telefone caiu na massa de bolo. Seja como for, veja... o amor significa arriscar. Não é física quântica... não é complicado. Basta falar com o coração e diga à Nat que ela é a sua escolhida.

Eu sorri e fui tomado por uma sensação de calma.

Wyatt: Eu consigo fazer isso, pode apostar.

Josie: Claro que sim. Basta acreditar em você mesmo. No seu instinto atual sobre ela, não no anterior.

Wyatt: Juro: sou um novo homem.

Guardei o celular no bolso, respirei fundo e esperei pela mulher da minha vida. Ouvi a torneira ligada, então ela ainda estava no banheiro.
Quando me levantei, passei pela frente do aparador com a televisão. O telefone dela vibrou sobre o móvel. Quando olhei, notei que o prefixo era de Nova York. Não era minha função atender, então, não fiz nada e ele parou de vibrar. Em seguida, o celular deu um alerta de mensagem. O som chamou minha atenção e olhei de relance por um segundo. Foi o suficiente para ler o que apareceu na tela. A mensagem de voz tinha sido convertida em texto. Eu deveria ter desviado o olhar. Deveria, sim. Mas não desviei...

> Rhonda Hafner, do escritório Hafner & Hickscomb, referente ao nosso encontro. Eu revisei as informações que você enviou e, sim, você tem uma reivindicação cabível.

Segurei-me na parede ao sentir o chão tremer. Que diabos?! Minha cabeça girou e um enjoo estranho me subiu pela garganta. Meu mal-estar piorou ainda mais quando peguei o telefone para dar uma busca no Google e descobri que a Hafner & Hickscomb era um escritório de advocacia trabalhista de Nova York.
Senti o pânico subindo pelas veias e pensei em nossas conversas sobre advogados. Quando a empresa Divórcio Facil não prestou o serviço de anulação, a Natalie mencionou que tinha falado com uma advogada amiga da Charlotte, especializada em direito de família. Ela disse que a mulher deu

dicas úteis sobre o pedido de anulação comparado a fazer o divórcio em Nova York. Lá, naquele dia no mercado, chegamos a falar que não haveria necessidade de advogados e concordamos em nos separar sem usar nenhum desses tubarões.

Pelo que eu sabia, não precisávamos de um advogado naquele dia.

E foi então que o frio nas minhas veias se transformou em pavor. Eu me lembrei do jantar no outro dia, da Charlotte calando o Spencer e de eu ter me dado conta de que a Natalie e a irmã tinham segredos.

Altos segredos. Quem sabe a advogada que elas consultaram não seja, de fato, de família? Talvez a Natalie estivesse abrindo um processo a respeito de outra coisa.

Eu li a sessão "Quem somos" no site deles e foi então que senti a faca cravar nas minhas costas. A firma de advocacia era especializada em direito trabalhista em casos de ações de classe, de discriminação, de delações e de assédio sexual.

A Natalie não contratara uma advogada para se divorciar de mim, e sim para me processar.

— Ai, caralho... — murmurei, com um medo imenso, quando somei dois e dois, pois o resultado só poderia ser: assédio sexual. Por isso ela contratara uma advogada trabalhista para abrir um processo.

Uma reivindicação cabível.

A Natalie teria ainda todas as mensagens de texto, o diálogo todo do chefe se apaixonando pela funcionária. E essa mesma funcionária havia perdido o outro emprego por conta desse mesmo patrão. Ela não poderia estar processando a academia de judô, pois nem era contratada deles, ela estava registrada na minha empresa.

Senti um buraco no estômago e praguejei contra mim mesmo em silêncio. Eu conseguira de novo. Misturara negócios com prazer e, desta vez, o resultado poderia ser avassalador. Desta vez, não se tratava da minha falta de sorte com as mulheres. O erro fora cem por cento meu e aquilo era muito pior que um sanduíche envenenado. Eu deveria ter adotado a abstinência com a Natalie muito tempo atrás.

Capítulo 33

EU FIZ O MÁXIMO PRA ESCONDER O MEDO DESENFREADO que tomara conta de mim quando paramos na casa da Lila a caminho do fórum. Boa parte de mim preferia evitar lidar com a Lila e a Natalie, mas, considerando a confusão que acontecera com essa obra antes, eu não poderia dar o cano.

Além do mais, o dinheiro da Lila seria mais imprescindível que nunca. Eu não poderia estar mais satisfeito por eu e a Natalie termos agendado para dar entrada na anulação em três horas, eu queria poder apressar o processo.

O tique-taque do relógio soava mais alto a cada segundo no meu ouvido, enquanto eu revisava o projeto de reforma da cozinha. Procurei manter o foco no trabalho durante a conversa, e não na mulher que *eu* tinha acabado de foder e que ia tentar *me* foder. Eu não ia deixar que ela fizesse isso, já tinha mandado uma mensagem pro Chase dizendo que eu precisava falar com o primo dele outra vez e tinha certeza de que assim que o meu melhor amigo terminasse de remover uma escova de algum ouvido ou dedal de algum umbigo, ele ia me ligar.

— Tudo deve ficar pronto em poucas semanas — eu informei, secamente. A tensão estava me deixando tão sufocado que eu poderia explodir a qualquer instante.

— Estou tão entusiasmada que tenha dado certo! — A Lila colocou a mão no ombro da Natalie. — E esta mulher merece todo o crédito. Conviver com ela nas aulas de autodefesa me ajudou a perceber o quanto eu queria que esta reforma se concretizasse e como fazer para que tudo desse certo. Eu estava temerosa, mas ela me encorajou.

Meus olhos se arregalaram ao máximo.

— Foi mesmo?

A Lila assentiu.

— A Natalie veste a sua camisa pra valer.

— Aposto que sim. — E uma imagem ficou ainda mais nítida pra mim. A Natalie devia ter se esforçado muito para conseguir essa obra para nós e, quem sabe, alegar que ela administrava o meu negócio também. Merda, merda, merda! Que tremenda filha da puta ela é! Intrometendo-se em tudo, pegando carona em cada oportunidade que se apresentava.

— Ah, Natalie, você não pode esquecer de olhar o meu closet. — A Lila abriu o maior sorriso.

A Natalie pegou no meu braço.

— A Lila não parou de falar sobre o closet na aula da semana passada e eu estou morrendo de curiosidade.

Quando a Lila a levou até o closet, tudo em que eu conseguia pensar era que estava uma hora mais perto de terminar aquela porra de união com a mulher que eu acabara de foder.

***

O atendente de bigode e óculos com aro de metal pegou os papéis, grampeou todos juntos e carimbou com a data.

— Eles serão registrados hoje e nós iremos notificá-los em poucas semanas quando a anulação for concedida — ele explicou, sem sequer levantar o rosto. A voz de uma nota única poderia ter irritado meus ouvidos, mas, ao contrário, soou como uma linda melodia, porque estou um passo mais perto de tirar essa mulher da minha vida.

A Natalie ficou na ponta dos pés de tão animada.

— Muitíssimo obrigada — ela disse, e acho que pessoa alguma conseguiria tirar o sorriso do rosto dela. A Natalie estava radiante com a separação; chegava a ser irritante. Era suspeito. E era mais uma evidência depondo contra ela.

Fiquei dedilhando sobre a madeira gasta do balcão de atendimento.

— Quanto tempo vai levar? — perguntei ao Senhor Tédio.

— Algumas semanas — ele murmurou.

— E isso na média seria o que, uma semana, duas semanas, três, quatro?

Ele levantou o olhar vagarosamente, como se erguer o queixo lhe custasse alguma coisa.

— Algumas semanas — ele repetiu, o que numa tradução livre significava "Chega de me atazanar".

— Mas isso costuma querer dizer o quê?

Ele me olhou com cara de "Você deve estar tirando uma com a minha cara".

— Significa mais de um dia e menos que muitos dias.

Suspirei, mas eu não ia largar o osso assim:

— Dá pra ser mais preciso, por favor?

A Natalie segurou o meu braço.

— Wyatt — ela falou de mansinho —, ele disse algumas semanas.

— Mas eu quero saber quanto seriam *algumas semanas*.

Ela engoliu em seco e desviou o olhar. Eu me virei para o homem e tentei novamente:

— Eu ficaria imensamente grato se você pudesse nos dar uma estimativa. Basta ser um pouquinho mais específico, por favor.

Juntei as mãos, como em oração, para mostrar que eu estava implorando, torcendo para ele demonstrar piedade.

O homem entreabriu os lábios mais uma vez.

— Sim, aqui está uma estimativa. — Ele esboçou um sorriso afetado. — Algumas semanas.

Ele nos entregou uma cópia da papelada e gritou:

— Próximo!

Percorremos o longo corredor do fórum em direção à saída.

— Ei, vai me contar que reação foi aquela? — a Natalie quis saber.

Passei a mão pelos cabelos e resmunguei:

— Eu só queria que essa droga toda acabasse de uma vez.

— Ah, claro... — ela retrucou, desgostosa. — Isso ficou bem óbvio.

— Não tente fazer de conta que você também não quer isso — eu desabafei, quando chegamos à saída.

Eu abri a porta e segurei para ela passar. O cavalheirismo continuava valendo, mesmo quando todo o resto parecia desmoronar.

A Natalie saiu para a luz ofuscante do sol a pino de Vegas e colocou a mão sobre os olhos para se proteger.

— Você queria — ela afirmou com frieza. — Você queria isto.

Franzi a testa.

— O quê?!

— Você deixou bem claro desde o início que queria isso, Wyatt — ela disse, agora zangada. E era comigo. Ela levantou as mãos. — Eu achei que você ia ficar contente, achei que era isso o que você queria. Por que então não está satisfeito?

— Você acha que eu deveria estar contente? — retruquei, com uma frustração crescente chegando ao limite. Fiquei esperando que ela rebatesse. Eu tinha de estar preparado para a rasteira que ela ia me dar.

— Eu achei que íamos namorar.

— Bem que você gostaria disso, não? — O rancor ficou bem mais evidente do que eu pretendia.

A Natalie se afastou de mim, andando para trás. Então, ergueu as palmas da mão num claro "Não me toque" e ficou me olhando como se eu fosse um completo estranho.

Ela me observou atentamente, antes de falar algo. Dava para ver o horror estampado nos seus olhos azuis. Ela estava aterrorizada comigo.

— Por que você está sendo tão cretino? — Ela titubeou. — Eu fiz isso porque você pediu. Você me fez ju...

Ela se interrompeu e levou a mão à boca.

As palavras dela despertaram algo na minha memória. Palavras soltas, e eu tentei entender o seu sentido. Lembrei de trechos descontínuos, mas senti que eram coisas que eu tinha dito. Como o que eu falei pra ela na noite em que nos casamos, como uma música de fundo. A nossa música.

Jure, jure, jure para mim.

Que porra eu pedi pra ela fazer?

E agora era a minha vez de examinar a expressão dela. Seus lábios tremiam e os olhos estavam marejados como se ela segurasse as lágrimas. Aquela dor que eu vinha sentindo fazia dias voltou, cavou mais fundo, como se o animal que cavara aquele buraco tentasse me dizer algo. Quem sabe a Natalie não fosse a origem da minha dúvida, talvez ela fosse a resposta.

Esfreguei a nuca, tentando entender aquela situação. E o mais importante: o que eu acreditava que fosse a verdade. A julgar pelo olhar sincero e a expressão honesta no rosto dela, não dava para acreditar que a Nat vinha tentando me sacanear. Difícil imaginar que ela ia me apunhalar pelas costas. Aquela mulher... não era daquele jeito.

Chame de instinto primitivo.

Chame de intuição.

Ela era genuína.

A pergunta então era se eu conseguiria dar ouvidos a isso. Afinal, gato escaldado morre de medo de água fria.

Na minha mente vi passar uma sequência de imagens rápidas — todas as vezes que estivemos juntos, até o mugido no avião. Muito embora aquela maldita mensagem no telefone dela me desse vontade de sair correndo, meu coração me dizia que eu entendera tudo errado. Meu coração estava me dizendo para ficar. O fato de ter dificuldade para confiar nas pessoas não significava que eu não deveria acreditar naquela mulher. Se existia alguém em quem eu deveria acreditar era justamente a Natalie. E se eu não tentasse resolver aquilo naquela hora, eu a perderia. Esse era um risco que eu não poderia correr, com provas ou sem elas.

Eu estava por minha conta.

— Nat, me desculpe — eu disse, tentando ser gentil, e tocá-la. — Eu estou um caco. Mas sou louco por você e não quero que a gente termine.

Já era um começo, o único que eu tinha condições de oferecer no momento.

— Eu também não queria.

Queria?

— Como assim? — perguntei, com a voz trêmula.

— Não gostei do jeito que você acabou de me tratar.

Meu coração apertou. Estávamos parados na escadaria do prédio do fórum, ela no degrau de cima, e eu no de baixo. Eu a segurei pelo braço.

— Vamos acabar tudo deste jeito? — Mal reconheci a minha voz.

A dela soou como um sussurro também:

— É você quem decide.

Eu queria perguntar sobre a mensagem no telefone, a ligação, a advogada. Eu queria perguntar o que eu prometera a ela, queria saber se eu tinha ferrado com tudo de vez, se não teria volta, e, sobretudo, eu queria saber se havia um jeito de consertar o estrago.

Mas antes que eu pudesse falar outra vez, ela levantou a mão.

— Não posso conversar com você agora. A gente se fala mais tarde, se você resolver voltar a me tratar como sempre fez, e não como agora há pouco. E eu sinceramente espero que você consiga. Mas, no momento, preciso de um tempo. Acho que dei bobeira e cometi uma maluquice. Então vou me encontrar com a Lila pra tratar do closet dela. Isso me fará esquecer o e-mail que você vai receber a qualquer momento.

Ela desceu os degraus apressada e fez sinal para um táxi, que a levou para longe de mim.

Capítulo 34

NADA DO E-MAIL.

Não tirei o olho do celular à espera do que ela disse que ia me mandar. Antes de chamar o *Uber,* liguei para a Lila pra perguntar se ela queria que eu já começasse a trabalhar. Ela respondeu num tom gentil, mas firme:

— Por que você não tira a tarde de folga? Estou aqui com a Natalie e nós temos algumas coisas a fazer.

Eu podia jurar que ouvi a Natalie chorando ao fundo. Aquele som me causou uma tremenda dor no peito. Eu queria poder confortá-la, mas ela não queria me ver naquele momento.

— Certo. Cuide dela pra mim, por favor.

— Claro. E passa aqui mais tarde. — E a Lila acrescentou, num tom mais cordial: — Às vezes uma mulher precisa ficar alguns instantes sozinha.

— Obrigado.

Embora meu coração estivesse arrasado por culpa da minha estupidez, o conselho da Lila me trouxe uma espécie de calma. Essa mulher sempre foi legal com a gente. Ela iria cuidar bem da Natalie enquanto eu descobria uma forma de desfazer a confusão que havia criado. Desliguei e tornei a verificar minha caixa postal.

A perspectiva da tarde inteira pairava sobre a minha cabeça como um enorme buraco negro. Eu queria trabalhar, martelar, aparafusar e fazer furos, e não vagar durante horas pela cidade que mal conhecia, tudo porque eu era um cabeçudo idiota.

Mas quando o taxista tomou a avenida principal a caminho do Bellagio, eu me dei conta de que a cidade não era totalmente estranha pra mim. Afinal, fora ali que tivera início o meu relacionamento com a Natalie, e eu não queira que fosse o palco do nosso rompimento definitivo.

Eu me curvei para a frente e perguntei ao motorista se podia mudar o local pra onde estávamos indo.

— Claro que sim, pra onde vamos?

— Eu preciso de um minuto para encontrar o endereço. — E fiz uma busca no celular.

Encontrei o que queria e ele digitou o novo destino no GPS. Dez minutos depois, eu entrei numa capelinha, em busca de um camarada de terno dourado. Queria perguntar ao Larry se ele se lembrava do meu casamento. E se ele não pudesse me ajudar, eu estaria fodido. Era um fio de esperança, mas eu não tinha outro pra me agarrar.

No entanto, quando entrei na capela e ouvi *Can't Help Falling in Love*, voltei no tempo, para a noite do meu casamento, ao som de Elvis, a música dizendo que era impossível não se apaixonar.

E conforme eu escutava outra vez a mais romântica de todas as canções, a letra me recordou as palavras desconexas que estavam perdidas na minha memória. A lembrança obscura da ressaca sobre a cerimônia do nosso casamento foi se avivando. Voltou com clareza e eu consegui me lembrar de tudo o que eu disse na sequência dos votos.

Tropecei num banco quando a lembrança me assolou feito um tsunami.

Eu estava parado diante do altar, de mãos dadas com ela, olhando em seus olhos com o Elvis tocando ao fundo.

— Você é linda, Nat, e, todo dia, quando te vejo no trabalho, eu penso no quanto adoro ir para o escritório por sua causa. Mas não é só porque você é uma gata. Você ajudou a minha empresa a melhorar. — Segurei as mãos dela com ainda mais firmeza, bem apertadinho, pra mostrar a ela que, apesar de estar bêbado, tudo o que eu dizia era de coração. — Você tornou meu trabalho divertido, mas também muito mais eficiente. Sem você ele não seria nada.

Ela sacudiu a cabeça, mas não conseguia parar de sorrir.

— Não é verdade, você tem muito talento.

O Elvis cantando a respeito dos tolos apressados e aquele termo — tolos — ficou martelando na minha cabeça. Eu não queria mais bancar o tolo e ser enganado outra vez, eu não podia arriscar.

— Não. É verdade. Você causou uma reviravolta na WH e eu nunca vou te agradecer o bastante. E tenho uma puta sorte por continuarmos trabalhando juntos. Você quer também, não?

Ela soltou uma risada.

— Claro. Por quê? Não vai me demitir esta noite, vai?

Eu me aproximei, dei um beijo em sua boca e assegurei:

— Não. Não. Não. Eu não vou te mandar embora porra nenhuma. Mas você precisa entender que o trabalho é o motivo pelo qual não podemos continuar casados. Adorei ficar com você e queria muito mais, mas nós teremos de pedir a anulação amanhã cedinho.

A Nat me olhou com toda a seriedade, mesmo durante a crise de soluços que a acometeu.

— É... irc!... claro.

Daí eu entrelacei os dedos nos dela ainda mais.

— Esta noite está sendo incrível e uma parte de mim se sente exatamente como a letra da música, porque é meio impossível não me apaixonar por você.

Ela arregalou os olhos, surpresa, e quem sabe com um misto de esperança, mas eu segui adiante com o resto do meu raciocínio não planejado, que não podia deixar de compartilhar:

— Mas sempre que isso acontece, Nat, eu meto os pés pelas mãos e ferro tudo, e eu já me estrepei por me deixar enganar e confiar demais, estou escaldado. Portanto, não deixarei que se repita. Quero que a gente continue trabalhando juntos. Você concorda?

— Sim, por favor, sim.

— Então me promete uma coisa.

— O quê?

— Que vamos pôr um ponto-final nisso tudo amanhã, que você vai se divorciar de mim. É bem provável que eu te peça pra ficar comigo, porque sou louco por você. Eu talvez te implore um milhão de vezes. Vou tentar de todas as maneiras te convencer do contrário, mas preciso que você jure que, não importa o quanto eu for convincente, vamos pôr um fim a este casamento. Pois eu não posso misturar negócios com prazer. Esse é o meu ponto fraco e preciso da sua ajuda. Jure, jure, jure pra mim — *eu disse, então engoli em seco e fiquei esperando.*

E não demorou muito.

Os olhos dela pareciam cheios de sinceridade quando ela respondeu solenemente:
— Eu juro, Wyatt. Eu juro. Eu juro. E te entendo, de verdade.

Levei as mãos ao rosto, enquanto tudo passava em retrospectiva. Foi por isso que ela se manteve firme até o fim. Porque eu pedi a ela. Caralho, eu pedi a ela que me defendesse! Fiz a Natalie jurar que seguiria o planejado. Mesmo quando eu falei mais do que deveria no dia em que rasguei o cheque do salário dela.

Eu disse que iria te dar um aumento de dez por cento e estava falando sério. Eu te prometi e pretendo cumprir, tendo tomado algumas cervejas ou não. Sou um homem de palavra e espero que as pessoas que trabalham comigo me tratem como tal e que ajam da mesma forma.

Ela manteve a promessa que eu lhe impusera. A Nat me protegeu de mim mesmo. Mas agora era eu que estava quebrando outras promessas que fizera a ela. Promessas veladas que vieram na forma como nos beijamos, nos momentos que dividimos, no modo como éramos bons juntos.

Eu me apoiei no banco da frente pra me levantar e quase tropecei no homem de terno dourado.

— Olá. Está interessado em se casar hoje, filho?

Não cheguei a responder, porque o meu telefone vibrou; finalmente, o e-mail dela chegara.

Era na verdade da advogada dela, com cópia pra Natalie, mas ela escrevera. Eu deslizei o dedo na tela quebrando um recorde de velocidade, abri a mensagem e li a última coisa que eu esperava ver:

Por favor, aceite isto como minha carta de demissão. Eu adorei cada momento trabalhando ao seu lado. Foi uma experiência divertida, desafiadora e extremamente produtiva. Mas não posso trabalhar mais para você, porque quero ficar com você. E quero muito. Eu quero muito ser sua. Então, vou tomar uma decisão unilateral e escolher a opção que nos permitirá ficar juntos. Verifiquei com uma advogada trabalhista, para me certificar de que eu não estava violando o contrato que assinei com você, e ela disse que em determinadas circunstâncias, quando existe uma reivindicação viável, é possível romper o contrato de emprego sem aviso prévio. Considerando que estou apaixonada por você, por favor, aceite isto como minha reivindicação viável para eu me desligar do meu cargo na WH com efeito imediato.

Com amor, Natalie

Cara, desta vez eu ferrei com tudo bonito.
 Ao tirar os olhos da tela e cruzar com o olhar curioso do Larry, a pergunta que ele acabara de fazer me acendeu uma luz.
 Eu sabia como consertar a confusão que criara.
 Às vezes é preciso apostar contra a casa.

Capítulo 35

NA MINHA ÁREA DE ATUAÇÃO, EU DESENVOLVI UMA ESPE-cialidade: a reforma.

Transformar uma cozinha deixando-a com cara de nova em folha é minha principal habilidade. Sei quais materiais escolher, quais ferramentas usar, e me tornei um mestre em cumprir prazos.

Mas essa talvez fosse a reforma mais difícil que eu já enfrentara, por conta do equipamento de demolição com que eu acertara a nossa união mais cedo. Mas rapidamente elaborei uma lista de materiais e a organizei deixando como primeiro ponto de parada o hotel New York New York.

Atravessei a porta de entrada e corri.

Tá, não foi assim.

Se eu tivesse corrido, a segurança teria ido atrás de mim.

Mas andei no trote, ah, sim. Atravessei o cassino, passei pelas lojas, subi pela escada rolante, passei pelo salão de jogos eletrônicos, admirando com saudade a cortina que tapava a máquina de fliperama. Não usei a entrada. Preferi seguir direto para a saída da montanha-russa.

Um pessoal estava deixando os carrinhos, ainda sob os efeitos do vento e da dose extra de adrenalina do percurso cheio de subidas, descidas e *loopings* que tinham acabado de fazer.

Foi ali que eu e a Natalie tivemos a nossa primeira aventura, e ao chegar ao balcão das fotos, estava decidido a conseguir uma prova daquilo. O original se achava bem seguro guardado na minha casa. Por sorte, a mesma mulher que trabalhava naquela noite estava lá — a morena alegre de óculos vermelho e tranças nos cabelos. Só que no momento seus cabelos estavam presos num rabo de cavalo.

— Como posso te ajudar? — ela indagou com um sorriso amistoso.

Mais uma vez eu segui o conselho do Chase: fiz o contrário do que fizera mais cedo.

Em vez de descontar a minha frustração nela, fui educado no meu pedido:

— Olá. Faz uns dois meses, eu estive aqui com a mulher por quem acabo de me dar conta que estou perdidamente apaixonado.

Os olhos da morena brilharam, e eu prossegui, dei a ela a data e o horário aproximados.

— Eu me lembro de que a nossa foto era a de número dezesseis. Se fosse possível imprimir uma cópia eu ficaria imensamente grato e pagaria com prazer o dobro do valor, ou o triplo, o que for. Preciso dessa foto para mostrar a ela como somos ótimos juntos.

A morena entrelaçou as mãos sobre o peito.

— Adoro esta cidade! Vegas está repleta de histórias de amor! — Ela se aprumou e adotou uma postura solene. — Não se preocupe, com certeza eu vou encontrá-la pra você.

Dez minutos depois, deixei o hotel New York New York com uma cópia da foto: a Natalie e eu no topo da montanha-russa, excitados e extasiados um com o outro.

Em seguida, entrei em uma loja de esquina, procurei uma foto *on-line* no celular, enviei-a por e-mail pra mim mesmo e mandei imprimir. Comprei ainda dois porta-retratos. Depois, fiz uma parada em outra loja chamada Wynn e, vinte minutos mais tarde, eu estava com todos os materiais necessários pra fazer uma reforma *daquelas*.

A única coisa que faltava era *ela*.

Com o nervosismo aflorando uma vez mais, liguei pra Natalie.

O telefone dela tocou, tocou, tocou, e por fim caiu na caixa postal. Uma onda momentânea de preocupação me abateu, quando comecei a imaginar se ela estaria me evitando. Mas expulsei aquele temor e tratei de ligar pra Lila.

— Oi, Wyatt.

— Oi, estou procurando pela Natalie. Ela está por aí?

— Está, sim, mas estamos ocupadas fazendo compras. Dê um tempinho maior pra nós e acho que ela estará preparada.

— Onde vocês estão?

Ela riu.

— A Natalie está me ajudando a escolher alguns itens de que preciso pra me organizar melhor e está se divertindo um bocado. Não se preocupe, a gente se vê logo mais.

Esbocei um sorrisinho maroto ao desligar.

Sim, logo mais.

Tenho a impressão de que sei onde está a mulher que eu desejo. Porque eu a conheço e sei do que ela gosta.

* * *

A Natalie me disse uma vez que poderia viver muito feliz aqui, que este é o lugar favorito dela no universo.

E como ela está ajudando a Lila a organizar o closet, pode me chamar de Sherlock, mas sou capaz de jurar que encontrarei a Natalie dentro de uma caixa gigante não muito longe da via principal de Las Vegas.

Quando o táxi me deixou lá, fiz uma prece pra que eu conseguisse encontrá-la e dar não apenas um, mas todos os passos necessários para que ficássemos juntos.

Assim que a porta automática se abriu, eu olhei por toda aquela enorme filial da loja de artigos pra organização, Container Store, em busca de cabelos loiros, pernas fortes e torneadas e um relance de um vestido laranja.

Aquele vestido. Ah, meu Deus, que vestido... Me deu água na boca pensar no quanto ela ficara bonita nele e no motivo dela ter se sentido tão feliz no fórum mais cedo. Era porque ela estava me proporcionando tudo o que achava que eu queria. Porque a Nat me ama.

Ela me ama pra caralho.

Tomei um corredor, olhando para um lado e pro outro naquele mar de potes, caixas para chapéu, caixas arquivo de tecido, vasilhames para ração de gato, ganchos decorados, aramados para pendurar no chuveiro, cestas de roupa, caixinhas de todos os tamanhos para comprimidos, cabides, sacos e divisórias para lingerie, até finalmente chegar ao setor de organizadores para o closet.

Laranja.

Encontrei o laranja.

E ele simbolizava a felicidade pra mim. Incluindo as minhas lembranças favoritas e tudo o que eu desejava para o meu futuro.

De costas, a Nat segurava uma gaveta para sapatos que estava mostrando para a Lila.

— E você pode usar isto no meio da prateleira para ajudar a separar os calçados — a Natalie disse, e a voz dela me encheu de esperança.

Eu esperava não a ter perdido. Esperava dar conta de fazer o que planejara. Esperava que ela não achasse que eu havia enlouquecido.

A Lila me viu e seus olhos se iluminaram, mas rapidamente ela conteve a expressão. A Natalie devia ter sentido a minha presença, pois se virou na mesma hora, surpresa.

E eu parei de raciocinar, de ter esperança e de ficar imaginando. Parei, sem mais nem menos.

Fui até ela e comecei a falar com o coração. Não havia nenhuma ciência em dizer à Natalie que ela era a minha eleita.

— Eu devia ter agido diferente com relação a muitas coisas, Nat. Por exemplo, ter começado por dizer que eu te amo, porque é verdade. Eu te amo loucamente e é possível que isso acabe me fazendo dar uma de louco.

Ela levantou o cantinho dos lábios, esboçando um leve sorriso.

— Eu não devia ter dado entrada no pedido de anulação hoje. Não devia ter sido um cretino, sendo que você só estava fazendo o que eu pedi. E, principalmente, eu jamais deveria ter pedido pra você fazer um juramento tão injusto na noite do nosso casamento.

— Está tudo bem, Wyatt — ela disse, com a voz mansinha feito uma pluma. — Eu cumpri o juramento por ser importante pra você.

Sacudi a cabeça, puto da vida comigo mesmo de novo, mas ainda mais apaixonado por ela.

A Lila se afastou um pouco pra nos deixar à vontade, enquanto eu prosseguia:

— Eu mal me lembrava da cerimônia, que dirá das coisas que eu te disse. Isso não serve de desculpa, mas é verdade. Eu me lembro de tudo agora, pois voltei à capela esta tarde e ouvi aquela música, *Can't Help Falling in Love*. Impossível não me apaixonar. Eu sei como me senti naquela noite e sinto mais um milhão de vezes agora.

Ela veio pra mais perto de mim e isso me encorajou. Assim como a expressão dela — leve e carinhosa. E, então, as palavras que ela mostrou com os lábios, em silêncio: "Eu também..."

Tive vontade de beijá-la, mas ainda havia muito a dizer.

— Não estou bêbado hoje. Estou total e absolutamente sóbrio e te implorando por uma segunda chance. Eu estou desesperadamente, loucamente, insanamente apaixonado por você e eu trouxe esta foto para te lembrar de como somos incríveis juntos.

Os olhos dela brilharam quando entreguei a fotografia.

— Não, você não trouxe a foto da minha cara de "O"... — A Natalie se fingiu contrariada. Ela recobrara o jeito brincalhão e eu adorava aquele seu tom de voz.

Foi impossível evitar um sorrisinho maroto.

— É muito mais do que a sua cara de "O", amor. Isto... — Apontei para a foto na moldura de papelão. — Estes somos eu e você, é como somos juntos. Eu trouxe isso para te lembrar de que foi assim que tudo começou. Naquela noite. Na montanha-russa. E eu quero ser essa versão de nós dois.

Os lábios dela tremiam e os olhos reluziam com as lágrimas se formando.

— Quero que a gente continue a andar de montanha-russa. Sair de uma volta e entrar na outra, e outra, e outra. Continuarmos subindo e descendo, e virando de ponta-cabeça, ainda que isso nos deixe com enjoo ou atordoados. Quero sentir toda a alegria e excitação com você. Os altos e baixos. Porque amar é uma espécie de circuito de aventura e eu não quero que tenha fim nunca.

Ela pôs a mão no meu peito e agarrou com força o tecido da minha camisa. Ela estava prestes a chorar e sua voz soou repleta de emoção:

— Wyatt, eu só me empenhei pela anulação porque eu prometi que faria isso. Eu fiz porque te amo, porque achei que você queria. Porque sei o quanto as promessas são importantes pra você. É por isso que eu estava chorando no quarto do hotel hoje mais cedo. Porque eu sabia que teria de fazer isso, mas não queria. E eu te amo, eu te amo tanto que não consigo ficar brava.

Passei a mão no braço dela, incapaz de resistir a tocar a sua pele. E a Nat ficou toda arrepiada com a carícia. Soltei um suspiro de alívio.

— Mas preciso confessar uma coisa. Antes de deixar o seu quarto esta manhã, eu vi o nome da firma de advocacia piscar na tela do seu telefone. A mesma que enviou a carta mais tarde.

O olhar dela se tornou perplexo.

— Você viu?

Fiz que sim, respirei fundo e contei toda a verdade:

— Eu pirei, achando que significava outra coisa, algo ruim. Foi por isso que me comportei feito um babaca no fórum. Mas daí cheguei à conclusão de que aquilo era ridículo antes mesmo de receber o seu e-mail. Só que dessa vez eu não precisei ver nenhum mendigo comer o sanduíche para sentir que podia confiar. Porque eu sabia, eu conheço a sua essência. Só espero que eu não tenha posto tudo a perder por conta do jeito escroto como eu a tratei.

Ela segurou minha camisa com mais força e me fitou de um jeito intenso e carinhoso.

— Não, não botou nada a perder. Eu te asseguro. — Mas em seguida acrescentou, brincalhona: — Porém, pode esperar que um dia eu te pego com um sanduíche especial.

Eu sorri.

— E eu vou te cobrar isso. E ainda que eu tenha estragado um pouquinho as coisas, quero me redimir de verdade. Porque coisas assim não cabem entre a gente. — Fiz sinal para a foto mais uma vez. — E podemos ser este casal também — acrescentei, e enchi o pulmão de ar ao abrir a sacolinha e tirar o porta-retrato com a foto de dois gibões pendurados no galho de uma árvore.

Ela gargalhou.

— Você quer que sejamos... gibões?!

Segurei na mão dela.

— Nat, você sabia que o gibão é um dos raros animais que acasala pra vida toda?

— Junto com os cupins, os castores e os cisnes — ela acrescentou, e deu de ombros, toda feliz. — Eu pesquisei sobre isso. Achei que era um dado que você iria gostar de ter.

Meu coração deu uma pirueta de felicidade, pois ela quis aprender e queria dividir comigo.

— Eu disse que queria uma segunda chance e falei sério. — Olhei direto nos olhos dela. — Mas não apenas uma oportunidade para namorar, não uma oportunidade tipo convidar pra jantar. Não estou apostando uma ficha de cinco dólares no vermelho.

Eu me ajoelhei e ela arregalou os olhos. Eu estava bem nervoso antes, mas isso passara. Nunca tive tanta certeza na vida do que eu queria e do que precisava.

— Vou apostar tudo e estou pedindo a você uma segunda chance no nosso casamento. Eu quero voltar para Nova York e morarmos juntos, dividir a minha vida com você, e quero que você seja a minha esposa. Vamos continuar casados. Ou, então, vamos casar outra vez. Vamos renovar os votos. Casa comigo uma porção de vezes. Todo ano. Façamos disso a nossa marca.

Ela ficou boquiaberta, com um olhar maravilhado.

— Ai, meu Deus... — A Nat respirou fundo.

Eu peguei o presente que comprara na Wynn — a joalheria mais sofisticada que ficava no hotel mais sofisticado. Abri a caixinha de veludo azul e mostrei à Natalie o solitário de esmeralda de dois quilates.

— Aceita ser a minha gibão fêmea? — perguntei, cheio de esperança.

Ela se ajoelhou também, passou os braços ao redor do meu pescoço e me beijou, com uma intensidade de quem quer as mesmas coisas. Haviam se passado umas poucas horas desde o nosso último beijo, mas, foi tão bom beijá-la de novo, sentir os lábios dela nos meus, onde é o lugar deles!

Quando paramos de nos beijar, ela me olhou nos olhos e disse, toda carinhosa:

— Eu serei a sua gibão. Aliás, você não sabia que eu já sou?

Linda que só, a Nat abriu o sorriso que só ela sabe dar, e é a fonte da minha maior alegria, e eu mal podia acreditar na minha sorte.

— Ah, e sobre aquela carta de demissão que você me mandou... — Levei a mão ao queixo. — Tenho uma ideia melhor.

— E qual é? — ela quis saber, praticamente dando pulinhos de alegria. Mas de repente parou e o sorriso desapareceu quando consultou o relógio. — Wyatt... — ela sussurrou, naquele tom suave que sempre anuncia problemas.

Meu coração disparou.

— O que foi?

— Precisamos correr, o fórum vai fechar. Eles vão registrar os formulários da nossa anulação.

Agarrei a mão dela e a fiz levantar-se comigo.

— Mas eu não quero que nosso casamento seja anulado!

— Nem eu.

A Lila, que se aproximara, se voluntariou:

— Vamos, eu levo vocês no meu carro. Vou dar uma de fada madrinha.

E, pensando bem, isso resumiu à perfeição o papel dela na nossa história.

Saímos correndo da loja, entramos no elegante carro preto e partimos rapidinho.

Capítulo 36

— AHHHHHHHHH... — O ATENDENTE DEU DE OMBROS COM um jeito de "já era". — Lamento muito, muito mesmo. — Seu tom era de quem não lamentava porra nenhuma. — Sabe... como você estava numa pressa danada, eu verifiquei de novo o seu formulário. Vocês foram tão atenciosos acrescentando uma anotação para explicar que tinham tentado fazer a anulação com a Divórcio Fácil! E, como sabemos que a empresa aplica muitos golpes, o fórum instituiu uma oferta temporária e todos que caíram no golpe deles têm direito a um processo de anulação expresso. Portanto, eu agilizei a anulação de vocês. Não é ótimo?

— Sério?! — Eu o encarei, desanimado.

O atendente uniu as mãos.

— É com imenso prazer que eu lhes informo que sua anulação foi concedida hoje e esse casamento foi dissolvido.

Senti um aperto no coração.

Mas só durou um segundo. Pois onde há determinação, há um caminho.

— Não tem problema. — Abri um sorriso.

Eu agora estava me esforçando pra ser um cara legal, porque o mocinho sempre vence e este mocinho aqui sabia que não existia uma ferramenta só para consertar algo quebrado.

Eu me dirigi à Natalie:

— Quer apostar que existe um cartório, ou algum lugar assim, onde a gente possa se casar de novo? Vamos fazer as coisas do jeito certo e agora mesmo.

Ela arqueou as sobrancelhas, interessada, e então perguntou ao atendente onde eram realizadas as cerimônias de casamento civil.

Ele gesticulou indicando para cima.

— Sexto andar. Cartório de Registro de Casamento Civil. — E nos entregou a certidão e chamou: — Próximo!

Depois de requerer a nossa licença de casamento, convidar a Lila pra ser a nossa testemunha e reservar o último horário no fim do dia, a Natalie e eu nos postamos diante de um juiz de paz em seu gabinete e nos casamos de novo.

Desta vez foi bem mais simples.

Desta vez estávamos sóbrios.

Nada de capela 24 horas nem ninguém vestido de Elvis. Apenas eu e a minha mulher atestando nosso amor outra vez. E não pedi a ela que desfizéssemos tudo na manhã seguinte, pois quando disse "Aceito" eu quis dizer que ficaria amarrado a ela pra sempre.

E então beijei a minha noiva no nosso segundo casamento, que, na verdade, legalmente, era o primeiro. Mas quem liga pra detalhes técnicos na hora do beijo? O gosto dela era tão maravilhoso que eu não me cansava de beijá-la. Minha cabeça chegava a rodar com o gosto doce da boca da Natalie e o meu corpo se acendia com a eletricidade existente entre nós.

— Agora você vai ter de ficar comigo — eu disse quando nossos lábios se distanciaram.

Ainda com as mãos entrelaçadas ao redor do meu pescoço, ela sussurrou:

— É exatamente onde eu queria estar.

A Lila foi embora sozinha.

O sol se punha quando descemos a escadaria do fórum e eu lembrei que, algumas horas antes, ali mesmo, nós quase nos perdemos um do outro. Eu a segurei pelo braço.

— Ei, vamos tentar parar de colocar pontos finais. O que me diz?

Ela colocou a mão sobre a minha.

— Que essa história de tentar se separar acabe de vez.

Corri o dedo pelas costas do vestido dela.

— Acho que agora esse não é mais o seu vestido de anulação.

Ela piscou.

— Este é o meu vestido de casamento. E, para ser franca, eu o vesti hoje na esperança de que algo assim acontecesse.

— Você é fera no planejamento.

— É por isso que você não pode viver sem mim.

— Não posso mesmo. E é por isso que preciso te contar por que eu vou recusar a sua demissão.

Ela me abraçou e disse:

— Conta tudo. Mas seja rápido, pois eu não vejo a hora de consumar o nosso casamento.

Não havia dúvida de que a minha proposta a agradara. Ela chorou outra vez, e foram lágrimas de felicidade.

Já no meu quarto do hotel, eu a beijei, secando todas elas, tirei a roupa dela e, em seguida, as minhas também.

Eu a observei ali, nua, e me dei conta de que só havíamos feito amor despidos uma vez. Nós sempre estávamos apressados, correndo riscos, testando a sorte. A última vez que ficamos assim peito com peito, pele com pele, fora na noite do nosso primeiro casamento, alguns meses atrás.

E não me interessava o que o fórum dissesse sobre dissolução de matrimônio, nunca aconteceu nem jamais vai rolar.

Nós existimos e continuamos a existir, por isso eu me juntei a ela na cama. Quando a penetrei, nós dois gememos. Fui tomado pela eletricidade. Saborear o modo como nos encaixamos quando eu fui mais fundo nela era a felicidade total. Ela gemeu de prazer, feliz, e me olhou nos olhos. Nossos olhares eram intensos. O modo como *desejávamos* olhar um no olho do outro era intenso.

— Podemos repetir isso todas as noites? — ela perguntou, com um rosnado sexy, ao cruzar as lindas pernas ao redor do meu quadril.

— E todas as manhãs também — assegurei ao penetrá-la outra vez, com ela acompanhando o movimento. — Quer saber por quê?

— Por quê? — A Nat curvou as costas e abriu os lábios. — Ahhh...

— Porque adoro trepar com a minha esposa — afirmei com um gemido gutural. — E eu amo a minha esposa pra caralho.

Fui recompensado com um grito intenso de prazer, e depois outro, e outro. Não demorou muito pra ela chegar ao clímax. E, em seguida, fiz o que a Nat adora: gozar e vocalizar com toda a intensidade. Acho até que rugi.

Eu gostaria de contar que passamos a noite na montanha-russa ou na roda-gigante, mas não. Ficamos na horizontal outra vez, na cama mesmo. A noite toda. Uma noite de núpcias absolutamente perfeita, não poderia ser melhor. E olha que não estou dizendo isso porque pedimos um sundae de Oreo para o serviço de quarto em plena madrugada.

Mas isso também foi ótimo. Adoro bolacha de chocolate recheada.

Epílogo

A ESCADA ESTAVA ENCOSTADA NA PAREDE BRANCA DA nossa casa. A Natalie se equilibrava no último degrau, pendurando uma placa. Eu bem que poderia estar fazendo isso, mas ela insistiu, e a minha mulher adorava manusear uma ferramenta.

Ela sabia operar muito bem todas elas, mas era especialista mesmo na minha, se é que você me entende.

Fosse como fosse, tínhamos ali a *escada*. Entendeu o que estava se passando? Não vou deixar você na mão. Eu prometi um caso sobre uma escada e vou contar um.

A Natalie subiu na escada porque sabia que eu gostava da visão. Adorava admirar aquela panorâmica. Aninhado no canto do sofá da nossa sala de estar, eu me deleitava com a vista à minha frente: a minha Natalie, usando uma minissaia pink bem justa nas coxas.

— Está se divertindo?

— Esta minha vida é uma *dureza* mesmo.

Ela riu, deu umas boas marteladas, e logo a nova placa estava pendurada na parede. Temos uma igual no nosso escritório: Hammer & Hammer Marcenaria & Construção. Mudamos o nome da empresa. Sim, *nós*. Porque, afinal, era a *nossa* empresa. Tudo agora era nosso.

Aprendi que em um relacionamento é preciso ceder um pouco. Ou, se me permite dizer, um bocado. A Natalie estava disposta a desistir do sustento dela por mim, eu não poderia permitir isso. Assim, encontrei outra solução. Ela permaneceu e agora administrávamos a empresa juntos, como marido e mulher. Eu ainda executava os projetos; afinal, era marceneiro. Mas ela era a mágica. A Nat era a responsável por fazer nosso negócio prosperar. E era tão dela quanto meu. Éramos sócios.

Às vezes, ela colocava o cinturão de ferramentas e ajudava a concluir uma obra, mas nós finalmente expandimos e contratamos funcionários responsáveis, que não costumavam faltar.

A Natalie gerenciava tudo, ela garantia o andamento de tudo todos os dias.

— Sempre adorei este trabalho, nunca me considerei uma mera assistente — ela disse no dia do nosso casamento oficial em Vegas, quando lhe expliquei qual era a minha intenção.

— Você sempre foi muito mais que isso, você tornou tudo melhor na *nossa* empresa.

— E vou continuar fazendo isso. Mas também continuarei a dar as minhas aulas à noite.

— Eu não esperaria menos da mulher que consegue me dar uma surra.

Naquele momento, na nossa sala, ela se virou de frente pra mim, uma mão segurando no degrau de cima e a outra apresentando a placa — nossa empresa, nosso casamento, *nós*.

— Como ficou?

— Como deveria ser. Eu adorei tudo, mas ainda mais os nossos sobrenomes juntinhos um do outro.

Ela era dona do meu coração, do meu corpo, da minha empresa, da minha casa. Compartilhar o meu negócio com ela era fichinha perto de tudo que ela me deu: amor incondicional. Ah, e é lógico, a Natalie veio morar comigo, o que significava que a Josie estava procurando alguém pra morar com ela. Mas essa é uma história pra outra ocasião. No momento, tenho que cuidar da minha mulher.

Fui até a escada, subi num degrau, ergui a saia dela e empurrei a calcinha pro lado.

Eu a beijei, lambi e a saboreei até fazê-la gemer, urrar e suspirar, toda sensual.

E essa foi a minha deixa para zelar pela segurança dela.

— Vamos, me dê sua mão — eu disse com carinho, ajudando-a a descer da escada. Depois eu a peguei no colo e a sentei no sofá.

E ela então abriu as pernas e eu devorei toda aquela doçura.

Olha, a escada funciona bem nas preliminares, mas quem gosta de sexo arriscado precisa escolher bem que riscos correr. Não quero que a minha mulher caia da escada por conta de um orgasmo incontrolável.

E foi exatamente o que eu fiz ali naquele sofá: levei a Nat à loucura bem na minha boca. Daí, então, fiz amor com ela.

Mais tarde, sorrindo inebriada, ela me perguntou:

— Vamos lá nos aprontar para o nosso casamento?

Sim, *esses* somos nós. Somos do tipo de casal que se casa em Vegas, volta pra casa e faz uma festa de casamento para a família e para os amigos. Nós curtimos nos casar.

Gostamos muito mesmo.

E com certeza vamos repetir a dose. Na verdade, nós provavelmente iremos renovar nossos votos no ano que vem, e no ano seguinte, e no outro depois deste.

Outro epílogo

Alguns meses mais tarde...

Era uma vez um homem, uma mulher e diversos obstáculos radicais na rota do "felizes para sempre".

Mas os dois superaram todos eles.

Ao longo do caminho, eu descobri que confiança não tem nada a ver com teste. Não tem a ver com ser ou não ser enganado. É uma escolha. Uma escolha feita com o coração. A Natalie é dona do meu e eu tive de aprender que ele ficava são e salvo sob os cuidados dela. Sempre.

O coração dela estava a salvo comigo também, embora ela gostasse de me dar uma surra nos seus vídeos.

A série de vídeos de autodefesa dela ganhou bastante popularidade. A Nat conquistou novos alunos, que passaram a fazer aulas algumas noites por semana. Isso a deixa muito feliz, e quando ela fica feliz, eu também fico.

Mas a Nat vai ter de parar com isso logo, as coisas estão mudando por aqui. A barriga dela está ficando mais redonda.

Não, não é uma gravidez *inesperada*. Não foi fruto de uma noite de bebedeira. Faça-me o favor, minha esposa é expert em planejamento. E isso foi muito bem planejado. Na verdade, o bebê deve ter sido encomendado na nossa *terceira* noite de núpcias. A que aconteceu aqui mesmo, em Nova York.

Nós somos o primeiro casal entre os amigos a engravidar, o que é bem apropriado pra nós. Pelo visto, funcionamos em duas velocidades: tanto emperrada quanto a cem por hora. Não estamos mais emperrados e, assim, ultrapassamos todos os limites e daqui a alguns meses seremos uma família.

No momento, no entanto, estamos a caminho do mercadão. Mas não vamos comprar aspargos nem rúcula. Gostamos muito de sexo arriscado e hoje resolvemos apostar nossas chances.

Marcamos um encontro atrás da banca de bananas.

Agradecimentos

Um obrigada gigante e enorme, do tamanho de uma barraca de bananas, para os meus leitores! VOCÊS SÃO O MOTIVO PELO QUAL EU ESCREVO! Adoro receber notícias de vocês, adoro que leiam os meus livros, adoro que vocês adorem os romances.

Muitas pessoas merecem o meu obrigada por levar o *BEM SAFADO* até vocês. Meu muito obrigada à sereia Jen McCoy; à rainha das capas, Helen Williams; àquela que nunca tira férias, KP Simmon; e àquela que me conhece bem demais, Kim Bias.

Minha total gratidão à garota que é pau pra toda obra, Kelley Jefferson; para Dena Marie, que sugeriu o jantar de comemoração; a Lauren McKellar, que tornou tudo possível; e para Candi Kane, que é um raio de sol e de boa vontade. Todo o meu amor para minhas meninas — Kristy, Laurelin, CD, Lili, Corinne, Vi, Kendall e tantas outras! Um enorme obrigada para meu marido e meus filhos! E, como sempre, muito amor para os meus cachorros!

CONTATO
Adoro receber notícias dos meus leitores!
Você me encontra através do Twitter em LaurenBlakely3, ou no Facebook em LaurenBlakelyBooks, ou on-line em LaurenBlakely.com.
E você pode ainda enviar um e-mail para laurenblakelybooks@gmail.com

TAMBÉM DE LAUREN BLAKELY:

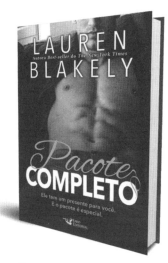

Já me disseram que eu tenho um dom e tanto.
Ei, não estou falando só dos meus atributos físicos. Sou inteligente, tenho um coração de ouro e não economizo na hora H. Dou sempre o máximo.
E minha vida estava um mar de rosas...

ATÉ EU ME VER ENTRE A CRUZ E UMA ESPADA BEM FIRME... POR CAUSA DE UMA COLEGA DE QUARTO MUITO SEXY.

O problema é que conseguir um bom apartamento em Nova York é mais difícil do que encontrar o amor verdadeiro. E se eu tiver que dividir um espaço com alguém, que seja com uma garota tão maravilhosa como a irmãzinha do meu amigo. Só peço que os céus me ajudem.
Eu posso resistir à Josie. Eu sou disciplinado, e, se me esforçar, consigo manter meus pensamentos sob controle, mesmo no minúsculo apartamento que dividimos. Mas, certa noite, bem atordoada com um dia difícil, ela insistiu para deitar-se ao meu lado, sob as mesmas cobertas. Isso a ajudaria a dormir, foi o que ela disse.

SPOILER – NENHUM DOS DOIS CHEGOU A DORMIR.

E eu já mencionei que ela também é uma das minhas melhores amigas? Que ela é inteligente, linda e uma pessoa superbacana? Isso também a torna um pacote completo.

COMO UM HOMEM COMUM PODE RESISTIR A UMA SITUAÇÃO COMO ESSA?

Ele tem todos os talentos.
Algumas vezes, tamanho é documento.

"A MAIORIA DOS HOMENS NÃO ENTENDE AS MULHERES."
Spencer Holiday sabe disso. E ele também sabe do que as mulheres gostam.

E não pense você que se trata só mais um playboy conquistador. Tá, ok, ele é um playboy conquistador, mas ele não sacaneia as mulheres, apenas dá aquilo que elas querem, sem mentiras, sem criar falsas expectativas. "A vida é assim, sempre como uma troca, certo?"

Quer dizer, a vida ERA assim.

Agora que seu pai está envolvido na venda multimilionária dos negócios da família, ele tem de mudar. Spencer precisa largar sua vida de playboy e mulherengo e parecer um empresário de sucesso, recatado, de boa família, sem um passado – ou um presente – comprometedor... pelo menos durante esse processo.

Tentando agradar o futuro comprador da rede de joalherias da família, o antiquado sr. Offerman, ele fala demais e acaba se envolvendo numa confusão. E agora a sua sócia terá que fingir ser sua noiva, até que esse contrato seja assinado. O problema é que ele nunca olhou para Charlotte dessa maneira – e talvez por isso eles sejam os melhores amigos e sócios. Nunca tinha olhado... até agora.

> *Este livro é o mais divertido que li nos últimos anos. Spencer é um herói perfeito: macho alfa com dez tons de charme, muitos centímetros de prazer e o oposto de um cretino. Cada página me fazia sorrir e, no momento em que fechava o livro, era o meu marido quem estava a ponto de sorrir também.*
>
> **CD REISS** – autora da Submission Series

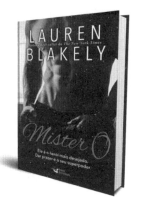

Mister O

Muito prazer! Pode me chamar de Mister Orgasmo.

Enlouquecer uma mulher na cama é a minha diversão. Se um homem não é capaz disso, ele deve sair de cena. Eu estou falando de prazer de verdade, daquele êxtase de tirar qualquer pessoa do prumo, que esvazia a mente e produz uma experiência única. Oferecer isso é o meu dom.

De fato, viciei-me nesse tipo de generosidade, mas cheguem mais perto. Vocês descobrirão um homem com um exterior excitante, um trabalho sedutor, um humor afiado e um coração de ouro. Sim, a vida pode ser boa...

Então, algo inesperado acontece: a irmã do meu melhor amigo, uma mulher que sempre desejei em segredo, me pede para ensinar a ela como conquistar um homem. Pensei em negar, mas seria muito difícil não ceder à tentação diante dessa garota, espaecialmente depois de descobrir que a doce e sexy Harper tem uma mente tão safada quanto a minha. O que pode dar errado? Serão apenas algumas aulas de sedução... Ninguém ficará sabendo de umas poucas mensagens picantes pelo telefone. Tudo bem, algumas centenas. Mas espero que ela não fique me provocando em público. Se o zíper do seu vestido emperrar ou ela me lançar aquele olhar safado no meio de uma reunião com toda a sua família, posso não resistir.

O problema é que quanto mais noites eu passo com ela na cama, mais começo a desejar passar todos os dias ao seu lado. E, pela primeira vez na vida, não estou pensando apenas em como fazer uma mulher gemer de prazer. O que pretendo é descobrir como mantê-la a meu lado por muito tempo.

Pra mim, agora é que as verdadeiras aventuras de Mister O vão começar...

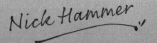

ASSINE NOSSA NEWSLETTER E RECEBA INFORMAÇÕES DE TODOS OS LANÇAMENTOS

www.faroeditorial.com.br